JOANNE ROCK

Une douce illusion

Traduction française de
MADELEINE POULAIN

PASSIONS

HARLEQUIN

Collection : PASSIONS

Titre original :
MAKE BELIEVE MATCH

HARPERCOLLINS FRANCE
83-85, boulevard Vincent-Auriol, 75646 PARIS CEDEX 13
Service Clients — www.harlequin.fr
ISBN 978-2-2804-9530-1 — ISSN 1950-2761

Édité par HarperCollins France.
Composition et mise en pages Nord Compo.
Imprimé en février 2024 par CPI Black Print (Barcelone)
en utilisant 100% d'électricité renouvelable.
Dépôt légal : mars 2024.

FSC www.fsc.org
MIXTE
Papier issu de sources responsables
FSC® C159065

Pour limiter l'empreinte environnementale de ses livres, HarperCollins France s'engage à n'utiliser que du papier fabriqué à partir de bois provenant de forêts gérées durablement et de manière responsable.

1

La plupart du temps, Jessica Lewis appréciait son travail de serveuse à temps partiel. Elle était employée chez un traiteur haut de gamme qui s'occupait des soirées les plus chics de Royal, Texas, sa ville natale.

Jessica aimait l'atmosphère opulente de ces événements. Certes, elle n'y allait pas en tant qu'invitée, mais elle s'imaginait souvent portant les robes merveilleuses qu'elle voyait autour d'elle, contemplant un coucher de soleil sur une plage tandis qu'une légère brise faisait voleter le tissu soyeux d'une jupe contre sa peau...

Trop romanesque ? Peut-être, mais lorsque l'on travaillait dur comme elle, on avait bien le droit de rêver.

— Jess, ta commande est prête, l'avertit soudain son collègue en désignant le comptoir d'un signe de tête.

Ils travaillaient ce jour-là dans un luxueux complexe de golf avec terrasse et suite privée que la célèbre famille Noble avait loué pour la soirée. Il s'agissait de fêter les fiançailles de Xavier Noble avec Ariana Ramos, actrice et productrice à succès. Habitant à Los Angeles, les futurs mariés n'étaient pas présents, mais cela n'empêchait pas la famille Noble d'organiser de plus en plus d'événements à mesure que le grand jour approchait.

Jessica avait suivi régulièrement les nouvelles et s'était même réjouie de travailler ce soir-là, espérant mettre des visages sur les noms les plus connus de Royal. Malheureusement, après la mauvaise nouvelle qu'elle venait de recevoir, elle n'avait plus le cœur à faire la conversation avec les invités.

Elle inspira à fond et agrippa le plateau posé devant elle. Cinq boissons étaient posées dessus, mais elle ne parvenait pas à se rappeler où elle devait les emporter.

— Jess ? Tout va bien ?

Matt, son collègue, la regardait d'un air inquiet. Elle ne pouvait pas lui répondre que les choses étaient loin d'aller bien. Pourtant, des colonnes de chiffres tournaient en boucle dans sa tête, les chiffres du paiement forfaitaire pour la dette que ses parents avaient contractée.

Jessica venait de découvrir que, cinq ans auparavant, ses parents avaient hypothéqué leur maison pour financer ses premières années d'études. Pourquoi avaient-ils gardé cette générosité secrète ? À présent, le dernier paiement arrivait à échéance et la somme était exorbitante. Elle s'était toujours sentie fière de travailler comme serveuse pour se payer son diplôme de musicothérapeute, mais maintenant qu'elle était au courant, elle aurait préféré mettre chaque centime de côté pour aider ses parents à rembourser leur hypothèque.

C'était ce qu'elle allait faire dès à présent. Abandonner ses études et sa passion lui brisait le cœur, mais elle n'avait pas le choix. Elle ne pouvait pas continuer sa vie tranquillement alors que ses parents risquaient de perdre leur maison.

Un peu plus loin, un groupe de golfeurs applaudirent joyeusement. Jess revint à la réalité. Elle se força à sourire et répondit à son collègue :

— Oui, tout va bien. Pourquoi donc ?

— Parce que tu m'as dit que tu emportais ces verres quand je t'ai signalé qu'ils étaient prêts, c'est-à-dire il y a dix minutes.

— Zut. Merci, Matt.

Elle fit rapidement glisser le plateau sur son bras et se concentra sur ce qu'elle devait faire. Elle ne pouvait pas se permettre de perdre son travail. Pas maintenant.

Où diable allait donc cette commande ? L'un des cocktails était quelque chose de bizarre, avec de la liqueur de safran, si sa mémoire était bonne. Elle se souvint au même moment de l'invitée qui l'avait commandé et se dirigea vers sa table. S'efforçant de prendre un air jovial, elle servit quatre des boissons qui se trouvaient sur son plateau.

Il ne lui restait plus qu'une coupe de champagne solitaire. Plissant les yeux pour tenter de retrouver le client concerné, Jess descendit une volée de marches, trébucha et percuta à pleine vitesse un mur qu'elle n'avait pourtant pas remarqué auparavant. Et pour cause : le mur était un invité. Un invité très masculin, très bien bâti et dont le costume noir sur mesure était désormais taché de champagne.

Jess sentit la panique monter en elle et leva les yeux. Depuis ses cheveux châtains légèrement décoiffés jusqu'à son regard vert pétillant de malice, l'homme était particulièrement séduisant. Un sourire en coin se dessina sur ses lèvres lorsqu'il baissa la tête pour évaluer les dégâts – ou était-ce sa poitrine qu'il regardait ? Puisqu'elle était toujours collée à lui, elle ne risquait pas de le savoir.

Elle s'écarta précipitamment, les joues en feu. La moitié des invités autour d'eux semblait avoir interrompu leur conversation pour les regarder.

— Toutes mes excuses, dit-elle à l'inconnu. J'ai des serviettes en papier.

Elle en sortit plusieurs de la poche de son tablier, mais il posa la main sur son poignet pour l'arrêter.

— Ne vous inquiétez pas, mademoiselle. Je vais me débrouiller.

Cette voix...

La musicienne en elle reconnut un magnifique timbre de

basse, chaud et velouté, une voix qui apaisa aussitôt son affolement. Elle se sentait tout de même coupable d'être entrée en collision avec un invité. Depuis le début de la soirée, elle avait été trop distraite pour faire son travail correctement.

— Non, laissez-moi vous aider, insista-t-elle. Une tache nettoyée aussitôt a beaucoup plus de chances de disparaître sans laisser de traces.

— Dans ce cas, vous avez raison. Je ferais mieux d'agir rapidement.

Il lui décocha un sourire renversant avant de sortir de sa poche, tel le héros d'un roman de Jane Austen, un élégant mouchoir en coton. Qui se promenait encore avec des mouchoirs en tissu de nos jours ? Apparemment, son inconnu à la voix mélodieuse le faisait.

— Ce sera beaucoup mieux comme ça, approuva-t-elle en s'emparant du mouchoir. Au moins, le tissu ne partira pas en miettes dès qu'il sera mouillé.

Elle se mit à éponger la tache, consciente du double sens que prenaient ses mots au fur et à mesure que le silence s'installait entre eux, troublée par la chaleur de sa peau sous la chemise blanche. Elle s'immobilisa et il lui prit doucement le mouchoir des mains.

— En effet, nous ne voudrions pas nous émietter prématurément.

Jessica recula d'un pas et croisa les bras sur sa poitrine. Décidément, son corps réagissait bien trop à la présence de cet homme, et ce n'était pas simplement à cause de sa voix. Son sourire goguenard lui plaisait et la troublait tout à la fois.

— Est-ce que vous vous moqueriez de moi, par hasard ?

— Pas du tout.

Il épongea encore deux ou trois fois sa veste et remit le mouchoir dans sa poche.

— Je souriais devant l'ironie de la situation, reprit-il. La partie la plus intéressante de ma soirée est due à une personne qui est probablement trop occupée pour accepter mes excuses autour d'un verre.

— Vos excuses ? Au contraire, c'est moi qui devrais m'excuser. Je vous ai pratiquement foncé dessus.

— Oh là là, fit-il en se frottant la poitrine d'un air comique. J'ai de la chance d'être encore debout.

Ils se sourirent et restèrent face à face un long moment, partageant un instant complice et inattendu. Le cri d'un serveur du côté du bar finit par ramener Jessica à la réalité. Elle ramassa son plateau et le glissa sous son bras.

— Je ferais mieux d'y aller. Encore désolée pour cet incident, monsieur...

— Oliver Price. Mais juste Oliver pour vous, mademoiselle...

— Jessica Lewis. Je termine mon service dans un peu moins de deux heures, ajouta-t-elle en se surprenant elle-même. Si vous êtes encore là, je ne dirai pas non à un verre.

Elle lui fit un signe de tête et tourna les talons avant d'avoir eu le temps de changer d'avis. Depuis quand faisait-elle ce genre de choses ? Entre ses études et son travail, elle savait bien qu'elle n'avait pas le temps d'entretenir la moindre relation.

Non, vraiment, elle n'avait proposé ce verre à Oliver que parce qu'elle lui devait des excuses. Rien à voir avec sa voix chaleureuse qui la faisait fondre comme neige au soleil.

Terminer la soirée avec un séduisant inconnu lui permettrait peut-être d'oublier que le lendemain, contrairement à ce qu'elle avait prévu, elle n'enverrait pas de chèque à l'université pour payer le semestre à venir. Toutes ses économies partiraient désormais sur le compte de ses parents et, avec un peu de chance, ils pourraient garder leur maison. Son rêve de devenir une musicothérapeute certifiée allait devoir attendre.

Oliver avait passé la soirée à suivre Jessica des yeux.

Les coudes posés sur la rambarde de la terrasse, il remua machinalement les derniers glaçons au fond de son verre. La jeune femme n'était pas difficile à repérer. Près d'une fontaine illuminée de lampes colorées, le sourire aux lèvres, elle servait des cocktails à deux invités. Ses hanches ondulaient gracieusement sous sa jupe crayon noire. Lorsqu'elle se pencha pour poser un verre sur la table, il eut bien du mal à détacher le regard de ses jambes fuselées.

Riant avec le couple, Jessica posa des serviettes en papier près de leurs verres et resta un moment près d'eux pour discuter. Son épaisse chevelure brune était relevée en queue-de-cheval et il voyait très bien son visage, son expression douce et sincèrement intéressée par la conversation.

Oliver songea qu'il devait y avoir une vingtaine de connaissances à qui il n'avait pas encore adressé la parole. Pourtant, ni la musique entraînante sur la piste de danse, ni l'odeur des marshmallows grillés du côté des barbecues ne parvenaient à lui faire quitter son poste. Une serveuse aux courbes envoûtantes et aux yeux bleu-vert, couleur de la mer en été, retenait toute son attention.

« Couleur de la mer en été » ? Et puis quoi, encore ? Jamais Oliver ne s'enthousiasmait à ce point d'habitude. En tant que président de Nexus, l'entreprise internationale de marketing qu'il avait créée avec son partenaire Nikolai, il passait une bonne partie de l'année à voyager entre ses différents bureaux et n'avait pas le temps pour une liaison sérieuse. Il se contentait d'aventures avec des femmes comme lui, concentrées sur leur carrière et uniquement intéressées par quelques instants de bonne compagnie.

Se laisser tourner la tête de cette façon était donc la pire des idées. Non seulement il ne pouvait pas se le permettre, mais en plus, il risquait de blesser Jessica. Il avait bien vu sa réaction lorsqu'ils s'étaient retrouvés l'un contre l'autre. Ses joues avaient rosi, son cœur s'était mis à battre plus vite et il était prêt à parier qu'elle n'était pas le genre de femme à se lancer dans une aventure sans lendemain.

Alors, pourquoi l'intéressait-elle autant ? Pourquoi avait-il envie de lui montrer à quel point une attirance brûlante, immédiate comme celle qu'ils avaient l'air de partager, pouvait être excitante ?

Se maudissant pour ces pensées qui n'avaient pas lieu d'être, Oliver jeta un coup d'œil à sa montre et décida de s'en aller. Il était déjà resté bien trop longtemps. Un vol pour New York l'attendait tôt le lendemain matin. Il savait bien qu'il restait pour les mauvaises raisons, qu'il ferait mieux de remercier ses hôtes et de quitter la soirée.

Dix minutes plus tard, c'était chose faite. Il avait rassemblé ses affaires et se dirigeait vers la sortie lorsque...

— Ma parole, mais c'est Oliver Price !

Oh ! non. Anabeth Ackerman.

La jeune femme blonde et élancée l'avait saisi par le bras, réduisant à zéro son espoir de ne pas la croiser ce soir-là. Elle portait une robe de soie couleur lavande et des talons aiguilles assortis qui lui donnaient l'air d'être encore plus grande que d'habitude. Oliver sentit son estomac dégringoler. Anabeth et lui avaient eu une brève relation un an auparavant, mais après un ou deux rendez-vous, elle avait radicalement changé d'avis sur ce qu'elle attendait et suggéré qu'ils passent « au niveau supérieur ».

Dire qu'elle avait mal pris son refus aurait été un euphémisme. Elle lui avait mis la pression en postant sur les réseaux sociaux, l'une après l'autre, toutes les photos d'eux qu'elle avait pu trouver. Les gens avaient donc cru qu'ils étaient en couple alors même que tout était fini entre eux depuis des semaines. La mère d'Oliver, notamment, avait été blessée d'apprendre la vérité.

Oliver s'obligea à sourire poliment avant de la saluer :

— Bonjour, Anabeth. J'étais justement en train de partir.

— Partir ? Impossible, s'exclama Anabeth, ses lèvres roses formant une moue boudeuse. Je viens à peine d'arriver.

Ses ongles manucurés et ornés de strass se plantaient dans son bras comme s'ils avaient été des griffes, ses boucles blondes effleuraient son visage et elle se tenait si près de lui qu'il se demanda si elle n'allait pas l'embrasser. Comment allait-il se sauver de cette rencontre malvenue ? Heureusement, la réponse ne tarda pas à arriver : un peu plus loin dans son champ de vision, en train d'enfiler une veste en jean par-dessus son chemisier, Jessica Lewis se dirigeait vers la sortie qu'il avait tant appelée de ses vœux.

— Jessica, attends-moi, lui cria-t-il.

— Oui ?

Elle tourna la tête vers lui, un bras à moitié passé dans la manche de sa veste, le regard interrogateur. Sur son coude, Oliver sentit la prise de son importune compagne se desserrer légèrement. Il profita aussitôt de l'occasion et se libéra d'un geste souple.

— Excuse-moi, Anabeth, mais je dois te laisser. Je ne veux pas faire attendre ma copine.

— Elle ? Ta *copine* ?

Le ton qu'elle avait employé ne lui plaisait guère, mais il n'avait pas le temps de s'y attarder. Jessica avait déjà terminé d'enfiler sa veste et s'éloignait en direction du parking. Il hâta le pas pour la rattraper, et lorsqu'il arriva à sa hauteur, elle lui décocha un regard incrédule.

— Vous n'êtes pas sérieux, j'espère ?

— Eh bien…, commença-t-il, se demandant ce qu'elle voulait

dire. Je suis désolé de vous avoir couru après. Je voulais juste vous raccompagner.

Maintenant qu'il se tenait plus près d'elle, il remarquait une foule de détails qui lui avaient échappé jusqu'alors : une mèche folle échappée de sa queue-de-cheval, des taches de rousseur qui parsemaient les ailes de son nez, ses boucles d'oreilles argentées en forme de notes de musique... Du moins, l'une des boucles avait cette forme. L'autre semblait être une clé de *sol*, mais ses souvenirs musicaux remontaient à trop loin pour qu'il soit certain du terme.

Jessica s'immobilisa en face de lui, les bras croisés sur sa poitrine. Son regard pétillait d'une lueur moqueuse.

— Bien sûr, vous vouliez me raccompagner. Rien à voir avec une certaine blonde qui s'apprêtait à vous étrangler tel un boa constrictor.

Oliver éclata de rire. Jessica sourit à son tour, mais son regard glissa ensuite le long de sa veste et la lueur malicieuse disparut de ses yeux couleur océan.

— Encore désolée pour ma maladresse de tout à l'heure. Je m'apprêtais à vous offrir ce verre d'excuses, mais j'ai remarqué que vous ne commandiez plus rien depuis un bon moment.

Derrière eux, dans le parking, une Ferrari klaxonnait une Cadillac ancienne qui avait reculé trop vite. Les chauffeurs s'interpellaient entre eux et les invités se séparaient en riant. Oliver savait qu'il aurait dû les imiter. Après tout, il venait de filer discrètement pour éviter la tentation de cette femme qui se tenait à côté de lui. Et pourtant...

Si leurs chemins s'étaient de nouveau croisés, cela voulait certainement dire quelque chose. Il avait l'impression que la nuit avait comploté pour les remettre en présence l'un de l'autre. De toute manière, il avait envie de passer plus de temps avec elle. Son regard avait cherché le sien pendant toute la soirée et il n'en avait pas encore assez.

— Vous n'avez pas besoin de vous excuser, finit-il par lui dire. En revanche, nous pourrions tout de même boire ce verre ensemble ? Juste pour le plaisir ?

Son expression resta insondable pendant un long moment. Elle se mordilla délicieusement la lèvre inférieure et, enfin, hocha la tête.

— D'accord, Oliver. Juste pour le plaisir.

2

Dix minutes plus tard, Jessica était assise dans le bar de l'hôtel de luxe situé en face du complexe de golf.

Elle but une gorgée de cabernet et prit soin de ne pas reposer son verre. En gardant les mains occupées, elle était au moins sûre de ne pas toucher l'homme fascinant qui se trouvait à ses côtés.

À cette heure tardive, le bar était pratiquement désert. Ils s'étaient installés à une petite table au fond. En chemin, ils avaient passé un piano droit planté en plein milieu de la pièce, dont personne ne jouait pour le moment.

La décoration restait minimaliste et moderne. Sur le bar chromé et les tables peintes en gris clair, des hortensias blancs se dressaient dans des vases de cristal. Seules de petites bougies roses à la lueur chaleureuse apportaient une touche de couleur dans cet océan monochrome.

La banquette solitaire devant la table les obligeait à s'asseoir tout près l'un de l'autre. Jessica sentit un léger frisson parcourir son dos – et le vin n'y était pour rien.

— Est-ce que tu as toujours vécu à Royal ? lui demanda Oliver avant de prendre une gorgée de son whisky.

— Non, pas vraiment. Mes parents vivaient dans un ranch à El Paso. Ils ont déménagé ici dans l'espoir de trouver un travail plus stable, et depuis, ils font partie de l'équipe du

Ranch des Trois C. Ils aiment prendre soin du domaine et vivre simplement.

Jessica sourit en pensant aux histoires de son père lorsqu'il rentrait à la maison le soir, lui racontant des anecdotes sur ce qu'il avait fait dans la journée avec les chevaux ou les troupeaux. L'amour de ses parents pour leur travail et leur vie à la campagne transparaissait à chaque instant. Ils n'étaient peut-être pas riches aux yeux de la banque, mais ils l'étaient en expérience, et les valeurs qui guidaient leur existence restaient plus importantes que le contenu de leur portefeuille. Jessica les avait toujours admirés pour cela.

— Et toi ? lui demanda Oliver. Est-ce que c'est aussi le genre de vie que tu aimes ?

— Elle ne me déplaît pas, mais ce n'est pas ce que je choisirais. Ma vocation reste la musique.

— D'où les notes de musique, répondit-il avec un sourire. Je comprends mieux.

Il tendit la main et caressa doucement le lobe de son oreille. C'était à peine un effleurement, une fraction de seconde, mais elle trembla si fort qu'elle se demanda comment il ne l'avait pas remarqué.

— Les... Les notes ? balbutia-t-elle, perdue.

La force de son attirance pour lui la laissait pantoise. Jamais encore elle n'avait voulu toucher quelqu'un à ce point. Des images défilaient l'une après l'autre dans son esprit et elle rêvait de le caresser à son tour, de poser la main contre son torse musclé qui apparaissait sous le col ouvert de sa chemise.

— Tes boucles d'oreilles, expliqua-t-il. Je les ai remarquées tout à l'heure.

Jessica sentit son cœur tambouriner dans sa poitrine. Entre l'attraction immédiate qu'il avait exercée sur elle et le côté naturel et chaleureux de leur conversation, elle craignait de se laisser entraîner. Fantasmer était une chose, mais réaliser le rêve ne serait certainement pas une bonne idée. Sa situation n'était pas assez stable pour envisager la moindre relation.

Le souvenir de ses problèmes financiers, contrairement au cabernet qu'elle avait déjà fini sans même s'en rendre compte, la dégrisa aussitôt. Oliver fit signe à un serveur pour commander une deuxième tournée tandis qu'elle lui répondait :

— J'étudie pour devenir musicothérapeute. Du moins, j'étudiais, et je reprendrai bientôt.

— Ah bon ? demanda-t-il, l'air sincèrement curieux. Est-ce que tu fais une pause dans tes études ?

L'instant d'après, elle lui disait tout : la manière dont ses parents l'avaient aidée, l'hypothèque de leur maison, son devoir de les aider à son tour. Elle n'en revenait pas d'avoir raconté quelque chose d'aussi personnel devant un quasi-inconnu. D'un autre côté, ses soucis tournaient en boucle dans sa tête depuis des heures et elle sentait instinctivement qu'elle pouvait se confier à lui.

Oliver remercia le serveur qui venait d'arriver avec leur commande avant de se tourner de nouveau vers elle.

— Tu vas mettre ton rêve de côté pour aider ta famille ? C'est vraiment généreux, Jessica. Beaucoup de gens sont incapables de faire des sacrifices pour les personnes qui les aiment.

Le ton qu'il avait employé, plus sombre qu'à l'accoutumée, la fit tiquer. Elle se demanda ce qu'il avait vécu dans ses relations jusqu'alors. Pour autant, elle savait bien qu'elle ne pouvait pas lui poser de questions sur ce genre de choses. Ils ne se connaissaient que depuis quelques heures.

Pour le faire parler de lui d'une autre manière, elle décida de rester sur le terrain familial.

— Je suis sûre que tu aurais fait la même chose pour les tiens, déclara-t-elle. Est-ce que tu es proche de ta famille ?

— Oui, très.

Oliver se laissa aller contre le dossier de la banquette et

étira le bras, de sorte qu'il se trouvait dangereusement près de ses épaules.

— J'ai quatre frères et sœurs et nous dînons ensemble presque tous les dimanches, reprit-il. Étant donné qu'ils sont tous mariés avec des enfants, tu peux imaginer qu'il y a du monde à table.

— Tu es tonton Oliver, alors.

Elle essaya d'imaginer cet homme élégant dans son costume sur mesure, entouré d'enfants aux doigts poisseux se battant pour monter sur ses genoux. L'image lui plut bien davantage qu'elle ne l'aurait dû. Elle termina d'un trait son verre de vin dans une tentative désespérée pour changer le cours de ses pensées, tandis qu'un musicien s'installait derrière le piano et entamait un air de jazz.

Le pianiste jouait bien. Pourtant, rien ne semblait lui faire oublier la présence enivrante d'Oliver à côté d'elle. Pourquoi ne parvenait-elle pas à contrôler ses sensations ? Peut-être le vin commençait-il à lui monter à la tête. Après tout, elle n'avait rien mangé depuis des heures et elle n'avait jamais bien tenu l'alcool.

— En effet, j'ai cinq neveux et nièces, déclara Oliver avec une note de fierté qui la fit craquer encore plus. C'est aussi vrai que je ferais n'importe quoi pour ma famille… Sauf, contrairement aux autres, me marier et avoir des enfants.

Il avait dit ces derniers mots avec une telle grimace que Jessica ne put s'empêcher d'éclater de rire.

— Tes neveux et nièces sont donc si insupportables que ça ?

— Pas du tout. Cela dit, la plus grande m'a fait une belle frayeur la semaine dernière en fonçant dans la porte du garage avec ma Jaguar. Je suis sûr que j'ai pris au moins dix cheveux blancs. Heureusement, elle n'a pas eu la moindre égratignure.

Pendant qu'ils discutaient, le pianiste s'était lancé dans une version énergique de « Take the A Train ». Jessica se mit à pianoter en rythme sous la table. Elle savait à quel point sa musique allait lui manquer, et son programme de musicothérapie encore plus.

Avant d'apprendre les soucis de ses parents, elle avait commencé à chercher un deuxième stage pour l'automne, dans une maison de retraite ou un département de soins palliatifs. Adoucir les derniers jours des patients grâce à la musique lui semblait être la plus belle mission qu'elle pouvait remplir. Elle voulait utiliser sa passion pour faire une réelle différence dans le monde, montrer à son père et à sa mère que ses études si chères n'auraient pas servi à rien.

Oliver lui parla encore un peu de sa famille. Ensuite, elle l'interrogea sur son travail. Elle ne fut pas surprise d'apprendre qu'il avait créé sa propre entreprise de marketing, qui possédait maintenant des bureaux dans le monde entier. Leurs vies n'auraient pas pu être plus différentes. Et pourtant…

Jamais un homme ne l'avait fascinée à ce point. Elle ne pouvait s'empêcher de se demander ce qui se passerait s'ils se donnaient une chance.

— Jessica ?

— Désolée, murmura-t-elle. J'étais perdue dans mes pensées.

Le regard d'Oliver descendit lentement sur ses lèvres, et elle sentit son cœur s'affoler.

— Je vais te raccompagner chez toi, déclara-t-il abruptement après un regard à sa montre. Je suis désolé, je n'avais pas vu l'heure. Mon chauffeur peut nous retrouver dehors dans cinq minutes.

Était-il vraiment si tard ? Jessica avait perdu toute notion du temps, occupée à rêver de choses qui ne lui manquaient pas d'habitude : les caresses d'un homme. De *cet* homme.

— Ce n'est pas grave, finit-elle par répondre. J'ai passé un bon moment à parler avec toi.

Le pianiste entama « Moon River » sur un tempo langoureux. Excepté un ou deux clients, le bar était vide.

— Nous ne sommes peut-être pas obligés de nous dire au revoir tout de suite.

Oliver posa doucement une main sur la sienne, son pouce caressant sa peau avec lenteur.

— Moi aussi, j'aime bien faire connaissance avec toi, reprit-il à voix basse.

Jessica pouvait presque entendre les battements furieux de son cœur dans sa poitrine. Qu'était-il en train de lui dire exactement ? Depuis bientôt deux ans qu'elle n'était sortie avec personne, était-elle encore capable de reconnaître une proposition lorsqu'elle en entendait une ?

— Qu'est-ce que tu suggères ? lui demanda-t-elle.

— Franchement, je n'en sais rien.

Oliver secoua la tête, un sourire désabusé aux lèvres.

— Soit je n'aurais pas dû prendre ce dernier verre, soit c'est toi qui me montes à la tête, reprit-il. Probablement un peu des deux. Quoi qu'il en soit, je suis encore assez civilisé pour m'assurer que tu rentres chez toi en toute sécurité. Mon chauffeur est devant l'entrée.

— Merci, murmura-t-elle.

Oliver prit sa main pour l'aider à se relever. L'instant d'après, ils se trouvaient dehors dans l'air printanier, légèrement plus frais que lorsqu'ils étaient entrés dans le bar.

Jessica inspira profondément dans l'espoir de se rafraîchir les idées. Avec la main d'Oliver toujours dans la sienne, son effort resta sans le moindre effet. Un SUV noir se gara juste devant eux et le chauffeur, en costume, descendit aussitôt pour lui ouvrir la porte arrière.

— Je vais installer madame, Jason, intervint Oliver.

— Pas de problème.

Jason, un homme d'une cinquantaine d'années à l'allure

militaire, lui adressa un signe de tête amical avant de se réinstaller au volant.

— Est-ce que... Enfin, tu ne viens pas en voiture avec moi ? demanda-t-elle, confuse.

— Je ne demande pas mieux que de te raccompagner si tu le souhaites, mais j'ai réservé une chambre ici pour la nuit, expliqua-t-il. J'ai un vol à prendre tôt demain matin et je ne serai pas loin de l'aéroport.

Il posa une main sur la carrosserie pour la protéger de la brise fraîche qui soufflait autour d'eux.

— À toi de décider ce que tu veux faire, maintenant, reprit-il avec douceur.

Le moteur de la voiture ronronnait doucement dans la nuit. Jessica plongea le regard dans ses yeux verts, inspira l'odeur boisée de son après-rasage. Elle ne voulait décidément pas lui dire au revoir. Si elle partait maintenant, elle risquait de ne plus jamais recroiser son chemin.

Incapable de résister, elle se pencha plus près de lui.

— Dans ce cas, voilà ce que je veux faire.

Elle eut à peine le temps de réaliser la folie qu'elle s'apprêtait à commettre. Perchée sur la pointe des pieds, une main posée contre sa joue, elle ferma les yeux et posa les lèvres sur les siennes.

Oliver dut faire appel à tout son calme pour rester immobile sous la douce pression des lèvres de Jessica.

Plus que tout au monde, il aurait voulu la prendre dans ses bras et la serrer contre lui, sentir ses courbes voluptueuses sous ses mains. Ses cheveux exhalaient un léger parfum fleuri qui lui donnait encore plus envie de la toucher. Pourtant, il ne fit pas un geste, conscient que dès la seconde où il sentirait sa peau contre la sienne, il ne pourrait s'empêcher de la faire basculer sur la banquette arrière et de lui retirer tous ses vêtements l'un après l'autre.

— Jessica...

Sa voix se bloqua dans sa gorge, rauque, révélant sans peine à quel point son baiser l'avait chamboulé. Il s'écarta légèrement d'elle et prit ses deux mains dans les siennes. Si elle continuait à le toucher, il allait devenir fou.

— S'il s'agissait d'un baiser d'au revoir, j'en suis très reconnaissant, mais je ne peux pas te le rendre sans avoir envie de beaucoup plus, poursuivit-il avec effort. Si, au contraire, c'était le début d'autre chose...

Jessica inspira brusquement. Ils se tenaient si près l'un de l'autre que sa poitrine effleura son torse. Il pouvait sentir sa chaleur tentatrice à quelques pouces de lui, menaçant de lui faire perdre la tête.

— Est-ce que c'est une invitation ?

— Oh que oui, c'en est une.

Ses lèvres esquissèrent un petit sourire et elle inclina la tête sur le côté dans un geste purement séducteur. Elle avait tous les pouvoirs sur lui à cet instant, décidant à elle seule de la suite de leur soirée. Il la libéra lentement de son étreinte pour que la seule chose qui puisse la persuader soit sa voix, ses mots et l'attirance inexplicable qui les reliait depuis la première seconde.

— Et si tu venais avec moi à l'étage ? Nous verrons bien où ce baiser nous mène.

— D'accord, répondit-elle après un instant d'hésitation qui lui parut être l'éternité. Je ne fais jamais ce genre de choses d'habitude, mais aujourd'hui n'est pas une journée normale.

Elle prit une grande inspiration avant de planter son regard dans le sien.

— Je sais que ma vie va complètement changer et je l'accepte, mais ce soir, j'aimerais m'accorder un dernier moment pour moi.

— Je te promets que tu auras bien plus qu'un moment, Jessica.

Il tambourina légèrement contre la vitre côté conducteur et annonça à Jason qu'ils n'avaient plus besoin de lui. Ensuite, son attention se reporta entièrement sur la femme magnifique qui l'accompagnait.

Il la guida à travers le hall de l'hôtel jusqu'à l'extrémité ouest du bâtiment, où il se rappelait qu'un ascenseur privé montait jusqu'au penthouse. Il avait hésité avant de réserver la plus grande suite pour lui seul. À présent, il était heureux de l'avoir fait. Jessica pourrait profiter de la terrasse panoramique et du confortable salon lorsqu'il partirait pour prendre son vol.

Pour l'instant, il ne voulait pas penser à ce moment, pas alors qu'ils avaient toute la nuit devant eux.

La musique classique du haut-parleur accompagna leur silence jusqu'au dixième étage. En dehors de sa main toujours dans la sienne, il se refusait soigneusement à la toucher, craignant de ne plus pouvoir s'arrêter.

— Tu ne dis plus rien, observa-t-elle lorsque les portes s'ouvrirent sur le palier. Est-ce que tu regrettes de m'avoir emmenée ici ?

— Bien au contraire. Je suis en train de déployer des efforts surhumains pour me contenir, pour m'assurer que tu te sentes complètement à l'aise avant de faire quoi que ce soit.

Ses lèvres s'étirèrent en un sourire qui suffit à faire battre son cœur plus vite. Il déverrouilla la porte de la suite et s'effaça pour la laisser passer, jetant un coup d'œil à l'intérieur pour vérifier que tout était en ordre. Quelqu'un avait ajouté un vase de tulipes fraîches sur la table du salon. Sur le bureau, son ordinateur était resté ouvert, signe qu'il avait travaillé jusqu'à la dernière seconde avant de partir pour la fête.

Jessica se tourna vers lui et haussa le menton avec un air de défi.

— Ne t'inquiète pas. Si je ne me sentais pas à l'aise, je ne serais pas en train de franchir ce seuil.

Elle joignit le geste à la parole et entra résolument dans la suite. Le tissu fin de sa jupe noire moulait ses formes et froufroutait contre sa peau, un son qu'il n'aurait jamais remarqué ailleurs que dans ce silence profond qui les enveloppait. Il la suivit à l'intérieur et referma la porte derrière lui avant de poser sa clé magnétique sur une console.

— Très bien, répondit-il en retirant sa veste sans la quitter des yeux.

Il la drapa sur le dossier d'une chaise et rejoignit Jessica, occupée à tracer du bout des doigts le contour d'un pétale de tulipe jaune vif.

— Maintenant que je suis certain de ta confiance, j'espère pouvoir te faire ressentir bien plus que du confort. Qu'est-ce que tu en dis ?

Elle se redressa aussitôt et le regarda droit dans les yeux. Sa peau était si pâle qu'il pouvait voir son pouls s'accélérer à la naissance de son cou. Ses lèvres s'entrouvrirent et elle laissa échapper un soupir avant de s'approcher encore de lui, son parfum si léger lui parvenant à peine.

— Oui... S'il te plaît.

Il tendit la main et défit d'un geste l'élastique qui retenait ses cheveux. Ses doigts s'enfouirent dans la longue chevelure brune répandue sur ses épaules, exactement comme il en avait rêvé toute la soirée. Son autre bras s'enroula autour de sa taille et il la serra contre lui.

L'espace d'un instant, il eut conscience du bleu extraordinaire de ses yeux levés vers lui. Puis il posa les lèvres sur les siennes et fut incapable de la moindre pensée.

3

Une fraction de seconde après qu'il eut commencé à l'embrasser, Jessica comprit qu'elle avait sous-estimé la puissance du désir qu'elle ressentait pour Oliver Price.

Elle s'était retrouvée, sans bien savoir comment, plaquée contre une étagère. La main d'Oliver était toujours dans ses cheveux. Le parfum des tulipes ne masquait pas complètement celui, plus boisé, qui émanait de son cou. Ses lèvres se pressaient contre les siennes d'une manière toujours plus possessive et sa langue caressait la sienne comme s'il ne pouvait se rassasier d'elle.

Elle sentit ses jambes trembler et s'accrocha désespérément aux épaules d'Oliver. Décidément, il tenait sa promesse : ce qu'elle ressentait était tout sauf du confort.

Ils finirent par s'écarter l'un de l'autre, reprirent leur souffle l'espace d'un instant, les yeux dans les yeux.

— Tu... Tu me le dirais si j'allais trop loin, n'est-ce pas ? demanda-t-il d'une voix haletante.

— Oui, mais ce n'est pas ce que je te dis.

— Qu'est-ce que tu me dis, alors ?

Elle laissa glisser ses mains jusqu'à sa poitrine et défit lentement le premier bouton de sa chemise.

— Je te dis qu'à partir de maintenant, nous n'avons plus la moindre raison de nous retenir.

À peine avait-elle terminé sa phrase qu'il la soulevait dans ses bras pour l'emmener dans la chambre. L'air dans la pièce lui sembla plus frais contre sa peau enfiévrée, et elle remarqua au-dessus du lit démesuré les pales d'un ventilateur qui tournaient paresseusement. Ensuite, Oliver la reposa doucement sur ses pieds et elle cessa de s'intéresser au décor.

Il tendit la main pour déboutonner son chemisier et elle en fit autant avec lui. Il aurait probablement gagné la course s'il ne s'était pas arrêté après chaque bouton pour embrasser la peau qu'il dévoilait. Lorsqu'il lécha doucement l'espace sensible entre ses seins, elle oublia le reste du monde.

Oliver la fit basculer sur le matelas et elle enfouit les doigts dans ses cheveux. Le poids si bienvenu de son corps sur le sien lui fit pousser un gémissement, et elle écarta les jambes pour mieux le sentir contre elle.

— Comment se fait-il que tu sois aussi parfaite ? murmura Oliver.

Sans attendre de réponse, il se mit à tracer un chemin du bout de la langue sur la lisière de dentelle blanche de son soutien-gorge. Il défit les derniers boutons de son chemisier sans rompre le contact un seul instant. Jessica ondula les hanches pour se presser davantage contre son érection, frustrée par le tissu de sa jupe entre eux.

Les lèvres d'Oliver s'arrondirent autour de son mamelon et il se mit à le sucer doucement. Le désir brûlant entre ses cuisses devint presque douloureux et, alors qu'elle s'apprêtait à le supplier, il glissa une main sous sa culotte et trouva enfin l'endroit où elle avait besoin de lui.

Elle arqua instinctivement les hanches pour augmenter la pression de sa main. Il traça du bout de la langue un chemin le long de sa gorge, jusqu'au lobe de son oreille, qu'il mordilla délicatement tandis que ses doigts trouvaient le rythme qu'elle aimait.

— Oliver..., gémit-elle d'une voix qu'elle reconnut à peine.

La tête renversée en arrière, elle se laissa aller au plaisir qui montait en elle, lentement, insidieusement, jusqu'à ce qu'il glisse un doigt en elle et fasse un mouvement qui lui fit perdre toute notion de l'univers autour d'eux.

Une onde de plaisir immense la parcourut tout entière. L'orgasme la laissa pantelante, dévastée, satisfaite jusqu'à la dernière cellule de son corps.

Lorsqu'elle retrouva ses esprits, la première chose qu'elle entendit fut la respiration hachée d'Oliver contre son oreille. Elle se rappela qu'il méritait autant de plaisir que celui qu'il venait de lui donner – et tout cela sans même retirer sa jupe.

— À toi, déclara-t-elle en le repoussant doucement, les mains posées sur ses épaules. Je veux te toucher bien plus que ça.

Il roula sur le côté et l'entraîna avec lui de manière à lui faire face.

— C'est drôle, je pensais exactement la même chose. Je veux beaucoup plus de toi.

Sa main descendit le long de son ventre et défit la fermeture de sa jupe. Ignorant la chaleur familière qui revenait déjà entre ses jambes, Jessica tendit la main pour écarter les pans de sa chemise et la faire glisser sur ses épaules. Fascinée, elle prit un moment pour le contempler.

Son corps était merveilleux, ses muscles bien définis jouant sous sa peau dorée. Elle fit courir ses doigts le long de son torse et arriva à la lisière de son pantalon en frémissant de désir. Elle mourait d'envie de le goûter.

— Si tu continues à me regarder comme ça, je ne vais pas être d'accord, Jessica. J'ai envie de toi, moi aussi.

— Il faut bien que je te regarde pour savoir où je vais.

Elle fit rapidement glisser son pantalon le long de ses jambes, mais Oliver emprisonna son poignet.

— Quoi qu'il arrive, je vais adorer, murmura-t-il avec une

nuance de sérieux qui la surprit. C'est toi que je veux, tout simplement.

La gentillesse de sa remarque la toucha en plein cœur. Cet homme allait-il être plus difficile à oublier que prévu ?

Résolument, elle mit cette pensée dans un coin de son esprit et se leva pour faire tomber sa jupe au sol. Oliver sortit un préservatif de sa poche avant de se débarrasser à son tour de ses derniers vêtements.

Elle lui arracha le paquet argenté des mains, l'ouvrit et plaça le préservatif avant de repousser Oliver contre le matelas.

Jessica se sentit frissonner. Le ventilateur qui faisait voleter ses cheveux autour de son visage n'y était pour rien. Après toute une vie à jouer sagement selon les règles, elle s'apprêtait à faire l'amour avec un homme qu'elle connaissait depuis quelques heures.

— Tu es sûre, Jessica ?

Le regard vert d'Oliver sonda le sien comme s'il pouvait lire dans ses pensées. Elle entrelaça ses doigts aux siens et le chevaucha, se penchant sur lui jusqu'à ce que les pointes de ses seins effleurent son torse.

— Je suis parfaitement sûre, murmura-t-elle contre ses lèvres. J'ai besoin de toi. Maintenant.

Elle se laissa lentement retomber sur lui et faillit aussitôt perdre la raison. Tout ce qui n'était pas lui, la plénitude qu'elle ressentait depuis qu'il était venu en elle, disparut de ses pensées. Oliver prit alors le contrôle.

Les mains placées sous ses fesses, il la souleva en rythme, ne lui laissant pas une seconde pour respirer. Non qu'elle en ait eu besoin, d'ailleurs.

Elle réprima l'envie de crier son nom et ferma les yeux tandis que ses jambes s'enroulaient autour de ses hanches pour l'attirer plus profondément en elle. Oliver ne s'arrêtait que pour poser la bouche sur la sienne dans un baiser brûlant, ou pour attirer l'un de ses mamelons entre ses lèvres.

La tension entre ses jambes montait de nouveau et elle eut désespérément besoin de cette joie parfaite qu'il pouvait lui donner.

— Oliver...

Cette fois, le cri était un gémissement implorant. Il la comprit aussitôt et la souleva dans ses bras en se mettant debout. L'instant d'après, il l'avait déposée sur le matelas et bougeait en elle de plus en plus vite, de plus en plus fort. Le plaisir monta encore et encore jusqu'à ce qu'elle ne puisse plus l'endiguer.

Elle se laissa aller à un orgasme encore plus puissant que le premier, secouée par des vagues de plaisir qui semblaient ne jamais vouloir s'arrêter. Oliver la suivit presque aussitôt. Son cri de plaisir rauque se mêla à ses propres gémissements et elle entrouvrit les paupières pour le regarder pendant qu'il jouissait à son tour, les yeux fermés, plus sexy que jamais.

Elle sentit les muscles de ses bras se détendre avant qu'il ne s'allonge à ses côtés sur le matelas. Elle posa la tête sur son épaule et écouta les battements encore rapides de son cœur, un rappel que tout cela s'était réellement passé.

Elle venait de passer une soirée merveilleuse avec un homme séduisant et intéressant. Un homme qu'elle ne reverrait jamais.

La réalité lui fit l'effet d'une douche froide, un rappel qu'elle ne devait pas se sentir trop bien avec lui. Elle avait voulu du plaisir et elle en avait trouvé bien plus qu'elle ne l'aurait cru possible. Maintenant, elle devait redescendre sur terre.

Oliver tendit le bras pour attraper un plaid au pied du lit, qu'il drapa soigneusement sur elle. Jessica se demandait combien de temps elle devait rester avant de faire sa sortie lorsqu'un *boum* retentissant se fit entendre au-dehors.

Elle sursauta et agrippa le bord de la couverture, mais Oliver se contenta de sourire.

— Ça doit être les feux d'artifice, commenta-t-il en enfilant son caleçon. On aura une belle vue d'ici.

— Des feux d'artifice ? répéta-t-elle, incrédule.

Elle se leva à son tour et enroula la couverture comme une toge autour de sa poitrine. Oliver enfila sa chemise sans la boutonner avant de traverser la chambre pour ouvrir les rideaux, révélant la baie vitrée qui donnait sur la terrasse.

— L'invitation à l'après-soirée mentionnait une surprise, si je me souviens bien.

L'après-soirée... Le vocabulaire et les occupations de ces gens n'avaient décidément rien à voir avec les siens, songea Jessica en secouant la tête.

Ils firent quelques pas sur la terrasse et s'appuyèrent contre la rambarde pour mieux profiter du spectacle. Le ciel était zébré de traînées rouges qui s'ouvraient en forme de fleur, répétées par des motifs floraux plus petits, bleus et jaunes, dont les pétales se délitaient en une pluie de paillettes dorées.

Jessica jeta un coup d'œil autour d'eux pour s'assurer qu'on ne pouvait pas les voir dehors à moitié habillés. Heureusement, la terrasse était construite de sorte à n'avoir aucun vis-à-vis avec les autres bâtiments.

— Je n'arrive pas à croire qu'ils sont encore en train de faire la fête, commenta-t-elle alors qu'une fusée blanche illuminait le ciel au-dessus d'eux.

— La famille Noble fait les choses en grand pour ce mariage. De toute façon, ajouta-t-il d'un air pensif, les gens de Royal adorent ce genre de fêtes.

— Et toi, alors ? Tu n'as pas l'air très enthousiaste.

— Ne te méprends pas, je suis très content pour Xavier et sa famille, mais tout ça n'est pas trop ma tasse de thé. Je ne consacre pas autant de temps à ma vie sociale d'habitude.

Oliver tendit la main et replaça le coin de sa couverture sous son bras. Ce simple geste lui fit un pincement au cœur, et elle chercha à se souvenir depuis combien de temps elle n'avait pas été dans une relation avec quelqu'un d'aussi attentionné.

Ce n'est pas une relation, se morigéna-t-elle aussitôt.

— Est-ce que tu vas aller à tous les événements du mariage ? reprit-elle pour ramener ses pensées sur un terrain moins dangereux. J'ai vu avec mes collègues qu'il y en avait encore beaucoup. Cette « fête du couple », notamment, a l'air d'être toute une histoire.

D'après ce qu'elle avait compris, les jeunes fiancés n'organiseraient pas d'enterrements de vie de garçon ou de jeune fille, mais une fête avec les amis des deux côtés réunis.

— Eh oui, soupira Oliver. Je dois faire une apparition à cette fameuse fête et à tout le reste.

— On dirait que la fièvre marieuse de Royal ne t'atteint pas.

— Je n'en ai pas besoin, répliqua-t-il avec un sourire caustique. Ma famille entière vit déjà dans le seul but de me caser avec quelqu'un.

Ils regardèrent le reste des feux d'artifice en silence, mais les mots d'Oliver restèrent présents à son esprit bien après qu'elle les eut entendus. Il savait donc ce qu'était la pression familiale. Le poids des attentes, bien que d'une autre nature que celui qu'elle vivait, pesait aussi sur lui. Elle ne voulait pour rien au monde ajouter à ce poids.

La soirée avait été magique, mais elle devait partir.

— Je vais appeler mon chauffeur et venir avec toi, insista Oliver. Je ne veux pas que tu rentres toute seule.

Il enfila son pantalon en se demandant ce qu'il avait fait, ou dit, pour que Jessica soit soudain pressée de partir. Leur nuit ensemble avait été parfaite jusque-là. Pourtant, dès le spectacle fini, elle avait déclaré qu'elle devait rentrer chez elle. Que s'était-il passé ?

Il boutonna ses vêtements à la hâte et se mit en quête de ses chaussures dans l'espoir d'être habillé avant qu'elle ait atteint la porte. Il savait que cette nuit était censée rester exceptionnelle, mais il ne se sentait pas encore prêt à lui dire au revoir.

— Ce n'est vraiment pas nécessaire, répondit Jessica en remontant la fermeture de sa jupe. Ma voiture est garée de l'autre côté de la rue.

— Peut-être, mais nous avons bu de l'alcool. Je préférerais que tu rentres avec quelqu'un de sobre au volant.

Visiblement hésitante, elle se mit à mordiller sa lèvre inférieure et un flot de souvenirs envahit son esprit : sa bouche contre sa peau, descendant lentement...

— Tu pourras récupérer ta voiture demain, reprit-il dans l'espoir d'apaiser ses pensées. D'ailleurs, si tu as besoin de rester un peu seule, je comprends parfaitement. Je ne suis pas obligé de venir avec toi.

— Non, ce n'est pas ça, répondit-elle aussitôt en secouant la tête. Cela dit, je crois que tu as raison. Je serai plus en sécurité avec ton chauffeur. J'ai l'impression d'être sobre, mais on ne sait jamais.

— Parfait, souffla Oliver, plus soulagé que de raison. Je vais envoyer un message à Jason pour lui dire que nous serons en bas dans quelques minutes.

Il fit le tour de la chambre et finit par repérer son téléphone posé sur l'étagère de la salle de bains, près de sa trousse de toilette restée ouverte.

Alors qu'il s'en emparait, il fit accidentellement tomber quelque chose de la tablette, sans avoir eu le temps de voir de quoi il s'agissait. Un léger tintement métallique résonna contre le carrelage. Trop petit pour être un rasoir ou sa brosse à dents, visiblement.

— Je l'ai, s'exclama Jessica.

Il se retourna tandis qu'elle plongeait la main sous la console de l'entrée. Lorsqu'elle se redressa, elle tenait entre le pouce et l'index une bague qu'il connaissait très bien.

Oliver sentit son cœur se serrer. Par maladresse, il avait été à deux doigts de perdre un héritage de famille.

— Merci, Jessica, lui dit-il en récupérant le bijou. Heureusement que tu l'as vue tout de suite.

Les sourcils froncés, elle fixa un instant l'antique anneau d'or, avec son diamant central taille rose encerclé de diamants plus petits.

— On dirait une bague de fiançailles.

— C'est le cas. Ma grand-mère me l'a donnée l'année dernière dans l'espoir d'accélérer ma recherche de fiancée.

Rien qu'au souvenir de ce moment, il vécut de nouveau toute la frustration qu'il avait ressentie ce jour-là.

Sa grand-mère avait insisté pour qu'il accepte le cadeau devant toute la famille réunie. Il avait bien tenté de protester, mais lorsque sa mère et tous ses frères et sœurs avaient rejoint le chœur des imprécations, il n'avait pas eu d'autre choix que de fourrer la bague dans sa poche.

Il l'avait ensuite glissée dans sa trousse de toilette et n'y avait plus repensé depuis... Enfin, jusqu'à maintenant.

— Eh bien, je comprends mieux quand tu disais que la fièvre marieuse était bien présente dans ta famille, compatit Jessica. Elle est magnifique, cela dit.

— C'est vrai ? Elle te plaît ?

Il lui tendit la bague dans un geste grandiloquent.

— Dans ce cas, sache que j'ai l'approbation de toute ma famille en te demandant ta main.

Il lui fit un clin d'œil et glissa l'anneau à son annulaire gauche avant qu'elle ait eu le temps de protester.

— Est-ce que tu acceptes de la garder ? lui demanda-t-il plus sérieusement. Tu en prendrais davantage soin que moi, ce qui n'est pas très difficile.

— De toute évidence non, murmura-t-elle.

Du bout des doigts de sa main droite, elle se mit à caresser délicatement les brillants.

— Pour autant, je ne suis pas sûre que la famille Price approuverait une fausse fiancée, et encore moins une serveuse désargentée comme moi.

Oliver ferma la porte vitrée de la terrasse et glissa sa clé magnétique dans sa poche, prêt à partir. Il détestait l'idée que Jessica devait partir alors que l'attirance entre eux était si évidente. Pourtant, il savait qu'il devait respecter son choix.

— Ma famille n'est pas élitiste, si c'est ce que tu voulais dire, finit-il par répondre. Ils ne mépriseraient jamais une personne qui gagne honnêtement sa vie.

Bien au contraire, il imaginait à peine la joie de ses parents s'il leur présentait Jessica. Ils verraient aussitôt qu'elle était bienveillante, travailleuse, indépendante et, encore mieux, qu'elle venait de Royal. Sa famille lui ressassait en permanence qu'il ferait mieux de s'établir dans la région au lieu de passer sa vie entre deux aéroports.

— Désolée, je ne voulais pas juger tes parents sans les connaître, soupira-t-elle en retirant soigneusement l'anneau de son doigt. J'imagine que c'est ma propre frustration qui parle. Je rêve du jour où je pourrai laisser mon uniforme au placard et me consacrer enfin à ce pour quoi j'ai étudié.

Il baissa les yeux sur la bague qu'elle tenait au creux de la main, retardant inexplicablement le moment de la reprendre.

— Tu es sûre que tu ne veux pas la garder, au moins jusqu'à ce que je revienne de mon voyage d'affaires ?

— Jamais de la vie, protesta-t-elle en posant le bijou dans sa paume.

Il prit sa main et la retint entre les siennes, refermant ses doigts sur la bague.

— Si tu la gardes, j'aurai une bonne excuse pour t'inviter

à un deuxième rendez-vous. Tu ne crois pas qu'il y a quelque chose de spécial entre nous ? Quelque chose qui mérite de lui donner une chance ?

Incapable de résister plus longtemps, il l'attira contre lui et l'embrassa langoureusement, avec lenteur, comme si le temps s'était arrêté. Jessica garda les paupières closes longtemps après qu'ils se furent écartés l'un de l'autre.

Lorsqu'elle les rouvrit, son regard triste par-dessus un demi-sourire lui annonça déjà la réponse.

— Il y avait quelque chose de spécial, je te l'accorde, mais je ne crois pas que nous devrions nous revoir.

Il faillit lui demander pourquoi et se ravisa aussitôt. Très probablement, Jessica n'aimait pas les relations sans engagement. Il ne fallait pas être expert pour le deviner.

De plus, elle lui avait dit qu'elle s'apprêtait à travailler nuit et jour pendant toute l'année à venir, une nécessité qui lui serrait le cœur et qu'il aurait voulu pouvoir effacer d'un coup de baguette magique. Si seulement ils s'étaient rencontrés à un autre moment…

Mais ce genre de pensées ne servait à rien.

— D'accord, finit-il par répondre. Je ne peux pas nier que je suis déçu, mais je respecte ta décision. Je n'oublierai pas ce moment avec toi, Jessica. J'espère que toi non plus.

Il déposa un baiser sur ses lèvres, s'accorda un instant pour la contempler une dernière fois avant de refermer la porte de la chambre derrière eux.

Jason les attendait dans le hall de l'hôtel. Elle allait rentrer chez elle, puis tous les deux reprendraient le cours de leurs vies respectives.

Cette nuit aurait dû être tout à fait normale. Dans un sens, Jessica lui facilitait même les choses en se détachant avec autant de tranquillité. Pourquoi, dans ce cas, se sentait-il tout sauf tranquille ?

Pourquoi avait-il l'impression de commettre la pire erreur de sa vie en lui disant adieu ?

4

L'après-midi suivant, Oliver traversait Manhattan à l'arrière d'un taxi, occupé à taper des notes rapides sur son téléphone. Il sortait d'un rendez-vous avec un nouveau client qu'il avait réussi à signer en personne. À présent, il se rendait au cœur de Midtown pour superviser le rachat d'une entreprise de marketing plus petite avec le vice-président américain de Nexus, la multinationale qu'il dirigeait.

La journée aurait dû être parfaite. Pourtant, ni ses victoires professionnelles, ni l'East River scintillant sous le soleil ne parvenaient à capter son attention. Ses pensées étaient tout entières occupées par Jessica Lewis.

Il se demandait comment elle allait depuis la veille, si elle avait pu récupérer sa voiture, si elle pensait à lui moitié autant qu'il pensait à elle.

Tout cela n'était pas seulement dû aux moments de passion pure qu'il rejouait encore et encore dans son esprit. Sur la route, le taxi avait doublé un théâtre affichant une nouvelle comédie musicale et il s'était demandé ce que Jessica penserait de cette production. Aimait-elle ce genre de musique ? Écoutait-elle du classique, du jazz ?

Il avait réellement envie de connaître les réponses, ce qui n'avait aucun sens puisqu'ils n'allaient jamais se revoir. Il n'aurait pas dû chercher le meilleur moyen de lui plaire ou l'endroit où ils passeraient leur prochain rendez-vous. Décidément, il devait fournir des efforts plus conséquents pour la chasser de sa tête.

Son téléphone se mit alors à vibrer dans sa poche. Bénissant d'avance la personne qui lui fournirait une distraction, il déverrouilla l'écran et vit ses parents, qui avaient appris à utiliser les appels vidéo sur leur tablette depuis la naissance de leur dernier petit-fils. Oliver vérifia que la paroi entre le chauffeur et lui était bien en place avant de prendre l'appel.

Son père et sa mère étaient debout l'un près de l'autre dans leur salon, main dans la main, un large sourire aux lèvres. Ils portaient des survêtements bleus assortis. Depuis la crise cardiaque de Timothy, ils s'efforçaient de faire davantage de sport, et Oliver supposa qu'ils revenaient de leur promenade quotidienne. Sa mère tenait à la main un exemplaire de ce qui semblait être la *Gazette de Royal*.

— Félicitations ! s'exclamèrent-ils en chœur aussitôt qu'il eut décroché.

— Euh... Pourquoi ? demanda-t-il, confus.

Il tenta d'agrandir l'image pour lire la coupure de journal, mais elle se trouvait trop loin de la caméra.

— Vous avez tous les deux votre sourire spécial « nouveau petit-enfant dans la famille », remarqua Oliver. Est-ce que quelqu'un attend un bébé ?

Il se mit à faire des calculs silencieusement. Son frère Reid et la femme de celui-ci essayaient d'avoir un enfant depuis quelques mois, mais Kate, sa sœur, lui avait aussi laissé entendre qu'elle n'attendrait pas trop longtemps avant d'agrandir à nouveau sa famille. Se pouvait-il qu'elle soit déjà enceinte ?

— Mais non, Oliver, c'est *toi* que nous voulons féliciter, clarifia sa mère. Ton père et moi sommes ravis que tu aies trouvé quelqu'un.

Trouvé quelqu'un ?

Oliver sentit sa gorge se nouer. Quelque chose lui disait qu'il allait avoir de gros ennuis. Soudain, il se rappela qu'il avait croisé Anabeth Ackerman la veille. S'était-elle débrouillée pour relancer les rumeurs à propos de leur couple sur les réseaux sociaux ? Après tout le mal qu'elle avait fait à ses parents, elle n'aurait tout de même pas osé... ?

Il pianota sur l'écran pour ajuster les réglages, désespéré à présent de voir le journal. S'il devait décevoir sa mère une nouvelle fois, lui dire qu'elle n'aurait pas de nouvelle belle-fille à accueillir chez elle, il allait devenir fou.

— Oliver Price, ne sois pas si cachottier, le morigéna sa mère en agitant une main parfaitement manucurée dans sa direction. Nous sommes au courant de tout. Timothy, montre-lui la photo.

— Je la cherche, répondit son père en feuilletant rapidement le journal. Ah, ça y est. La voilà.

Il plia le journal en deux et le tint plus près de la caméra pour qu'Oliver puisse le lire. Le titre « De l'amour dans l'air à Royal » s'étalait en grosses lettres noires, juste au-dessus d'une photo où on le voyait avec...

Jessica Lewis ?!

Son cœur loupa un battement et, derrière les vitres fumées du taxi, les gratte-ciel de Manhattan perdirent soudain de leur netteté.

Le photographe s'était débrouillé pour capturer le moment précis où Jessica avait épongé sa veste avec une serviette. Ils se tenaient si près l'un de l'autre qu'ils avaient presque l'air de s'étreindre. La main de Jessica était posée sur sa poitrine et elle levait les yeux vers lui, ses lèvres légèrement entrouvertes, aussi délicieuses que dans son souvenir. Lui-même la regardait comme s'il s'apprêtait à la dévorer tout entière. D'ailleurs, c'était probablement à cela qu'il rêvait au moment où la photo avait été prise.

Il comprenait à présent la réaction de ses parents. N'importe qui, en voyant cette photo, aurait pensé qu'ils étaient ensemble. Lui-même ne pouvait s'empêcher d'y croire à moitié. Après tout, leur connexion avait été immédiate et au-delà du simple désir physique.

Même s'il ne songeait pas à la moindre relation pour le moment, il ne pouvait nier qu'il avait envie de la revoir. Il voulait l'embrasser de nouveau, sentir son corps sous ses mains, profiter de cette attirance inexplicable tant qu'elle durerait, quels que soient les mots qu'il faudrait mettre dessus.

— Tu viendras dîner avec elle la semaine prochaine, j'espère ? Nous avons hâte de la rencontrer. De toute façon, maintenant qu'on vous a photographiés ensemble, tu n'imagines tout de même pas la garder pour toi seul. Tu sais à quel point il est important pour nous de savoir tous nos enfants heureux.

Le visage de sa mère se rapprocha de la caméra avant de s'en éloigner de nouveau. Elle prit la tablette avec elle pour traverser le salon, l'image tremblotant au rythme de ses pas, avant de la poser sur ce qu'il reconnut comme l'îlot central de la cuisine.

La table était couverte de sacs en tissu débordant de provisions. Il repéra plusieurs baguettes de pain, un bouquet de fleurs et un rôti. Manifestement, pendant qu'il signait des contrats à New York, sa mère prévoyait un repas de famille où elle pourrait discuter de sa vie amoureuse avec l'ensemble de ses frères et sœurs.

Il ressentit un pincement de culpabilité à l'idée de décevoir ses parents une nouvelle fois. Depuis l'automne précédent, lorsque son père avait eu sa crise cardiaque, ils insistaient régulièrement sur leur envie de passer le plus de temps possible avec leurs petits-enfants, sous-entendant que lui-même ne leur en avait pas encore donné.

— Je ne suis pas sûr d'être à Royal le week-end prochain, finit-il par répondre pour gagner du temps.

— Moi, je suis sûre, déclara Fiona en commençant à ranger ses courses. J'ai écrit à Lily pour qu'elle vérifie ton agenda et elle m'a dit que tu étais libre.

Oliver se retint de lever les yeux au ciel. Employer des membres de sa famille n'avait pas que des avantages. Puisque deux de ses sœurs travaillaient pour Nexus, Kate comme vice-présidente et Lily comme assistante personnelle, sa mère avait bien plus facilement accès à son emploi du temps qu'il ne l'aurait souhaité.

— Il faudra que je demande à Jessica si elle est libre.

Pour une réponse idiote, c'en était une. Quel bien pouvait-il faire à ses parents en leur laissant croire que Jessica et lui étaient réellement ensemble, en retardant l'inévitable vérité ? Pourtant, il ne pouvait s'empêcher de se demander si une autre solution était possible.

Si Jessica faisait partie de sa vie, ses parents seraient enfin apaisés. Il se sentirait moins coupable envers eux, et toute sa famille le laisserait en paix. En outre, il aurait enfin quelqu'un avec qui assister à tous les événements sociaux des prochains mois. Xavier et Ariana avaient prévu le mariage le plus extravagant possible. L'idée d'y aller seul et d'attirer une nouvelle fois les commentaires lui répugnait, mais tout serait différent s'il y allait avec Jessica.

— Bien sûr, je comprendrai si elle ne peut pas venir la semaine prochaine, reprit sa mère de l'autre côté de l'écran. J'espère tout de même qu'elle a envie de nous rencontrer. Tu ne t'imagines pas à quel point ton père et moi sommes heureux, Oliver.

Au contraire, il ne l'imaginait que trop bien.

Il dit au revoir à ses parents avant de raccrocher. À terme, il devrait trouver un moyen de freiner leurs attentes, il en était bien conscient. Cependant, s'il existait une solution pour retarder ce moment...

Prétendre que Jessica et lui étaient ensemble, par exemple ? Ses parents seraient heureux, à tel point peut-être que le stress de son père diminuerait, amenuisant les risques d'une deuxième crise cardiaque. La menace planait dans son esprit depuis qu'il savait combien ce risque était plus élevé dans la première année suivant un infarctus.

Lorsque le taxi se gara devant les bureaux de Nexus, il avait déjà décidé de rentrer à Royal plus tôt que prévu. Il allait se débrouiller pour terminer son travail en fin d'après-midi et attraper le dernier vol. Jessica avait probablement lu le journal, elle aussi, et il ne pouvait pas attendre pour savoir comment elle réagissait.

En fait il ne pouvait pas attendre pour la revoir, tout court. L'incident de la photo lui fournirait une excuse toute trouvée. Ensuite, il verrait bien si l'obsession qu'il avait d'elle depuis la veille se calmerait.

La proposition qu'il s'apprêtait à lui faire les aiderait sans aucun doute à répondre à cette question.

Le soir d'après sa merveilleuse nuit avec Oliver, Jessica était accompagnée bien différemment.

Elle jouait une chanson pour un groupe d'adolescents neuroatypiques au sein d'un centre de loisirs spécialisé. Il s'agissait de la dernière semaine de son stage de fin de semestre, et déjà, elle savait que les jeunes allaient lui manquer.

Ses doigts grattèrent les cordes de sa guitare et elle laissa sa voix porter la mélodie. Ce jour-là, elle avait besoin des effets relaxants de sa musique, presque autant que les adolescents qui l'entouraient. Elle ne savait plus où elle en était depuis qu'elle avait vu la photo d'Oliver et elle dans la *Gazette de Royal*.

Toute la journée, son téléphone avait sonné en continu. L'ensemble de ses connaissances voulaient apparemment savoir ce qu'il en était de sa relation avec l'un des hommes les plus en vue de Royal. Ses parents avaient essayé de l'appeler, ses amis aussi, jusqu'à ses collègues serveurs et un ou deux camarades de l'université.

Elle avait ignoré consciencieusement chacun des messages, incapable de trouver une bonne manière d'exprimer ce qui s'était passé la veille. Elle ne se voyait pas expliquer à ses parents qu'elle avait perdu la tête et passé la nuit avec un inconnu. Eux qui s'étaient rencontrés un an avant de commencer à sortir ensemble, puis avaient attendu encore des années pour se marier, ne comprendraient jamais une folie pareille.

Quant à ses amis... Ils ne la jugeraient peut-être pas, mais ils lui diraient sans doute qu'elle avait fait une bêtise et elle ne pouvait s'empêcher de penser qu'ils auraient raison, du moins en partie.

Pour ne pas y penser, elle se concentra sur les notes de sa chanson. Les sons de sa guitare vibrant contre son ventre et la mélodie douce qu'elle jouait l'apaisèrent aussitôt. Pour elle, la musicothérapie ne représentait pas seulement un métier, mais une passion et une discipline dans laquelle elle croyait fermement. Sur elle-même en tout cas, la musique avait toujours fonctionné avec une efficacité remarquable.

Elle eut un pincement au cœur en songeant qu'elle ne travaillerait plus avec ce petit groupe. Depuis quatre mois qu'elle faisait le trajet tous les samedis vers ce quartier du sud de Dallas, ce moment était devenu le meilleur de sa semaine.

Assis en tailleur autour d'elle, les jeunes l'accompagnaient avec des percussions qu'ils avaient fabriquées eux-mêmes, devenant ainsi des acteurs à part entière de leur thérapie. Ils avaient tellement progressé en quelques semaines qu'elle n'en revenait toujours pas.

Jusqu'à ce week-end, elle avait cru qu'elle accompagnerait d'autres groupes après celui-ci, ce qui rendait son départ plus facile à appréhender. Et maintenant ? Elle ne savait pas quand elle pourrait de nouveau exercer le métier qui la rendait heureuse.

Alors qu'elle plaquait le dernier accord de sa chanson, la main posée contre les cordes comme pour en recueillir les notes, un garçon installé au dernier rang leva la main.

— Oui, Owen ?

— Il y a un monsieur à l'entrée, mademoiselle Jessica. Est-ce que je dois lui ouvrir la porte ?

Quelques-uns de ses patients se massèrent derrière la fenêtre pour épier l'inconnu. D'autres rangeaient déjà leurs affaires pour se rendre à leur prochaine activité. Jessica n'eut pas besoin de regarder longtemps l'homme à la silhouette athlétique, vêtu d'un jean noir et d'une chemise gris foncé, pour le reconnaître. Son cœur avait fait un bond dans sa poitrine dès l'instant où elle l'avait vu.

La question restait la suivante : que faisait Oliver Price sur son lieu de travail ? Ne lui avait-il pas dit qu'il serait à New York pour son entreprise tout le week-end ? Certes, elle lui avait parlé de son stage la veille et mentionné le nom du centre de loisirs, mais elle ne s'était pas imaginé qu'il y viendrait. Quelque chose de grave avait dû arriver pour qu'il interrompe son voyage d'affaires.

Elle détourna le regard de la fenêtre avec effort, sa curiosité se mêlant à une conscience presque physique de la présence d'Oliver au-dehors. Elle se rendit alors compte qu'elle n'avait toujours pas répondu à Owen.

— Ce ne sera pas nécessaire, je te remercie, lui dit-elle avec un sourire. Je lui parlerai en sortant. Pour tout le monde, merci beaucoup d'avoir partagé votre belle musique avec moi ces dernières semaines. J'espère que vous continuerez de jouer de vos percussions et que vous vous souviendrez de nos chansons relaxantes.

Quelques membres du groupe s'approchèrent pour lui dire au revoir, mais la plupart sortirent de la salle en silence. Seul Owen semblait ne pas vouloir s'en aller. Lorsqu'il ne resta plus qu'eux, l'adolescent commença à se balancer d'un pied sur l'autre, l'air gêné.

— Je préférerais vous accompagner, mademoiselle Jessica. On ne sait jamais.

— Merci, Owen. C'est gentil de ta part.

Jessica rangea sa guitare et la mit sur son dos en se retenant d'effectuer une danse de la joie. Owen, un grand gaillard de dix-sept ans, s'était magnifiquement amélioré ces derniers mois. Le jeune homme était arrivé à son premier atelier en refusant de chanter la moindre note sous prétexte qu'il ne savait rien faire et qu'il allait échouer. Depuis, il était devenu l'un de ses patients les plus enthousiastes, et voilà maintenant qu'il jouait les protecteurs avec elle.

Elle sortit donc du centre précédée par son chevalier servant, dont l'armure ressemblait un peu trop à un sweat-shirt pour être authentique. Oliver se leva du banc où il était assis dès qu'il la vit arriver. Après un dernier signe de la main à Owen, qui s'éloignait sur son vélo, elle prit une grande inspiration et se tourna vers lui.

Ses yeux se rivèrent aussitôt aux siens. Il la regarda comme s'il avait attendu toute la journée le moment où il pourrait le faire – ou bien ne faisait-elle que projeter ses propres sentiments sur lui ? De son côté, il aurait fallu un ouragan ou un tremblement de terre pour l'arracher de sa place. Son corps était attiré par le sien comme si un fil invisible les reliait.

Même dans une tenue plus décontractée, Oliver irradiait la force et l'aisance. Le col de sa chemise était ouvert et des images de la veille envahirent son esprit, lorsqu'elle l'avait déshabillé et embrassé dans le cou.

— On dirait que j'ai de la concurrence, remarqua-t-il avec un sourire et un regard en direction du chemin qu'avait pris Owen. Est-ce que je peux porter ta guitare ?

— Je veux bien, merci.

Il tendit la main et elle l'aida à prendre l'instrument en haussant une épaule. Il l'avait à peine effleurée, mais le simple contact de ses doigts sur le tissu fin de sa robe d'été suffit à lui faire oublier ce qu'elle voulait dire.

— Je... Tu n'as peut-être pas besoin de la porter, en fait, finit-elle par balbutier. J'allais m'asseoir sur un banc en attendant que le taxi arrive.

— Le taxi ? répéta-t-il en fronçant les sourcils. Tu n'as pas encore récupéré ta voiture au complexe de golf ?

— J'ai essayé ce matin, mais la batterie devait être à plat et je n'ai pas réussi à la démarrer. Elle y est toujours parce que je n'avais pas le temps d'appeler une dépanneuse avant de venir travailler.

— Je vois. Dans ce cas, est-ce que tu veux bien que je te ramène chez toi ? Je voulais qu'on discute de toute façon.

Elle hocha la tête et le suivit jusqu'à sa voiture, un élégant coupé gris BMW. Oliver lui tint la porte du côté passager et glissa sa guitare sur le siège arrière avant de s'installer au volant. Elle dut résister à l'envie de faire courir ses doigts sur le logo au milieu du tableau de bord. Tout dans cette voiture respirait le luxe, une vie à mille lieues de la sienne, où tout ce qu'elle achetait était de seconde main ou en solde.

Oliver conduisit quelques minutes en silence. Lorsqu'ils se trouvèrent sur l'autoroute en direction du Sud, elle finit par demander :

— Est-ce que tu as annulé ton voyage, finalement ? Je suis surprise de te voir ici.

— J'étais à New York avant 9 heures ce matin et j'avais terminé mes affaires en début d'après-midi, répondit-il. J'ai pris l'avion directement après.

— Un voyage express, alors.

Elle tenta d'imaginer le genre de vie qu'il menait, prenant l'avion deux fois dans la même journée et tout cela dans le cadre de son travail. Son univers n'aurait pas pu être plus différent du sien.

— Je me suis senti obligé de revenir vite, expliqua-t-il. Cette photo dans le journal a causé toute une histoire dans ma famille.

Il lui jeta un rapide coup d'œil avant de reprendre :

— Est-ce que tu serais d'accord pour faire un arrêt en chemin ? J'aimerais te montrer quelque chose.

Non seulement il était venu la chercher, mais en plus, il voulait passer davantage de temps avec elle ? Jessica fit de son mieux pour se rappeler qu'elle devait être prudente. Pour autant, elle n'avait jamais pu résister à l'attrait d'une surprise.

— Avec plaisir. D'ailleurs, si ça peut te rassurer, j'ai aussi reçu une avalanche de messages à propos de cette satanée photo.

Oliver appuya sur l'accélérateur pour dépasser un véhicule plus lent sur leur file. Elle ne put s'empêcher de remarquer les muscles de sa cuisse qui se tendaient sous son jean, rêva de poser la main exactement à cet endroit, de laisser sa paume remonter le long de son pantalon...

Comment se faisait-il qu'elle soit obsédée à ce point par l'idée de se retrouver à nouveau au lit avec Oliver ?

— Je ne suis pas surpris que tu aies eu des réactions, commenta justement celui-ci. Cette photo était pour le moins suggestive.

Il la regarda comme s'il attendait son approbation et elle hocha la tête, incapable de parler.

— Aux yeux de mes parents, l'image équivaut pratiquement à des fiançailles publiques.

La note d'amertume dans sa voix ne lui échappa pas. Elle se souvint de la pression familiale dont il lui avait parlé la veille, et bien que consciente que sa contrariété n'était pas dirigée contre elle, son cœur se serra à l'idée qu'il pouvait regretter quoi que ce soit.

— Leur as-tu expliqué dans quel contexte elle avait été prise ? Quand même, nous n'avons pas eu de chance. Le photographe a capté le moment exact où nous étions très proches l'un de l'autre.

Et où nous avions l'air de vouloir nous sauter dessus mutuellement, ajouta-t-elle pour elle-même. *Ce que nous n'avons pas tardé à faire.*

— Je n'ai pas pu en placer une. Mes parents étaient bien trop occupés à t'inviter officiellement au prochain dîner familial.

Oliver ralentit pour prendre la dernière sortie d'autoroute avant Royal. À mesure qu'ils s'éloignaient de la ville, le trafic s'amenuisait autour d'eux.

— Pour tout te dire, la santé de mon père est assez fragile en ce moment, reprit Oliver. Il a eu une crise cardiaque il y a neuf mois, et j'ai appris que réduire son niveau de stress dans l'année suivante pouvait diminuer drastiquement les risques d'une deuxième crise. Aujourd'hui, en le voyant si heureux, je me suis dit que je contribuerais à lui tranquilliser l'esprit si j'avais enfin une relation stable.

— Je comprends que tu penses à rencontrer quelqu'un, répondit-elle sincèrement. Je suis désolée pour les ennuis de santé de ton papa.

Certes, elle comprenait, mais elle ne pouvait refouler un pincement de déception. L'idée que leur photo ensemble pourrait être le déclencheur de sa recherche d'une partenaire, une autre, lui paraissait cruellement ironique.

— Pas du tout, je pense exactement au contraire, rétorqua-t-il avec un sourire désabusé. J'ai décidé de poursuivre ma fausse vie amoureuse – avec toi.

5

Oliver mit son clignotant et tourna à droite sur une route de campagne, mettant le cap sur la surprise qu'il réservait à Jessica.

Il avait beaucoup réfléchi à la manière dont il lui présenterait son idée. Finalement, il avait décidé d'investir autant de temps et d'énergie pour la convaincre qu'il le ferait avec un nouveau client de Nexus. Il ne se contenterait pas de la persuader avec du charme et des sourires. Bien au contraire, il allait lui démontrer en des termes précis et efficaces que sa proposition serait tout aussi bénéfique pour elle que pour lui.

Bien sûr, au milieu de tout cela, il allait aussi veiller à ce qu'elle passe un bon moment, d'où leur excursion à la fête foraine du comté.

— Je te demande pardon ? intervint alors Jessica en se tournant vers lui. Depuis quand partageons-nous une « fausse vie amoureuse » ? Aux dernières nouvelles, nous avons juste passé un moment agréable ensemble.

Elle hésita un instant, enroulant une mèche de cheveux autour de son index, avant d'ajouter avec une note de défi dans la voix :

— Il me semble que ce moment n'avait rien de faux.

— Bien sûr que non, répondit-il aussitôt.

Il repéra un panneau indiquant l'entrée de la foire et ralentit avant de tourner le volant. Devant eux, plusieurs véhicules à la file attendaient de pouvoir entrer sur le parking, et on apercevait déjà une grande roue par-dessus la cime des arbres.

— Ce qui s'est passé la nuit dernière était tout aussi vrai pour moi que pour toi, reprit-il. Je voulais seulement dire que la photo du journal donnait l'impression d'une relation plus stable, plus profonde, que nous n'avons pas établie. Tu ne crois pas ?

— C'est vrai, je te l'accorde.

Jessica resta silencieuse un moment tandis qu'il garait la voiture au bout d'une rangée, dans un champ reconverti en parking pour l'occasion. Il se dépêcha de sortir pour lui tenir la porte et l'aider à descendre. L'air du soir sentait le foin fraîchement coupé et la barbe à papa.

Il prit la main de Jessica dans la sienne. Sa robe bleu pâle épousait ses formes et elle portait des sandales ornées de perles colorées, dévoilant son vernis rose vif et un minuscule anneau d'argent autour de son petit orteil. Elle avait gardé ses boucles d'oreilles en forme de notes, mais ses longs cheveux bruns étaient lâchés et il dut se pencher légèrement pour les voir.

Il s'efforça de ne pas la regarder trop longtemps, mais elle lui paraissait encore plus belle que dans son souvenir.

L'air confus, Jessica pivota sur elle-même pour examiner les environs. Sur son visage dansaient des éclairs de lumière violette en provenance du manège le plus proche.

— J'ai du mal à comprendre pourquoi tu m'as amenée à la foire pour discuter de ta fausse vie amoureuse.

Elle haussa un sourcil dans sa direction, mais une lueur amusée dansait dans son regard bleu-vert. Il dut faire appel à toute sa raison pour s'empêcher de la serrer contre lui et de l'embrasser.

— Tu comprendras bientôt, c'est promis, lui dit-il en la prenant par le bras.

Il l'entraîna vers l'entrée de la fête foraine, bien décidé à mener son plan à terme maintenant qu'il avait pensé à tous les détails. L'odeur des sucreries et du pop-corn se fit plus forte à mesure qu'ils avançaient. Après avoir payé leurs entrées, il guida Jessica jusqu'à un grand chapiteau situé à l'arrière du terrain, slalomant entre les attractions.

Il avait téléphoné quelques heures plus tôt aux organisateurs, demandant qu'ils leur réservent un endroit spécial pour assister au concert du soir. Il n'avait pas vraiment su à quoi s'attendre jusqu'à présent et le résultat était plutôt surprenant.

À côté du chapiteau central s'élevait une tente plus petite portant une pancarte « Réservé » sur un cordon doré. Les rideaux violets frangés d'or et les étoiles peintes sur le plafond lui firent soupçonner qu'il s'agissait du stand d'une voyante, reconverti pour l'occasion. À travers l'embrasure des rideaux, il aperçut une petite table sur laquelle était posée une lampe-tempête.

Ce n'était pas exactement ce qu'il avait imaginé, mais il était reconnaissant à la personne qui avait trouvé une solution pour satisfaire sa requête.

Le premier concert de la soirée commençait à peine. Sur la scène principale, un célèbre duo – mari et femme – de musique country venait d'entamer sa première chanson. Jessica s'arrêta devant l'entrée du chapiteau et s'appuya sur son bras pour se hausser sur la pointe des pieds, tentant de voir quelque chose par-dessus la foule.

— Ça ne te dérange pas si nous nous arrêtons une minute ? J'adore ce duo, leurs chansons ont des harmonies incroyables.

— Nous pouvons écouter aussi longtemps que tu le veux, installés confortablement à notre table privée, lui dit-il en désignant l'entrée de la petite tente. J'espère que ta surprise te plaît.

À la façon dont ses yeux s'illuminèrent, il eut plutôt l'impression d'avoir trouvé une place VIP pour le concert d'une pop star internationale.

— C'est vraiment gentil d'avoir organisé tout ça, Oliver, lui dit-elle avec un grand sourire. La musique est le meilleur cadeau du monde.

Chacune des secondes qu'il avait passées sur son téléphone, à chercher une idée de sortie qui lui ferait plaisir, en valait dix fois la peine. Il n'aurait pas cru pouvoir se sentir aussi heureux de la voir heureuse.

Quelques minutes plus tard, ils étaient installés sur des chaises pliantes autour de leur table. Oliver fit signe à l'un des employés qui contrôlaient les billets. Après une brève discussion, celui-ci appela le serveur d'un stand de confiseries qui prit leur commande : de la limonade et des beignets.

Jessica croisa les jambes et se mit à battre du pied en rythme. Oliver se rendit compte qu'il ne connaissait pas le nom de tous les instruments, qui étaient nombreux sur scène, malgré le fait qu'il n'y avait que deux interprètes. Il demanda donc à l'experte qui l'accompagnait de les énumérer pour lui.

— Violoncelle, mandoline, violon folk et banjo à cinq cordes, répondit Jessica en montrant les instruments tour à tour. Elle sait jouer de tous.

— Alors comme ça, tu les connais bien, remarqua-t-il avec soulagement. Je n'étais pas trop sûr de tes préférences musicales.

La chanson se termina et le public applaudit avec enthousiasme. Le duo entama ensuite une mélodie plus lente, aux accents mélancoliques.

— J'aime la bonne musique, sans distinction, répondit Jessica. En général, j'apprécie les musiciens qui sortent des sentiers battus et tentent de nouvelles choses, qu'il s'agisse de jazz ou d'opéra, de rock ou de musique contemporaine.

— D'accord, mais si tu es dans ton jardin en train de profiter d'une soirée tranquille, qu'est-ce que tu écoutes ?

— Je reste une Texane dans l'âme, dit-elle en haussant le menton avec un air de fierté. J'adore la musique country. Cela dit, je fais partie de ces gens qui attendent impatiemment le solo de guitare au milieu de la chanson.

Surpris par sa réponse peu habituelle, il éclata de rire. Le serveur arriva alors avec leur commande. Ils mangèrent leurs beignets en silence pendant deux autres chansons puis, à la suivante, Jessica lui expliqua les différences subtiles dans les styles de jeu des musiciens.

Il rapprocha légèrement sa chaise de la sienne pour mieux l'entendre. De cette manière, il pouvait aussi sentir son parfum fleuri qu'il avait gardé en tête toute la journée. Lorsqu'elle se mit à lui décrire le jeu de doigts percussif, son esprit partit dans une direction beaucoup plus sensuelle que le sujet initial avant qu'il ne parvienne à dompter son imagination.

L'envie de la prendre dans ses bras devenait de plus en plus forte, ce qui signifiait qu'il devait lui faire part de son plan le plus vite possible. Le résultat commençait à lui tenir à cœur un peu plus qu'il ne l'aurait dû.

— Je te dois une explication, commença-t-il en repoussant son assiette en carton désormais vide. Il faut que je te dise pourquoi je t'ai amenée ici ce soir.

— Moi qui croyais que tu mourais d'envie de m'entendre discourir pendant des heures sur les différents styles de guitare, répondit-elle d'un air faussement indigné.

Elle prit la dernière bouchée de son beignet, et un peu de sucre glace resta sur sa lèvre inférieure. Hypnotisé, il suivit le mouvement de sa langue sur sa bouche, rêvant de pouvoir l'embrasser exactement à cet endroit. Chose qu'il avait faite il y a moins de vingt-quatre heures, et pourtant il la désirait comme si elle lui avait manqué depuis des semaines ou des mois.

— Tes explications étaient passionnantes, répondit-il sincèrement. J'admire beaucoup ta dévotion pour la musique.

Il avait probablement touché un point sensible : Jessica

évita son regard l'espace d'un instant, et sa voix était émue lorsqu'elle lui répondit.

— Merci, Oliver. J'oublie parfois que le monde entier n'est pas intéressé par les différences entre le jeu au médiator et aux doigts, ou la manière de trouver son propre son.

— Raison de plus pour continuer tes études, rétorqua-t-il dans l'espoir d'amener la conversation sur le terrain qu'il souhaitait. Tu mérites plus que quiconque d'obtenir ce diplôme.

— Que je le mérite ou pas n'y change rien, soupira-t-elle. Mes parents ont besoin d'aide. Comme je te le disais hier, je vais devoir travailler à temps plein pendant un bon moment.

— Et s'il y avait une autre solution ?

Jessica pivota sur sa chaise pour lui faire face. Sous la table, ses genoux effleurèrent les siens.

— Qu'est-ce que tu veux dire ?

Il plongea la main dans sa poche, en sortit la bague de sa grand-mère et la posa sur la table.

— Que penserais-tu de conclure un arrangement qui serait bénéfique pour nous deux, un arrangement de quelques mois pour t'aider à poursuivre tes études et à alléger la pression de ma famille sur mes épaules ?

Jessica fronça les sourcils, son regard faisant des allers-retours entre la bague et lui.

— Est-ce pour cela que tu m'as parlé de « fausse vie amoureuse » tout à l'heure ?

— En effet.

— Oliver, les gens normaux ne font pas ce genre de choses. Les faux petits amis n'existent que dans les films romantiques.

— Dans ce cas, ne vois pas ça comme quelque chose de faux. Prends-le plutôt comme une relation qui comblerait des besoins très concrets.

En voyant son expression, il comprit aussitôt le sens qu'elle avait donné à ses paroles et son corps lui rappela qu'il serait tout à fait d'accord pour combler les besoins de Jessica – autant de fois qu'il le faudrait.

— Je ne parlais pas de *ce* genre de besoins, corrigea-t-il. Cela dit, tout peut être négocié.

— Si je reprends tes mots exacts, dit lentement Jessica, tu veux négocier une relation qui servirait à combler des besoins concrets.

Il expira longuement pour se rafraîchir les idées, comprenant qu'il allait tout gâcher en traitant cette proposition comme une négociation professionnelle. Il ne reverrait plus Jessica Lewis de sitôt s'il ne trouvait pas un meilleur moyen de la convaincre.

Faisant rouler la bague entre ses doigts, il planta son regard dans le sien et décida d'opter pour la franchise.

— Je veux que tu mettes cette bague à ton doigt et que tu viennes dîner avec ma famille, que tu m'aides à redonner à mon père sa tranquillité d'esprit. Ensuite, je voudrais que tu m'accompagnes aux innombrables soirées du mariage Noble-Ramos, pour rendre cette corvée beaucoup plus agréable et confirmer aux gens que nous formons un couple.

Sa proposition sonnait toujours aussi pragmatique. Au moins, Jessica l'écoutait attentivement. Peut-être avait-il réussi à lui couper la parole tant elle était choquée.

— En échange, reprit-il précautionneusement, je pourrais t'aider à continuer tes études.

— Comment ? demanda-t-elle aussitôt. Avoir un fiancé ne m'aidera en rien. Je m'apprête à travailler deux fois plus qu'avant. J'aurai encore moins de temps à consacrer à des sorties avec un petit ami, qu'il soit réel ou de façade.

— C'est pourquoi continuer tes études serait une bonne chose pour nous deux. Jouer le rôle de ma fiancée serait une alternative mieux payée à ton travail.

Avant même qu'il ait fini sa phrase, Jessica s'était mise à secouer la tête avec véhémence.

— C'est hors de question, Oliver. Prendre ton argent pour sortir avec toi ? Non mais, de quoi aurais-je l'air ?

— Tu aurais l'air d'une fille passionnée par son métier, qui a hâte de partager sa musique avec ses patients, répondit-il en posant une main sur la sienne. J'aimerais vraiment t'aider à réaliser ce rêve. En échange, j'aurai la satisfaction de savoir que mon père va mieux et que j'ai joué mon rôle là-dedans. C'est ma chance de rendre mes parents heureux pour la première fois depuis longtemps... Depuis vraiment très longtemps.

Jessica resta silencieuse un long moment. Depuis la scène leur parvenait une version animée de « I'll Fly Away », le son des guitares flottant autour d'eux tandis qu'il gardait sa main dans les siennes, l'anneau d'or reposant entre leurs paumes.

Son regard chercha le sien, songeur, et il sentit qu'elle commençait à fléchir. Il avait eu raison de mentionner ses futurs patients et le besoin qu'ils avaient d'elle. Était-ce égoïste de sa part alors qu'il lui demandait une chose qu'il voulait probablement beaucoup plus qu'elle ? Alors que le simple fait de la revoir lui rappelait à quel point il avait envie de revivre leur soirée ?

Oliver secoua la tête, chassant sa culpabilité en se souvenant que leur arrangement aiderait aussi Jessica. Bien sûr, il ne concrétiserait son attirance pour elle que si elle en avait envie elle aussi. Tout cela n'avait rien à voir avec sa proposition.

— Très bien, finit-elle par dire, l'air encore méfiant. Si j'acceptais – et ce n'est pas le cas pour l'instant –, comment est-ce que tout ça fonctionnerait ?

Il laissa échapper un soupir de soulagement. Au moins, elle était prête à en entendre davantage. Il avait bien l'intention de ne pas perdre cette opportunité.

Était-ce la situation la plus romantique ou la moins romantique dans laquelle elle s'était trouvée ? Jessica n'arrivait pas à trancher.

D'un côté, un homme terriblement attirant voulait parader avec elle à tel point qu'il avait organisé un rendez-vous à la fête foraine rien que pour la persuader de faire semblant de sortir avec lui. Elle ne pouvait nier qu'elle se sentait flattée. Il avait fait un effort pour lui offrir une soirée à son goût, ce qui lui semblait tout à fait romantique.

D'un autre côté ? Oliver Price était tellement anti-couple qu'il ne voulait qu'une petite amie de façade. Il pensait probablement pouvoir l'embaucher et la renvoyer comme l'un de ses employés, ce qu'elle ne pouvait décemment pas qualifier de sentimental.

Cela dit, puisqu'elle ne cherchait pas vraiment de relation non plus, sa proposition valait peut-être la peine d'être considérée. Oliver avait au moins le mérite de se montrer honnête sur ses attentes.

— Merci de me laisser en parler avec toi, lui dit-il. Et si nous poursuivions la discussion dans la queue pour la grande roue ? À moins que tu ne veuilles écouter la fin du concert ?

— La grande roue m'a l'air d'un endroit comme un autre pour affiner les détails d'une fausse relation amoureuse.

De toute manière, songea-t-elle en se levant de sa chaise, la soirée était devenue tellement surréaliste que ce genre de détails n'y changerait plus grand-chose.

Ils prirent leur place quelques minutes plus tard dans la file d'attente de la grande roue. À quelques pas d'eux, un trio féminin jouait des classiques de la musique country sur une scène bien plus petite que la précédente. Leurs costumes à franges allaient parfaitement avec leur répertoire, qui semblait intégrer la discographie complète de Loretta Lynn et de Tammy Wynette.

L'adolescent dégingandé qui travaillait sur la grande roue leur fit soudain de grands signes de la main. Une nacelle bleue et rouge venait de se libérer.

— Montez, messieurs-dames, leur ordonna-t-il en tenant la barre de sécurité ouverte pour qu'ils puissent s'installer. Profitez bien du tour.

Avec des papillons dans le ventre, Jessica se laissa glisser le long du banc de métal et se retrouva plus près d'Oliver que prévu. La soirée s'était rafraîchie et la chaleur de son corps tout près du sien l'attirait. La veille, presque à la même heure, ils s'étaient retrouvés nus l'un contre l'autre et elle ne s'en souvenait que trop bien.

Il étendit le bras le long du dossier de la nacelle, encerclant ses épaules presque sans les toucher. Ils commencèrent à s'élever lentement dans le ciel. L'odeur de son after-shave lui rappelait des souvenirs délicieux, et elle dut se retenir pour ne pas l'embrasser sans plus de cérémonie.

La veille, elle avait mis sa folie sur le compte de l'alcool. Ce soir, en revanche, elle n'avait rien bu et son attirance était toujours aussi puissante. Elle ne pouvait penser à rien d'autre. Il allait pourtant bien falloir qu'elle se concentre, puisqu'ils avaient des choses sérieuses à discuter.

Se tournant précautionneusement pour lui faire face, elle demanda :

— Comment envisages-tu tout cela ? Est-ce que tu as déjà pensé à ce que tu attendais de moi ?

— J'aimerais que tu assistes aux diverses fêtes du mariage avec moi, et aussi à ce dîner familial dont je te parlais. Je voudrais aussi que tu viennes aux autres événements en famille qui pourraient avoir lieu dans les prochaines semaines. Pas tous, bien sûr, ajouta-t-il après un instant de réflexion. Je respecte ton temps et tes études, et je ne te traînerai pas à tous les anniversaires de mes neveux et nièces, ou à leurs après-midi au parc.

— Franchement, j'ai eu des rendez-vous amoureux bien pires qu'un après-midi au parc avec des enfants.

Elle frissonna au souvenir de soirées en face d'hommes rivés à leur téléphone ou incapables de parler d'autre chose que d'eux-mêmes, malgré un filtrage en règle et des semaines de discussions sur une application de rencontres. Tout cela l'avait complètement découragée de sortir avec qui que ce soit.

— De toute évidence, tu n'as jamais dû passer deux heures avec des parents d'enfants de trois ans, se disputant à propos duquel de leurs petits anges avait le mieux chanté pendant le spectacle de fin d'année, rétorqua Oliver avec une grimace.

— Je suis sûre que tu exagères.

— Si seulement ! En revanche, nous allons revenir à ces horribles rendez-vous dont tu parlais.

— Ce n'est vraiment pas nécessaire. Mon passé amoureux ne mérite pas d'être abordé une seule seconde. Dans un sens, c'est peut-être la raison pour laquelle une relation basée sur des objectifs clairs ne m'effraie pas tant que ça. Je peux comprendre les mérites d'un règlement et d'une date de fin.

— Un règlement ? J'avoue que je n'étais pas allé aussi loin dans mes plans, répondit Oliver en fronçant les sourcils. Quant à une durée limite, que dirais-tu de trois mois ? J'aurai besoin de toi au moins jusqu'à la fin du mois d'août.

— Ce serait faisable, je crois.

Toujours incrédule à l'idée qu'elle y pensait réellement, Jessica posa une main sur l'ourlet de sa robe, qu'une légère brise avait soulevée. Lorsque Oliver leva les yeux, elle se rendit compte que l'incident ne lui avait pas échappé.

— Ce serait faisable, reprit-elle, tant que j'ai du temps pour...

— Oui, bien sûr, l'interrompit Oliver. Je te donnerai une copie de mon emploi du temps pour que tu puisses ajuster tes horaires de travail en fonction. Bien sûr, je suis conscient que je t'empêcherai de travailler autant que tu l'avais prévu, et je suis prêt à compenser cette perte de la manière qui te conviendra le mieux. Tu pourrais garder la bague, par exemple.

— Certainement pas, protesta-t-elle. C'est une bague de famille, elle est irremplaçable.

Elle n'arrivait pas à croire qu'il pense sérieusement à abandonner un bijou de famille à une quasi-inconnue. Si besoin en était, elle détenait la preuve que ses idées n'avaient décidément rien de romantique. Il s'agissait d'une piqûre de rappel : malgré les étoiles et la brise d'été qui encourageaient les rêveries, elle devait cesser de fantasmer sur Oliver.

— Dans ce cas, que dirais-tu de quelque chose de plus pratique ? Une voiture, par exemple ?

— Euh... Pardon ? demanda-t-elle, confuse.

— J'ai vu la tienne hier soir, répondit-il comme s'il s'agissait d'une réponse suffisante.

— Et alors ?

— Il me semble que la remplacer ne serait pas superflu. En fait, j'ai déjà une voiture en trop qui serait parfaite pour toi. Nous avons conclu une affaire pour un constructeur automobile qui nous a envoyé quelques modèles.

Il lui sourit tout naturellement, ignorant qu'il venait d'insulter le fidèle carrosse qui l'avait si bien servie pendant près de dix ans. D'ailleurs, qui pouvait ainsi se permettre de distribuer des voitures « en trop » ? Le gouffre entre eux lui apparut soudain immense, impossible à combler.

Sentant probablement son désarroi, il posa la main sur son épaule et la pressa avec douceur.

— Regarde, Jessica, murmura-t-il contre son oreille. Une étoile filante.

Elle suivit des yeux la direction qu'il lui indiquait, repéra la traînée lumineuse juste avant qu'elle ne s'éteigne.

— C'est beau.

Les mots ne suffisaient pas à décrire ce qu'elle pensait de ce moment. À vrai dire, elle ne se souvenait pas de la dernière soirée qu'elle avait passée à s'amuser, à faire quoi que ce soit d'autre que travailler ou réviser ses cours.

L'artiste en elle se rebellait à l'idée de devoir passer encore des mois à porter des plateaux, tout cela pour diminuer de manière infime la dette de ses parents. C'était décidé : elle allait accepter l'offre d'Oliver. Elle allait l'accepter non pas parce qu'elle était terriblement attirée par lui (ce côté-là, d'ailleurs, risquait plutôt de devenir un problème), mais parce qu'il s'agissait peut-être de sa dernière chance de vivre dans un univers différent.

Dans ce monde-là, il y avait des tables privées, des concerts, des étoiles filantes et toute une vie qu'elle n'aurait jamais imaginé pouvoir vivre un jour.

Le bras d'Oliver toujours passé autour de ses épaules, elle tourna la tête vers lui. Les mots refusèrent un instant de quitter ses lèvres. Peut-être était-ce l'énormité de ce qu'elle s'apprêtait à dire, ou bien ses yeux d'un vert soudainement plus sombre lorsqu'il la regardait.

— C'est d'accord, Oliver, finit-elle par murmurer. J'accepte.

— Merci infiniment.

Il leva la main pour lui caresser légèrement la joue et, sans la quitter des yeux, sortit de nouveau la bague de sa poche.

— Finalement, tu vas en avoir besoin, commenta-t-il. Au moins pour un moment.

Elle savait qu'elle aurait dû répondre quelque chose de drôle pour alléger la situation, mais elle en fut incapable. Elle ne put que le regarder, fascinée, tandis qu'il glissait l'anneau à son annulaire gauche. La bague ne représentait rien d'autre qu'un arrangement temporaire. Pourtant, à son doigt, elle lui semblait bien plus importante que cela, pleine de promesses et de responsabilités.

Elle espérait simplement qu'elle ne venait pas de commettre une grave erreur.

6

— Et maintenant ? demanda Jessica.

Oliver venait de garer sa voiture devant la petite maison qu'elle louait depuis six mois. Depuis la grande roue, ils n'avaient pas échangé une parole, probablement parce qu'ils avaient eu besoin d'un peu de temps pour digérer leur conversation. Maintenant qu'il la déposait chez elle, Jessica avait soudain une bonne centaine de questions à lui poser.

— D'abord, quand penses-tu annoncer la nouvelle à tes parents ? Il va falloir que nous nous accordions sur une version de l'histoire avant que je les rencontre.

Oliver éteignit les phares de la voiture. Les lumières dans la maison principale étaient éteintes mais, au-dessus du porche de la maison du gardien, la lampe à détecteur de mouvement venait de s'allumer. L'une de ses anciennes professeures occupait la demeure historique depuis des années et avait accepté de lui louer cette petite maison, juste derrière les grilles de fer forgé du portail, contre un loyer modique.

Elle aimait son cocon modeste et douillet, avec ses murs de brique et ses poutres apparentes, mais elle ne pouvait s'empêcher de se demander ce qu'en pensait Oliver. Elle se doutait qu'il vivait dans une maison autrement plus grandiose que celle-ci. Lorsqu'il lui répondit, elle était tellement déboussolée qu'elle se souvint à peine de la question qu'elle venait de lui poser.

— Si tu es d'accord, je pense appeler mes parents demain pour leur annoncer nos fiançailles. Nous pourrons ensuite aller au dîner en famille dimanche prochain et je te présenterai à tout le monde. Dans un premier temps, est-ce que je peux te raccompagner jusqu'à ta porte ?

Elle hocha la tête et attendit qu'il fasse le tour de la voiture pour lui ouvrir sa portière, faisant tourner la bague machinalement autour de son doigt. Elle espérait par-dessus tout que leur plan ne blesserait personne dans la famille d'Oliver. Elle le soupçonnait d'avoir d'autres raisons pour ces fausses fiançailles, qu'il ne lui dévoilait pas, mais elle n'osait pas lui poser de questions trop personnelles. Après tout, il n'était pas réellement son futur mari.

Lorsque la porte s'ouvrit, elle glissa automatiquement la main dans celle d'Oliver, comme s'ils étaient ensemble depuis des années et que tout cela faisait partie de leur routine. Elle secoua la tête et récupéra sa main pour tourner la clé dans la serrure de sa porte d'entrée. Cependant elle n'entra pas, peu confiante dans sa capacité à se trouver avec lui dans un espace clos sans se jeter à son cou.

L'air frais de la nuit printanière l'aiderait probablement à garder les idées en place. Elle s'installa sur l'un des deux rocking-chairs de sa terrasse, invitant Oliver à l'imiter.

— Pas de problème pour le dîner, lui dit-elle en se laissant aller contre le dossier du fauteuil. Est-ce que je te reverrai d'ici là ?

— Bien sûr. Je vais annuler mes voyages de cette semaine, et nous prendrons un moment pour discuter de tous les détails avant ce week-end. Le temps est toujours un problème pour moi, mais...

Il s'interrompit brusquement, son regard vert plongeant dans le sien comme s'il cherchait à décider quelque chose.

— Qu'y a-t-il ?

— Es-tu coincée par un préavis dans ton contrat de location ?

— Pas du tout. Je remplace quelquefois ma professeure pour les cours de piano qu'elle donne dans la grande maison, et elle me loue celle-ci à un prix raisonnable en échange.

Sa maison était trop loin du centre-ville et dans un quartier où elle ne se sentait pas toujours en sécurité mais, au moins, elle ne payait pas trop cher pour y vivre. Elle savait qu'elle avait de la chance.

— Est-ce que tu pourrais envisager d'emménager avec moi pour l'été ? Ou pour la durée de notre arrangement, si tu préfères ?

Il le lui proposait avec une telle décontraction qu'elle ne savait plus quoi penser. Il s'agissait tout de même d'un engagement considérable – en plus d'un autre engagement.

— Tu pourrais économiser ton loyer, et de mon côté, j'aurais plus de facilité à te voir. Si tu es là chaque fois que je rentre à la maison le soir, je ne serai pas obligé d'annuler des voyages ou d'autres obligations professionnelles.

— C'est pratique pour moi d'être sur place lorsque je dois remplacer ma professeure, mais d'un autre côté, j'économiserais dix fois plus sur le loyer et l'essence, réfléchit-elle à voix haute. Je suis assez loin de mon école et de la maison de mes parents ici.

— Réfléchis-y. Si tu décides de venir chez moi, je peux m'arranger pour t'envoyer un camion de déménagement dans la semaine, mais je ne veux pas non plus abuser. C'est toi qui décides. Si tu as besoin de temps pour y penser, je peux te rappeler demain tranquillement.

Il se redressa dans son fauteuil et son regard captura le sien, cherchant des réponses qu'elle n'était pas prête à donner.

— Emménager ensemble est une décision importante. Je ne suis pas sûre d'accepter, mais en tout cas, il me faudrait plus d'informations sur ta maison et sur tes attentes concernant... Eh bien, l'intimité entre nous.

— Je n'ai aucune attente là-dessus, Jessica. Absolument aucune. J'irais même jusqu'à dire que si tu souhaitais renouveler cette partie-là de notre relation un jour, ce serait à toi de me le dire – explicitement.

Il laissa ce dernier mot résonner entre eux avant de conclure :

— Je suis conscient que tu me fais déjà une immense faveur, et je n'ai pas l'intention de tout gâcher en écoutant mon attirance pour toi.

Une partie d'elle-même savait qu'il disait tout ce qu'il fallait dire, que sa suggestion était parfaitement raisonnable et saine. D'un autre côté, le simple fait d'en parler ramenait à son esprit toutes les sensations qu'elle avait ressenties avec lui la veille, chaque caresse, chaque soupir…

— Très bien, dit-elle précipitamment. Je suis d'accord avec toi. Quant à déménager, je préfère y réfléchir jusqu'à demain.

— C'est tout à fait normal.

Il se leva et lui tendit la main pour l'aider à en faire autant.

— Je te passerai un coup de fil dans la matinée. En tout cas, sois certaine que si tu viens chez moi, tu seras bien installée. Tu pourras dormir au deuxième étage, et je garderai mes quartiers habituels au premier. De toute manière, je ne te dérangerai pas. Je ne suis pas souvent à la maison.

Sa main avait à peine touché la sienne, mais elle songea que, si elle allait chez lui, ce genre de contact accidentel risquait de se produire bien trop souvent.

La tentation serait présente à chaque instant. Se sentait-elle prête à l'affronter ?

Cinq jours plus tard, Oliver se tenait près de Jessica dans l'allée qui menait à sa maison, regardant partir la camionnette qui avait apporté ses affaires.

Lorsqu'il était rentré chez lui après leur dernière conversation, il n'avait pas été certain le moins du monde de l'avoir convaincue. Il avait donc été agréablement surpris lorsqu'elle avait accepté d'emménager chez lui le lendemain. Jessica avait passé les deux dernières heures à superviser le placement de ses affaires par les déménageurs au deuxième étage, qui serait désormais le sien.

À présent, elle poussait un vélo bleu turquoise dans l'allée de gravier, sa queue-de-cheval brune se balançant d'un côté et de l'autre.

— Où est-ce que je pourrais le ranger ? lui demanda-t-elle, son regard couleur océan se promenant le long de la façade. J'aurais dû stocker ce genre de choses chez mes parents, mais je n'y ai pas pensé.

Elle était superbe ce jour-là, avec un short en jean et une chemise d'homme blanche qui mettait ses courbes en valeur. Des anneaux dorés brillaient à ses oreilles, et ses cheveux étaient retenus par un ruban de soie jaune qu'il rêvait de défaire depuis qu'elle était arrivée.

Par ailleurs se concentrer sur ce ruban était un moyen de ne pas penser à un autre accessoire qu'elle portait : la bague. Voir ce bijou de famille, destiné à celle qui devait être sa compagne pour la vie, lui rappelait en permanence que leur arrangement n'avait rien d'ordinaire.

— Ne t'inquiète pas, il y a toute la place nécessaire dans le garage, dit-il en lui prenant le vélo. Tu peux laisser tout ce que tu veux chez moi.

Sa main effleura la sienne lorsqu'il attrapa le guidon et il dut se retenir pour ne pas la caresser. Il l'invita à venir avec lui jusqu'au garage à trois portes qui accueillait ses véhicules et, depuis la veille, la voiture qu'il réservait à Jessica.

Il tapa le code de sécurité sur la porte du garage le plus éloigné de la maison. Lorsque celle-ci s'ouvrit, il s'effaça pour laisser entrer Jessica et lui désigna le SUV bleu clair garé à l'intérieur.

— Pendant que je range ton vélo, tu peux jeter un coup

d'œil à ton nouveau carrosse. Je me suis occupé des papiers hier et les clés sont déjà sur le contact.

Jessica hésitait sur le seuil et il se demanda ce qu'il pouvait faire pour lui rendre les choses plus faciles. Il savait qu'elle avait des doutes sur leur arrangement, mais il espérait qu'elle finirait par considérer sa maison comme la sienne, et il avait préparé une soirée spéciale pour l'aider à se sentir plus à l'aise.

Pour le moment, à la voir faire le tour du SUV sur la pointe des pieds, il comprenait qu'elle allait avoir besoin d'un peu plus de temps.

— La musicienne que tu es devrait apprécier les haut-parleurs là-dedans, commenta-t-il, plein d'espoir. Ils sont de très bonne qualité.

— Je n'en doute pas, rétorqua-t-elle avec un sourire contraint. Étant donné ton mode de vie, Oliver, je n'en attendais pas moins.

Elle fit un geste vers l'extérieur qui semblait englober toute sa propriété. Il se demanda ce qu'elle en pensait, tenta de la voir comme elle la voyait, mais il était habitué à sa maison et ne la considérait pas comme outrageusement luxueuse. Beaucoup de cheffes et chefs d'entreprise dans sa position auraient fait construire une demeure bien plus grande que la sienne avec ses quelque trois cent cinquante mètres carrés.

De plus, il avait essayé autant que possible d'utiliser des matériaux recyclés et le jardin ne comptait que des espèces locales, sans artifices. Peut-être Jessica l'apprécierait-elle davantage une fois qu'elle aurait pris possession des lieux.

— La voiture n'est pas urgente, tu sais. Est-ce que tu aimerais aller voir la maison d'abord ?

— Volontiers. Il faut que j'arrive à m'intégrer dans ton style de vie si je veux faire bonne figure devant ta famille demain.

Oliver eut l'image de ses parents la dernière fois qu'il les avait appelés, leur joie lorsqu'il avait parlé de Jessica, et il eut un léger pincement au cœur en songeant qu'il allait les décevoir dans quelques mois. Le plus important restait tout de même que son père soit heureux et moins stressé.

— Dans ce cas, allons-y, dit-il à Jessica. Je t'ai laissé un jeu de clés dans l'entrée et un papier avec tous les codes de sécurité. Je ne sais pas si tu l'as vu, mais je t'ai aussi envoyé un document par mail.

— Je l'ai lu ce matin et j'étais assez impressionnée. Tu as vraiment pensé à tout.

Elle lui emboîta le pas et ils remontèrent le chemin pavé en direction de la maison, une bâtisse moderne de deux étages qu'il avait fait construire trois ans auparavant.

— Si je peux me permettre, est-ce que tu as déjà vécu avec quelqu'un auparavant ? Désolée si la question est trop personnelle.

— Non, jamais, à moins que le dortoir de l'université compte. Et ce n'était pas une question trop personnelle, ajouta-t-il avec un sourire. En fait, j'espère que nous pourrons apprendre ce type de détails l'un sur l'autre aujourd'hui. C'est le genre de choses que nous saurions si nous étions réellement fiancés.

— C'est vrai, tu as raison.

Ils franchirent le seuil de la maison et Jessica fit une pause, tournant lentement sur elle-même pour regarder le hall d'entrée, le salon et le patio dont les baies vitrées donnaient sur le jardin. Elle finit par s'arrêter devant l'escalier en verre et bois flotté qui menait aux étages.

— Il me faut juste un moment pour ranger mes affaires là-haut. Ensuite, j'aurai tout le temps du monde.

Elle commença à monter l'escalier, puis se pencha pour attraper son jeu de clés posé sur une petite table. Le col de sa chemise s'entrouvrit légèrement et il aperçut, bien qu'à peine, le renflement de sa poitrine, ce qui suffit à lui faire perdre ses mots.

Décidément, cette cohabitation allait être plus difficile que prévu. Il avait pourtant bien l'intention de tenir sa promesse. Si Jessica n'initiait pas de rapprochement entre eux, il ne le ferait pas non plus. Il voulait avant tout qu'elle se sente bien dans son nouvel espace.

— Pas de problème, finit-il par lui répondre. Je t'attendrai sur le toit-terrasse avec notre dîner.

Il lui avait prévu une autre surprise et il se demandait s'il n'en faisait pas trop, mais Jessica et lui devaient apprendre à se connaître beaucoup plus vite que dans un scénario normal. Ses frères et sœurs avaient tendance à se montrer invasifs et ils ne manqueraient pas de leur poser toutes sortes de questions le lendemain.

Jessica lui répondit par un hochement de tête avant de tourner les talons et de disparaître à l'étage.

D'habitude, que portait-on pour un dîner en terrasse avec son faux fiancé ?

Jessica venait de sortir de la douche. Enveloppée dans une épaisse serviette en coton, elle se tenait, perplexe, au beau milieu du dressing dix fois trop grand de sa chambre. Tout cela n'avait aucun sens. Si elle n'avait pas eu le souvenir de la facture de ses parents imprimé dans la tête, elle serait certainement partie en courant.

La facture…

Rien qu'à y penser, elle en avait la gorge nouée.

Chassant une mèche de cheveux humide de son front en même temps que ses pensées négatives, elle tendit la main et sortit de son cintre une robe bain de soleil bleu marine à pois blancs, jolie sans être trop sexy. Elle tenait à envoyer un message clair à Oliver. Pour le bien de leur arrangement autant que pour sa santé mentale, elle devait résister au désir qui menaçait de la consumer chaque fois qu'elle le voyait.

Elle avait besoin que ce pacte fonctionne. Aussi étrange que puisse être la situation, elle tenait à ne pas la compliquer davantage en lui faisant comprendre que son attirance pour lui n'avait pas changé. Peu importait qu'elle trouve sa silhouette musclée, ses cheveux ondulés et sa voix de basse terriblement séduisants – le simple fait de l'écouter parler la faisait fondre.

Elle sécha rapidement ses cheveux et attacha la partie supérieure, laissant le reste dénoué, avant de mettre une touche de gloss rosé sur ses lèvres. Nul besoin d'en faire trop, étant donné les circonstances. Le miroir de la salle de bains lui renvoya une image simple et fraîche qui détonnait avec le décor.

Tout était grand, chromé et ressemblait davantage à un spa de luxe qu'à une salle de bains. Elle n'avait même pas eu besoin de déballer ses affaires de toilette : des distributeurs de savon et de shampoing étaient encastrés dans la paroi de la douche. Elle sentait désormais la lavande, une odeur qui aurait dû l'apaiser, mais qui lui semblait curieusement sensuelle ce jour-là.

Un coup d'œil au réveil posé sur la table de chevet lui apprit qu'il était largement l'heure de dîner. Elle ajusta une dernière fois sa robe et sortit de sa chambre, peu désireuse de le faire attendre pour leur première soirée ensemble. Elle avait à peine posé le pied sur le palier qu'elle entendit deux voix en provenance du hall.

Oliver... et une femme ?

Le pincement de jalousie arriva bien plus vite qu'elle ne l'aurait souhaité. Elle se rendit également compte qu'elle n'aurait pas dû sortir si vite, l'inconvénient de cette maison tout en verre et en acier étant que l'on pouvait parfaitement la voir depuis l'entrée, deux étages au-dessous. Elle n'eut pas le temps de réfléchir à son prochain mouvement qu'Oliver l'appelait déjà.

— Jessica ? Descends, je vais te présenter à ma sœur.

Une vague de soulagement disproportionnée l'envahit, bientôt remplacée par un sentiment de panique. Sa sœur était là ? Aujourd'hui ? Avant qu'ils aient pu discuter de leur stratégie ?

Les nerfs en pelote, elle descendit l'escalier et repéra une grande femme blonde à côté d'Oliver. Elle portait un blazer bleu marine et une jupe crayon assortie qui dévoilait de longues jambes de sportive. Les talons de ses escarpins s'ornaient de petites pointes argentées et son regard brun, lorsqu'il se posa sur elle, n'était pas moins acéré.

— Jessica, je te présente Kate, ma sœur et la vice-présidente de Nexus, commença Oliver. Kate, voici Jessica, ma fiancée.

— Enchantée, Kate, dit-elle en lui tendant la main.

— Tout le plaisir est pour moi.

Elle lui serra la main avec un peu plus de force que nécessaire, mais son sourire paraissait franc.

— Je devais déposer ces papiers pour Oliver et je n'ai pas pu résister à l'envie de t'accueillir dans la famille.

Ou de voir si j'étais acceptable, songea Jessica. Elle s'appuya au bras d'Oliver pour se redonner un semblant de courage.

— C'est gentil de ta part, merci. J'ai hâte de rencontrer tout le monde demain.

Oliver passa un bras autour de sa taille et l'attira contre lui. Jessica remarqua aussitôt que Kate n'en perdait pas une miette, son regard faisant des allers-retours entre eux deux avant de revenir se poser sur elle.

— Vraiment, tu as hâte de te retrouver au milieu de ce bazar ? demanda-t-elle avec une note de malice dans la voix. Dis plutôt que tu rêves de voir ce moment terminé pour commencer à organiser le mariage sans avoir la tribu entière sur le dos.

S'agissait-il d'une taquinerie innocente ou d'une réelle provocation ? Sans la moindre idée du caractère de Kate, Jessica avait du mal à trancher.

— Pour être honnête, je suis preneuse de conseils à ce sujet, finit-elle par répondre.

— Oh ! vraiment ? J'en ai déjà des centaines.

Le sourire de Kate resta figé un long moment, si longtemps que l'atmosphère commençait à devenir tendue.

— Oui, sincèrement, dit-elle avec toute la candeur dont elle était capable. Je suis prête à tout entendre.

— Kate, ça suffit, intervint alors Oliver. Ça peut attendre demain.

Sa sœur lui décocha un regard noir avant de reporter son attention sur Jessica.

— Ne laisse pas Oliver te cacher dans les coulisses, lui dit Kate. Sa famille est une partie importante de sa vie, alors nous voulons faire partie de la tienne aussi.

Oliver leva les yeux au ciel et émit une vague protestation, mais les yeux bruns de Kate restèrent rivés aux siens, rappelant à Jessica qu'elle s'apprêtait à tromper toute une famille. Elle réussit à esquisser un sourire alors que sa conscience lui envoyait une pluie de reproches.

— Je comprends, Kate. J'espère que demain sera le début de nouvelles amitiés.

Après un bref échange de banalités plus légères, Kate finit par s'en aller, ses talons claquant sur les pavés jusqu'à son coupé sport blanc. Jessica ne se sentit en sécurité que lorsque Oliver eut refermé la porte d'entrée.

— Tu crois qu'elle a tout compris ?

— Mais non, ne t'inquiète pas. Kate est simplement têtue par nature. La plupart du temps, elle surjoue son caractère.

Il se rapprocha et lui prit de nouveau la main, son pouce caressant lentement ses phalanges. Ce contact infime suffit à enflammer de nouveau tous ses sens. Elle faillit oublier le dîner, ses résolutions et tout le reste, et se jeter à son cou,

mais la raison l'emporta et elle se souvint que leur relation n'était pas réelle.

Peut-être devait-elle mettre en place de nouvelles règles pour éviter ce genre de situation ? Pourtant, lorsqu'ils seraient devant sa famille, ils allaient bien devoir se toucher de temps en temps, et jamais ils ne parviendraient à les convaincre si ces contacts physiques n'avaient pas l'air naturels.

— Il va falloir peaufiner l'histoire de notre rencontre, songea-t-elle à voix haute. Si ta famille soupçonne quoi que ce soit, ils seront terriblement blessés.

— Ne t'en fais pas, ils ne se douteront de rien. Kate s'est juste montrée un peu trop protectrice. Cela dit...

Il l'attira doucement vers l'escalier et commença à monter les marches avec elle.

— J'ai une surprise qui t'attend dans le jardin sur le toit. Nous pourrons discuter de tous les détails là-haut.

Curieuse et agréablement troublée, elle sentit son cœur battre un peu plus vite à l'idée qu'il s'était encore donné de la peine pour lui être agréable. Quelque chose en elle ne se faisait pas à l'idée que tout cela n'était qu'un arrangement temporaire.

— J'aime bien les surprises, admit-elle. À part les tiennes, je ne me souviens pas de la dernière fois que quelqu'un m'en a fait.

— J'espère que tu apprécieras celle-ci, alors.

Ils étaient arrivés dans l'espace commun du deuxième étage, un petit salon meublé d'un canapé gris clair et d'étagères remplies de plantes d'intérieur et de quelques sculptures minimalistes. Oliver la mena à travers la pièce jusqu'à une porte qu'elle n'avait pas encore remarquée jusque-là. À travers deux petites fenêtres de chaque côté de celle-ci, elle aperçut une touche de ciel rose et quelques éclats de verdure.

Oliver ouvrit la porte et la laissa passer devant lui. Sous ses pieds chaussés de sandales légères, elle sentit la douceur du

sol recouvert de mousse. L'air embaumait le thym, le basilic et le jasmin.

Sous ses yeux se déployait le plus beau jardin suspendu qu'elle ait jamais observé. Outre les plantes, un canapé couvert de coussins colorés et une table avec un brasero allumé les attendaient. Il était pourtant clair que cette partie-là ne constituait pas la surprise.

À l'autre bout du jardin, on avait dressé un chapiteau blanc orné de branches et de guirlandes de lumière. Les deux pans de l'entrée étaient retenus par des cordons de soie bleue. À l'intérieur, elle apercevait un tapis complètement couvert de coussins bleus et jaunes. Un lustre descendait du plafond, ses chandelles électriques illuminant la tente d'une lueur tamisée.

La surprise l'empêcha de parler un bon moment. Elle n'arrivait pas à comprendre pourquoi Oliver en faisait autant pour elle, alors même qu'ils ne partageaient qu'une fausse relation. Comment se faisait-il qu'un homme si peu attiré par l'idée du couple se montre aussi romantique ? Elle ne pouvait à l'évidence employer aucun autre mot pour décrire ce cocon douillet aux mille petites lumières.

— Tu trouves que j'en ai trop fait, n'est-ce pas ?

Il l'observait attentivement et ses yeux, sans qu'elle s'en aperçoive, n'avaient rien loupé de sa réaction.

— Je trouve que c'est magique, répondit-elle en croisant les bras sur sa poitrine comme pour mettre une distance physique entre eux et s'empêcher de se nicher dans ses bras. Pour tout te dire, j'ai du mal à me rappeler que tout cela ne répond qu'à ton idée d'une soirée agréable, et pas aux actions d'un homme essayant de me séduire.

— Si nous venions réellement de nous fiancer, je ferais tout mon possible pour rendre cette période de nos vies aussi magique que mémorable.

Il haussa une épaule et se baissa pour entrer dans la tente, lui faisant signe de le rejoindre.

— Je me disais que nous pourrions commencer à créer des souvenirs de notre couple ce soir, reprit-il. Comme ça, lorsque nous les raconterons demain, tout aura l'air réel.

— Si tu en fais autant pour une fausse fiancée, j'imagine à peine comment tu serais avec une vraie. Tu es mille fois plus engagé que tous les hommes avec qui je suis sortie.

Le souvenir de ses rendez-vous pathétiques la hanta un instant tandis qu'elle s'asseyait au milieu des coussins. Oliver s'assit à son tour et forma une pile d'oreillers derrière eux pour qu'ils puissent se laisser aller confortablement. Son épaule effleura la sienne et elle frissonna, ce qui n'avait rien à voir avec la brise au-dehors.

— Je ne peux pas vraiment te dire comment je serais, admit-il. Je n'ai jamais fait autant d'efforts pour une femme auparavant.

Jessica glissa l'ourlet de sa robe sous ses cuisses pour éviter que le vent ne la soulève, sentit le regard d'Oliver sur elle comme une caresse. Finirait-elle par s'habituer au courant électrique qui vibrait entre eux ? Elle devait trouver des solutions pour lutter contre cette pulsion irrésistible qu'elle n'avait jamais ressentie de sa vie et qui la laissait impuissante.

— Demain, avec ta famille, est-ce que nous raconterons que tu m'as demandée en mariage une nuit comme celle-ci ?

— Je pensais que nous pourrions rester aussi proches que possible de la vérité, et dire que j'ai fait ma demande au sommet de la grande roue, sous les étoiles. Qu'est-ce que tu en penses ?

— C'est vrai que le moment était inoubliable.

Ses yeux verts prenaient une nuance plus claire sous la lueur dorée des chandelles. Si elle les regardait trop, elle allait finir par perdre le contrôle.

— Quant à la tente sur le toit, reprit Oliver, on pourrait

dire qu'il s'agissait d'un rendez-vous un peu plus tôt au cours du printemps. La nuit où j'ai su que je voulais passer ma vie avec toi, par exemple.

Son cœur se mit à battre plus fort. Dans le silence de la tente, elle n'entendait plus que cela, malgré les oiseaux de nuit qui commençaient leur concert au-dehors.

— Ça m'a l'air pas mal, répondit-elle en chassant avec peine l'émotion de sa voix. Comment nous sommes-nous rencontrés ?

— Nous pourrions dire que tu travaillais comme serveuse lors d'un événement de l'un de mes clients... Le constructeur automobile, par exemple, ajouta-t-il après un instant de réflexion.

— D'accord. Est-ce que, là aussi, j'ai renversé un verre sur toi ?

— Bien sûr, tu es incroyablement maladroite, rétorqua-t-il avec un sourire malicieux. Mais je ne m'en plains pas. C'est cet incident qui nous a poussés dans les bras l'un de l'autre.

Elle se décida à en demander davantage, ne sachant plus très bien si l'histoire était fictive ou réelle.

— Est-ce que nous avons su tout de suite que nous voulions nous revoir ?

Oliver rejeta la tête en arrière et se cala contre un coussin, son regard fixé sur les étoiles visibles par l'ouverture de la tente.

— Je ne peux leur raconter que ce que j'ai ressenti de mon côté. Bien sûr, je ne dirai pas tes sentiments à ta place.

Justement, songea Jessica, qu'avait-il ressenti de son côté ? La question lui brûlait les lèvres, mais elle savait qu'il valait mieux ne pas la poser.

— Tu veux savoir ce que j'ai pensé la première fois que je t'ai vue ?

Il prit sa main dans la sienne, la posa contre sa paume comme pour admirer la bague qui brillait à son annulaire.

Ne demande pas, Jessica. C'est parfaitement inutile.

— J'avoue que je suis curieuse, laissa-t-elle échapper d'un ton qu'elle espérait nonchalant.

— J'ai su immédiatement que je te voulais.

Sa main libre vint caresser sa joue, faisant doucement pivoter son visage vers le sien.

— Je voulais savoir ton nom, tes passions, tout à propos de toi. Je savais que je le regretterais pour toujours si je laissais passer la soirée sans goûter à tes lèvres.

Ses doigts glissèrent de sa joue à sa bouche comme pour souligner ses mots. Fascinée par sa caresse, elle sentit la chaleur monter en elle et comprit qu'elle n'allait pas pouvoir tenir beaucoup plus longtemps sans l'embrasser.

Certes, Oliver tenait sa promesse de ne rien tenter par lui-même, mais s'il continuait à la regarder de cette façon... Le temps était venu pour elle de poser ses limites. Après tout, elle devait se protéger.

— C'est une bonne histoire, commença-t-elle. En revanche, dans l'idée de garder les choses tout à fait claires entre nous, je pense que nous devrions limiter les contacts physiques quand nous sommes seuls. Nous avons décidé de garder une relation platonique et je crois que nous ferions mieux de nous y tenir.

Sa main s'immobilisa contre sa joue avant de retomber sur les coussins. Elle eut l'impression que son visage se tendait, comme s'il luttait contre la même frustration qu'elle.

— Bien sûr, tu as raison. Je suis désolé si j'ai franchi une limite.

— Pas du tout, ne t'inquiète pas. Nous aurons besoin de nous toucher lorsque nous serons en public. En privé, en revanche, ce sera probablement moins compliqué si nous limitons cela au minimum.

Le brasero faisait de son mieux, mais il ne parvenait pas à réchauffer l'atmosphère soudain plus froide entre eux. Oliver enfouit les mains dans ses poches et la chaleur de son contact lui manqua aussitôt. Ce sentiment de perte lorsqu'il s'éloignait d'elle lui fit peur, renforçant sa conviction qu'elle devait tout faire pour maintenir ses barrières.

Respecter l'espace vital de l'autre devenait absolument crucial. Autrement, ils risquaient de vivre une rupture bien réelle lorsque leur fausse relation prendrait fin.

Ils avaient établi un arrangement pragmatique et tout devait le rester.

— Tu as raison, finit par dire Oliver. Nous laisserons notre imagination faire le reste et nous dire ce qui aurait pu se passer après une nuit comme celle-ci.

D'un geste vague de la main et le regard insondable, il indiqua la tente autour d'eux, les coussins, la nuit piquetée d'étoiles.

Jessica sentit son pouls s'accélérer en pensant à ce qui, effectivement, aurait pu se passer. Son imagination n'était que trop efficace pour lui suggérer des scénarios.

Décidément, les trois prochains mois allaient se révéler bien plus difficiles que ce qu'elle avait prévu.

7

— Je devrais aller dormir.

Oliver se leva, conscient qu'il allait devoir limiter le temps qu'il passait avec sa nouvelle colocataire s'il voulait tenir sa promesse et garder ses mains pour lui. Il le ferait, bien sûr, mais il avait un problème : Jessica était la tentation incarnée.

Étendue ainsi sur les coussins, sa robe formant une corolle autour d'elle, elle lui donnait furieusement envie de la prendre dans ses bras.

— Moi aussi, dit-elle en se levant à son tour. À quelle heure devons-nous partir demain pour aller chez tes parents ?

Son téléphone se mit soudain à vibrer dans sa poche. Surpris, il fronça les sourcils.

— Je suis désolé, Jessica. Mon téléphone est en mode « Ne pas déranger ». Si l'appel passe quand même, c'est qu'il provient d'une personne autorisée.

— Je t'en prie.

Il sortit l'appareil de sa poche et vit le nom de sa sœur affiché sur l'écran. Aussitôt, sa gorge se noua. Elle ne l'appelait jamais en dehors des heures de travail, respectant son temps libre presque autant que le sien.

— Kate ? Est-ce que tout va bien ?

— Non. C'est papa, répondit sa sœur avec une fêlure dans

la voix. Il est au Royal Memorial. Maman vient de m'appeler en panique totale...

Un sentiment de détresse s'abattit sur lui tandis que Kate s'interrompait, comme incapable de poursuivre. Il chercha le regard de Jessica et ses yeux se rivèrent aux siens. Il avait besoin de cette connexion, de cette force pour poser la prochaine question à sa sœur.

— Il n'est pas... Enfin, est-ce qu'il respire ?

Jessica fit un pas vers lui, l'inquiétude marquant chacun de ses traits. Sa main se posa sur son épaule alors qu'il attendait la réponse de Kate pendant ce qui lui parut une éternité.

— Oui, oui. Il respire. Je suis désolée, j'aurais dû commencer par là.

Il entendit Kate prendre une grande inspiration avant de continuer.

— Maman dit qu'un médecin des urgences l'examine en ce moment. Reid et Lily sont en chemin et je viens de me garer devant l'hôpital, mais si tu...

— Je pars tout de suite, promit-il, traversant la pelouse au pas de course pour retourner dans la maison. J'arrive le plus vite possible.

Jessica sur les talons, il raccrocha et se mit à dévaler les escaliers. Elle suivit son rythme jusqu'au palier du rez-de-chaussée.

— Que se passe-t-il, Oliver ? C'est ton père ?

— Oui. Je ne sais pas si c'est grave, mais il est au Royal Memorial avec ma mère.

Sa gorge était complètement nouée et ses pensées partaient dans tous les sens. Tout ce qu'il savait, c'était qu'il avait besoin d'être avec sa famille. Il attrapa un jeu de clés accroché dans l'entrée et déverrouilla la porte du garage.

— Je suis désolé de t'abandonner, mais il faut que je sois là-bas, avec eux.

— Bien sûr. Comment est-ce que je peux t'aider ? Vous aurez

peut-être besoin de quelqu'un d'extérieur à la famille pour attendre avec vous, surveiller tes neveux et nièces ?

Oliver se rendit compte qu'il ne savait absolument pas à quoi s'attendre lorsqu'il arriverait. Il ignorait qui serait là. Si ses frères et sœurs avaient quitté la maison aussi précipitamment que lui, ce qui était probable, ils n'avaient vraisemblablement pas eu d'autre choix que d'emmener les enfants avec eux. Jessica pourrait être une aide bienvenue.

S'il était parfaitement honnête avec lui-même, il avait surtout besoin d'elle à ses côtés pour supporter le trajet jusqu'à l'hôpital.

— Viens avec moi, murmura-t-il. S'il te plaît.

Deux heures après leur arrivée à l'hôpital, Oliver se tenait dans la salle d'attente des soins intensifs, écoutant les explications de la cardiologue qui traitait son père.

Les mots du médecin parvenaient avec peine jusqu'à son esprit embrumé. En théorie, il avait compris son diagnostic d'infarctus et le médicament thrombolytique qu'elle avait administré à Timothy, mais la soirée avait été si terrifiante qu'il devait faire un effort pour intégrer son discours.

Il saisissait à présent pourquoi certains patients venaient accompagnés d'un proche à leurs rendez-vous médicaux. La peur de perdre son père rendait ses pensées confuses et désordonnées, et même lorsqu'il essayait de se concentrer, son attention partait dans tous les sens. Heureusement, sa mère et ses frères et sœurs entendaient les mêmes informations que lui et, à eux tous, ils allaient bien réussir à retenir ce qu'il fallait.

Et Jessica, dans tout cela ?

Elle avait trouvé moyen de faire partie intégrante de la famille sans même qu'il la présente en bonne et due forme. Ces deux dernières heures, elle avait passé tout son temps à organiser des appels vidéo avec ceux qui n'avaient pas pu venir à l'hôpital, faisant en sorte qu'un téléphone connecté sur Face Time soit toujours dans la pièce avec sa mère pendant que cette dernière parlait avec les médecins. Elle venait de disparaître pour aller chercher du café.

Malgré l'angoisse et la confusion, il sentait que sa famille lui était reconnaissante.

La cardiologue venait de finir son bilan. Elle demanda si quelqu'un avait des questions, prenant soin de regarder aussi l'écran du téléphone, où apparaissaient les visages inquiets de ceux qui ne se trouvaient pas sur place.

Sa mère, encore vêtue d'un jogging rose, fut la première à parler. Son père et elle étaient apparemment en promenade dans leur quartier lorsque Timothy avait commencé à ne plus sentir son bras gauche.

— Combien de temps devra-t-il prendre le médicament ?

— Cela dépend de la réaction de son organisme à partir de maintenant. Nous allons le surveiller attentivement pendant les prochaines vingt-quatre heures.

— Alors, il va rester aux soins intensifs tout ce temps ?

— Oui. Il ne pourra recevoir qu'un visiteur à la fois, donc je vous conseille de vous relayer pour aller vous reposer chacun votre tour.

Oliver échangea un coup d'œil avec Kate. À présent que son père était hors de danger, ils allaient devoir s'organiser pour prendre soin de lui. Ils avaient tous cherché les symptômes de Timothy sur Internet depuis qu'ils étaient arrivés à l'hôpital. D'après ce qu'Oliver avait trouvé, la réaction rapide de Fiona lui avait sauvé la vie.

Le médecin prit congé et ils se retrouvèrent entre eux dans la salle d'attente. Personne ne semblait vouloir parler. Ce fut alors qu'Oliver crut sentir une odeur de café, et lorsqu'il se retourna, Jessica se tenait derrière lui avec un plateau chargé de quatre gobelets.

Il n'aurait su lui dire à quel point il lui était reconnaissant. Elle s'était retrouvée jetée en plein milieu du chaos ce soir-là, et pourtant, elle réagissait comme si elle connaissait sa famille depuis toujours.

Il s'apprêtait à se lever pour la rejoindre, mais sa mère l'avait devancé.

— Merci, ma belle, dit Fiona avec un sourire en prenant l'un des gobelets. Ce café va être plus que bienvenu.

Kate attrapa une tasse à son tour et Jessica s'installa sur une chaise près de sa mère. Il observa un moment l'échange tranquille et naturel entre elles deux, se rappelant qu'ils devaient faire attention à ne pas brouiller les frontières de leur arrangement. Si les fiançailles étaient fausses, cela n'empêchait pas les personnes impliquées d'avoir des sentiments bien réels.

Ceux de Jessica et les siens comptaient mille fois moins que ceux de sa famille. Comment allait-il faire pour les empêcher de trop s'attacher à elle ? Toute cette histoire était partie d'une bonne intention, d'un raisonnement qu'il avait cru juste sur le moment, mais à les voir aussi complices, il ne pouvait s'empêcher d'avoir des doutes.

Ressentant le besoin d'intervenir, il passa un bras autour des épaules de Jessica et ouvrit la bouche pour lui suggérer de rentrer à la maison. L'expression pleine d'espoir de sa mère l'arrêta aussitôt.

— Oliver, attends un peu d'entendre l'idée de Jessica, dit Fiona en jetant un bref coup d'œil à l'intéressée. Savais-tu que la musicothérapie pouvait aider à la guérison des victimes de crise cardiaque ? Ton père avait lu des articles sur le sujet, mais puisqu'il semblait aller bien, nous n'avons pas cherché à en savoir plus.

Elle baissa la tête avant d'ajouter, d'une petite voix tremblante :

— Je pensais vraiment qu'il allait s'en sortir.

— Il *va* s'en sortir, maman.

Il lâcha les épaules de Jessica pour soutenir sa mère, incapable de la voir rongée ainsi par la culpabilité et l'inquiétude.

— Cela dit, nous devrions probablement laisser les professionnels s'occuper de sa santé, tu ne crois pas ? Ils savent ce qui est le mieux pour papa.

Par-dessus la tête de Fiona, il rencontra le regard de Jessica et secoua la tête, espérant qu'elle comprendrait le message. Il ne voulait pas qu'elle mette des idées de ce genre dans la tête de sa mère. Elle était déjà suffisamment bouleversée comme cela.

Quelques minutes plus tard, Kate les rejoignit pour leur montrer un planning qu'elle avait créé sur son téléphone. Chaque membre de la famille pouvait s'inscrire sur une tranche horaire pour passer du temps avec Timothy jusqu'à sa sortie de l'hôpital. Oliver choisit une période le lendemain et se rendit compte que Jessica avait disparu de la salle d'attente. Surpris, il souhaita bonne nuit à sa famille et partit à sa recherche.

Il la retrouva assise sur un banc près des ascenseurs, le dos voûté et les bras autour de ses genoux. Elle avait l'air aussi épuisée que lui. Lorsqu'elle leva les yeux pour le regarder, il remarqua les cernes qui n'y étaient pas quelques heures auparavant.

— Tu es prête à partir ?

— C'est quand tu veux.

Sa voix lasse l'inquiéta et il faillit la prendre dans ses bras, mais quelque chose dans son expression tendue l'en empêcha. Il se souvint de la demande qu'elle lui avait faite quelques heures plus tôt de limiter leurs contacts physiques au strict minimum. Pendant la soirée, ils avaient fait des exceptions à la règle, mais la situation était tout aussi exceptionnelle.

— Est-ce que tout va bien ?

Il enfouit les mains dans ses poches pour ne pas être tenté de la réconforter avec une étreinte. Jessica n'avait probablement pas besoin de cela. Elle était venue avec lui par pure gentillesse, pas parce qu'il avait mérité son affection.

— Oui, finit-elle par répondre. Je suis simplement fatiguée. J'imagine que tu n'es pas dans une meilleure forme toi-même.

Soulagé par sa réponse, il pressa le bouton de l'ascenseur et celui-ci s'ouvrit immédiatement. Ils se sentiraient bien mieux après quelques heures de sommeil. Quant au reste... Eh bien, le temps l'aiderait probablement à se trouver près d'elle sans avoir le besoin constant de la toucher.

Seule dans la cuisine d'Oliver le lendemain matin, Jessica fit la grimace à la machine à café high-tech qui préparait sa boisson depuis une bonne dizaine de minutes.

Pourquoi les gens riches avaient-ils toujours des appareils plus compliqués que ceux des autres ? Avec sa bonne vieille machine, elle aurait obtenu sa dose matinale de caféine depuis longtemps au lieu de passer une éternité à l'attendre.

Lorsque l'engin émit enfin un « bip » encourageant, elle récupéra la carafe en inox qu'elle avait placée dessous et la mit sur un plateau avec deux tasses. Elle avait invité Corryna Lawson, sa meilleure amie, à prendre le café avec elle pendant qu'Oliver passait du temps à l'hôpital avec son père.

Corryna ne cessait de la questionner sur les détails de sa relation avec Oliver, manifestement peu satisfaite de ses réponses. Elle n'arrivait pas à décider si elle devait lui dire la vérité. Elle détestait mentir, mais le simple fait d'y penser mettait ses nerfs en pelote.

En attendant son amie et le café, elle avait décidé de travailler un peu sa guitare dans l'espoir de se détendre. L'instrument l'attendait déjà dans le jardin. Elle avait pensé s'installer sur le toit-terrasse, mais après la petite phrase d'Oliver la veille, elle n'avait pas la moindre envie de revoir la tente qui lui rappellerait leur soirée romantique.

« Nous devrions probablement laisser les professionnels s'occuper de sa santé. »

Ses mots avaient résonné en elle toute la nuit. Elle tenta de les oublier en s'installant dans un fauteuil près de la piscine, son café posé sur une petite table de rotin à côté d'elle. Les fleurs multicolores adoucissaient l'effet masculin des pierres grises qui entouraient le bassin. L'air du matin était encore frais, mais le ciel parfaitement bleu annonçait une journée chaude.

Inspirant à fond le parfum des jacinthes, elle se tourna pour admirer un parterre de renoncules rouges et roses, leurs pétales se pressant les uns contre les autres dans une harmonie parfaite. Elle ne valait pas davantage que l'un de ces pétales minces et fragiles aux yeux d'Oliver.

Parce qu'elle n'était pas diplômée, son opinion ne comptait pas ; parce qu'elle n'avait pas encore de réseau professionnel pour appuyer ses décisions, elle n'avait pas le droit de donner son avis sur le traitement de son père.

En théorie, elle comprenait son point de vue. Elle était peut-être allée trop loin en faisant part de cette idée à Fiona alors que la famille était sens dessus dessous. Et pourtant...

Elle savait ce qu'elle disait. Elle *était* musicienne.

Ses doigts se mirent à courir sur le manche de sa guitare, entamant les exercices d'échauffement qu'elle connaissait depuis l'enfance. Les gammes et les arpèges ne constituaient certainement pas le travail le plus amusant qui soit. Pourtant, ils étaient nécessaires non seulement pour renforcer sa technique, mais aussi pour former une transition entre le monde extérieur et l'espace créatif, plus libre, dont tout interprète avait besoin pour jouer réellement bien.

Ce moment entre deux eaux lui permettait aussi d'oublier tout ce qui n'était pas la musique. Elle devait mettre de côté la blessure d'ego que lui avait infligée Oliver. Sans cela, elle ne pourrait pas exprimer les plus beaux sons de sa guitare, ne former plus qu'un avec l'instrument et entrer pleinement dans la musique.

Lorsqu'elle eut terminé son dernier exercice, ses doigts entamèrent presque sans le vouloir le *Prélude n° 1* de Heitor Villa-Lobos. Cette pièce mélangeait à merveille la musique traditionnelle du Brésil avec les sons plus classiques de la musique européenne.

Elle se laissa aller complètement, la musique prenant le dessus sur tout le reste. Les sons de sa guitare emplissaient le jardin, et les vibrations de l'instrument contre son corps l'apaisèrent plus que jamais.

Une fois les dernières notes de la mélodie achevées, elle marqua une pause et versa un peu de café dans sa tasse, juste pour le goûter. Des notes de chocolat et de réglisse glissèrent sur ses papilles et lui firent presque regretter ses imprécations à l'égard de la cafetière infernale. Juste comme elle reposait son mug, une voix féminine l'interpella depuis l'entrée du jardin.

— Je ne savais pas que j'aurais droit à un concert, s'exclama Corryna avec un grand sourire.

Son amie traversa la pelouse pour la rejoindre. Corryna tenait sa propre boutique de fleuriste, Les Pétales de Royal, et elle était demandée pour tous les événements de la région. Sa charge de travail avait considérablement augmenté avec les fêtes nuptiales d'Ariana Ramos et Xavier Noble. Elle tentait cependant de se ménager depuis qu'elle savait qu'elle attendait un bébé.

Jessica se souvenait du jour où elle avait attendu avec elle le résultat de son test de grossesse. Une fois le choc passé, Corryna avait été très heureuse de fonder une famille avec son fiancé, Colin Reynolds, le chef d'un des meilleurs restaurants de Royal. Jessica ne décelait pas encore le moindre renflement sur le ventre parfaitement plat de son amie. Elle ressemblait à une gravure de mode avec ses cheveux blonds ombrés, sa robe longue parsemée de petites fleurs bleues et ses bottes cavalières marron clair.

De plus, ce qui ne gâtait rien, elle portait un carton à pâtisseries.

— Tu es la meilleure des copines du monde entier, déclara-t-elle en souriant à Corryna.

Elle posa sa guitare sur son support avant de serrer son amie dans ses bras.

— Dis donc, tu sens bon.

— Ne te méprends pas, c'est l'odeur de la crème pâtissière, rétorqua Corryna. J'ai eu toutes les peines du monde à ne pas tout dévorer dans la voiture.

— Dans ce cas, à l'attaque.

Elle remplit leurs tasses de café et passa le pot de lait à son amie, qui s'était laissée tomber dans un fauteuil en face du sien. Corryna se servit et mélangea la crème dans son mug avant de pointer sa petite cuillère dans sa direction d'un air menaçant.

— Je te préviens, commença-t-elle. J'ai l'intention de te cuisiner à propos de tes amours dès que tu auras eu ta dose de sucre.

— Je me doutais que tu ne venais pas pour entendre un concert de guitare.

Elle mordit dans une part bien croustillante de millefeuille à la framboise, consciente qu'elle ne parviendrait pas à soutenir le mensonge devant sa meilleure amie, encore moins un jour comme celui-ci où ses sentiments menaçaient de déborder. Le commentaire d'Oliver l'avait blessée et elle avait besoin du soutien de Corryna.

— En effet, répondit cette dernière. En revanche, j'aurais pu venir simplement pour le jardin. Il est magnifique.

Jessica suivit son regard autour du vaste espace qui encerclait la maison, plein de coquelicots, d'anémones et d'autres fleurs sauvages qui empiétaient sur les dalles du chemin. Corryna avait toujours adoré les plantes. Chaque fois qu'elles randonnaient ensemble, elle trouvait toujours une nouvelle espèce à admirer, voire à ramener chez elle pour en faire des boutures. Son côté proche de la terre lui parlait tout spécialement, sans doute en lien avec l'éducation qu'elle avait reçue de ses parents.

— J'ai senti que quelque chose n'allait pas quand tu m'as parlé de tes fiançailles au téléphone, reprit son amie.

Son regard vert, presque comme celui d'Oliver, recelait une bonne dose d'inquiétude. Elle mit sa pâtisserie de côté et regarda Corryna dans les yeux.

— Ne t'en fais pas, tout va bien. Si tu as cru déceler quelque chose de bizarre, c'est peut-être parce que Oliver et moi ne sommes pas réellement fiancés. Nous avons passé un arrangement avec des bénéfices mutuels.

Corryna posa son pain au chocolat et prit sa main gauche, où brillait le diamant de la famille Price.

— Es-tu en train de me dire que *ça* n'est pas vrai ?

— Oh si, la bague est bien réelle.

Le souvenir de sa première nuit avec Oliver lui revint à l'esprit, leurs moments de passion, puis sa tentative nonchalante de lui donner la bague.

— Ce sont les fiançailles qui n'existent pas vraiment, reprit-elle. N'en parle à personne, s'il te plaît. Le père d'Oliver a de graves problèmes de santé et il souhaite donner un peu de tranquillité à sa famille concernant son avenir.

Corryna écarquilla les yeux et lui prit la main dans un geste compatissant. Alors, sans trop comprendre comment, elle lui raconta tout – l'hypothèque de ses parents, la soirée, la grande roue, leur nuit à l'hôpital et le commentaire d'Oliver.

— Pourquoi ne m'as-tu pas appelée ? l'admonesta son

amie quand elle eut terminé son histoire. Tu sais que tu peux m'appeler à n'importe quelle heure si ça ne va pas, j'espère ?

— Je le sais, promis. Je croyais juste que j'avais la situation bien en main. Je le croyais jusqu'à hier, quand j'ai essayé d'aider le père d'Oliver et qu'il m'a éconduite comme si j'étais une vendeuse ambulante en train d'essayer de lui refourguer un set d'encyclopédies.

Corryna fronça les sourcils.

— Je comprends que tu te sois sentie blessée, mais je ne sais pas si c'est juste de lui en tenir rigueur. Il était probablement épuisé et mort d'inquiétude pour son père. Ce qui m'inquiète, moi, c'est ce que tu ressentiras dans quelques semaines après avoir vécu avec lui vingt-quatre heures sur vingt-quatre.

— Des tas de gens ont des colocataires sans être impliqués émotionnellement, protesta Jessica. Je ne le verrai même pas tant que ça, entre ses voyages et mes études.

À présent qu'elle ne devait plus mettre ses études en pause, elle avait obtenu d'effectuer son stage d'automne plus tôt que prévu, pendant les mois d'été. Le salaire suffirait à payer son prochain trimestre d'études. Pour le reste, elle continuerait les services dès que son arrangement avec Oliver lui en laisserait le temps.

— Tu le verras au moins à la fête d'Ariana et Xavier Noble au Club des gentlemen, lui rappela Corryna. Ces soirées prénuptiales dégoulinent de romantisme. Ne me dis pas que tu vas pouvoir passer des jours à faire semblant d'être amoureuse de lui sans rien ressentir, sans compter qu'il te plaît et que c'est réciproque, si j'ai bien compris. Je ne crois pas une seconde à tes histoires d'arrangement platonique.

— Je dois juste me souvenir de l'enjeu, dit-elle, autant pour s'en persuader elle-même que pour rassurer Corryna. Je vais pouvoir continuer mes études et aider mes parents à payer leur maison. Oliver va rendre sa famille heureuse. Tant que nous gardons nos objectifs en tête, tout ira bien.

Corryna resta silencieuse un long moment, mordillant sa lèvre inférieure d'un air pensif. Enfin, elle termina son café et replaça sa tasse sur le plateau avant de se tourner vers elle.

— D'accord, Jess. Je te fais confiance. Seulement, cette fois, appelle-moi si les choses se compliquent. Je ne veux pas que tu restes seule dans la tourmente.

Elle cueillit une anémone blanche que la brise agitait contre sa jambe et la fit tourner distraitement entre ses doigts.

— Tu peux faire tous les plans du monde, reprit-elle sur un ton sérieux, mais tu ne pourras jamais contrôler quand, ni de qui tu tombes amoureuse. Je l'ai appris avec l'expérience.

Jessica savait que son amie s'était battue pour le conte de fées qu'elle vivait aujourd'hui. Sa relation avec Colin n'avait pas toujours été facile, mais au moins, ils avaient une longue histoire ensemble. Ils s'étaient connus sur le plan professionnel pendant des mois avant de sortir ensemble. Oliver et elle venaient à peine de se rencontrer.

Elle se sentait un peu mieux à propos de l'incident de la veille maintenant qu'elle avait entendu le point de vue de son amie. De toute façon, l'opinion d'Oliver à son sujet ne comptait pas assez pour qu'elle en prenne ombrage. Ils ne sortaient pas ensemble.

Tout au plus, ils étaient deux connaissances qui se rendaient un service mutuel.

Lorsque leur arrangement prendrait fin, ils continueraient leur vie chacun de leur côté et tout irait bien. Il n'y avait pas de quoi paniquer.

Tout ce qui lui restait à faire, c'était de se rappeler tout cela lors de ses nuits solitaires, avec Oliver juste au-dessous d'elle.

8

Oliver s'essuya le front sans ralentir sa foulée, attendant avec impatience que l'euphorie du coureur prenne le dessus.

Il aimait ce moment où sa course se faisait plus fluide, où son esprit se vidait complètement et ne pensait qu'à l'effort. Il avait de plus en plus besoin de son jogging quotidien depuis que Jessica avait emménagé chez lui un peu plus d'une semaine auparavant. Le sport lui faisait oublier en partie son désir incessant pour elle, cette étincelle qui ne s'éteignait jamais vraiment.

Les choses étaient encore moins claires dans sa tête depuis que son père était rentré de l'hôpital. Timothy se remettait bien de sa crise cardiaque, mais il ne pouvait s'empêcher de rester inquiet. Il avait même ajouté des kilomètres à son jogging habituel pour se défouler davantage.

Il fit le tour d'un petit étang artificiel non loin de sa propriété, effrayant une famille de canards qui s'éloigna du bord de l'eau. Le soleil venait de se lever. Tout était calme dans le bois, et il n'avait croisé personne à l'exception de deux cavaliers sur le chemin équestre.

Comment se faisait-il qu'après plus de dix kilomètres, son esprit soit toujours hanté par des images de sa séduisante colocataire ? Il était presque arrivé chez lui et il pensait encore au moment où il l'avait croisée dans la cuisine la veille, à minuit, alors qu'il finissait de travailler dans son bureau.

Elle portait alors un short de pyjama très court, à rayures bleues et blanches, dont il risquait de rêver pendant un certain temps. Il avait bien tenté de regarder ailleurs, mais ses yeux n'étaient pas allés beaucoup plus loin que sa poitrine, moulée dans un T-shirt usé qui en dévoilait bien plus qu'il n'en cachait.

Oliver augmenta la cadence et accéléra dans l'espoir de chasser le souvenir de son esprit. Jessica lui avait clairement dit qu'ils ne se toucheraient plus tant qu'ils vivaient sous le même toit. Il se maudirait éternellement d'avoir accepté, mais il ne pouvait rien y changer.

Son téléphone, fixé à son bras par un bracelet spécial, se mit soudain à sonner. Très peu d'applications étaient autorisées à lui envoyer des notifications lorsqu'il allait courir. Il ralentit donc sa foulée et sortit l'appareil de sa housse.

Les mots « ALERTE SÉCURITÉ, PORTE DE DERRIÈRE » clignotaient en grosses lettres rouges sur l'écran.

Jessica.

L'angoisse le parcourut comme une traînée de poudre. Jamais il ne se le pardonnerait s'il arrivait quelque chose à Jessica dans sa maison.

Il pianotait sur l'écran pour ouvrir l'application lui donnant accès aux caméras de surveillance lorsque, déjà, l'agence de sécurité lui téléphonait.

— Bonjour, Oliver Price à l'appareil.

Il précisa son adresse et son code secret à l'agent avant d'expliquer :

— Je ne suis pas chez moi, je ne sais pas ce qui se passe. J'essaie d'accéder aux images de mes caméras en ce moment.

Alors qu'il terminait sa phrase, son téléphone vibra de nouveau – un appel de Jessica. Sa gorge se serra un peu plus.

— Mon amie est à la maison et elle essaie de me joindre,

dit-il le plus calmement possible à la personne qu'il avait déjà en ligne. Je vais l'ajouter à l'appel pour que vous puissiez entendre en même temps que moi.

Les mains tremblantes, il pressa une touche pour transformer l'appel en réunion et y admettre Jessica.

— Jessica, est-ce que tout va bien ? L'agence de sécurité est en ligne avec nous.

— Je vais très bien, dit-elle d'une voix qui lui parut exempte de toute panique.

En arrière-plan, il pouvait entendre l'alarme de la maison qui aurait suffi à réveiller tout le quartier.

— Le code de la porte a changé hier, n'est-ce pas ? lui demanda Jessica. J'ai oublié de noter le nouveau avant de sortir sur la terrasse avec mon café.

Jamais de sa vie il n'avait ressenti un tel soulagement. Il s'appuya contre l'un des érables qui bordaient l'étang, incapable de se soutenir sur ses jambes. Après avoir donné le bon code à l'agent de sécurité, celui-ci désactiva l'alarme à distance, et Oliver constata avec satisfaction qu'il ne l'entendait plus dans le téléphone.

Il remercia l'employé avant de raccrocher. L'instant d'après, son application affichait enfin la vidéo en direct des caméras de sécurité.

Là, dans son jardin, à quelques centaines de mètres de lui, se trouvait Jessica.

Elle portait toujours le short qui avait hanté ses rêves la nuit précédente. Ses courbes parfaites étaient exposées devant la caméra et il sentit son cœur louper un battement. Il sursauta en entendant le son de sa voix, se souvenant brusquement qu'il était toujours en communication avec elle.

— Je peux entrer ? lui demanda-t-elle d'un ton méfiant. L'alarme ne va pas se déclencher à nouveau ?

— C'est tout bon, tu peux y aller sans crainte.

Il savait qu'il aurait dû fermer l'application. La regarder ainsi était une violation très nette de son intimité, mais elle savait qu'il y avait des caméras, non ? Elle savait qu'il pouvait la voir en ce moment même.

Son doigt hésita au-dessus de l'écran. Décidément, il n'arrivait pas à se rassasier de la voir. Comment était-il censé ignorer cette faim, cette envie constante d'être près d'elle, alors même qu'une simple image suffisait à lui faire perdre la tête ?

— Je suis désolé pour le code, reprit-il pour se donner une contenance. J'ai une application qui les change toutes les semaines, mais si c'est plus simple pour toi, je peux modifier le réglage pour que le changement soit moins fréquent.

— Ce n'est pas nécessaire, dit-elle en tendant la main vers le boîtier encastré dans le mur. Je n'oublierai pas la prochaine fois. À tout à l'heure.

Elle raccrocha et il sut qu'il devait fermer l'application. Il allait le faire... dans une minute.

Une minute pour se rappeler la sensation de ses lèvres contre sa peau, la soie de ses cheveux bruns sous ses doigts, la manière dont ses hanches avaient ondulé gracieusement pour l'accueillir en elle. Ses seins parfaits qui tenaient juste dans ses mains, comme s'ils avaient été créés pour lui.

Jessica entra dans la maison et disparut du champ de la caméra. Il se maudit dans toutes les langues qu'il connaissait pour ne pas avoir coupé l'image plus tôt. Cette situation ne pouvait plus durer. D'une manière ou d'une autre, il allait devoir trouver des solutions pour se contenir en sa présence.

Au moins, une chose était claire : il serait dans une forme olympique lorsque leurs fausses fiançailles se termineraient.

Le soir de la fête organisée par Ari Ramos et Xavier Noble, le parking du Club des gentlemen texans était en effervescence.

Jessica arriva seule à l'arrière de la voiture privée qu'Oliver avait réservée pour elle. Parti de Royal depuis trois jours, il était censé la rejoindre directement sur place.

La voix du conducteur lui parvint depuis le haut-parleur intégré discrètement entre les deux sièges avant. Il s'agissait du même chauffeur que le soir où elle avait rencontré Oliver.

— Mademoiselle Lewis ? Je vais faire encore un tour, le temps que le bouchon devant l'entrée se disperse.

— Pas de problème, Jason. Pouvez-vous me prévenir si vous apercevez M. Price ?

— Bien sûr, mademoiselle.

Elle jeta un coup d'œil par la vitre pour voir l'entrée du club, qui avait été aménagée dans le thème « Hollywood » du mariage, avec un tapis rouge constellé de paparazzis. Jessica soupçonnait fortement que certains des photographes avaient été appelés par l'organisatrice du mariage pour compléter la scène. Cependant, certains semblaient être de vrais journalistes, avec leurs caméras et tout leur matériel.

Elle comprenait à présent pourquoi il y avait tant de monde devant la porte. Les gens faisaient la queue pour se faire prendre en photo.

Elle attendait cette soirée avec impatience depuis qu'elle avait conclu son arrangement avec Oliver, et elle allait faire de son mieux pour ne pas gâter son plaisir en pensant au changement qui s'était produit entre eux depuis quelques jours. On aurait dit qu'un mur s'était élevé entre eux.

Cette distance était peut-être due en partie aux limites qu'elle avait imposées pour ne pas tout confondre dans leur relation, mais elle sentait qu'il y avait autre chose. Oliver avait à peine croisé son regard depuis le jour où elle s'était enfermée dehors par accident. Il lui avait annoncé tout à trac qu'il avait oublié une réunion à Los Angeles et qu'il devait partir.

Jessica avait du mal à croire, étant donné son sérieux au

travail, qu'il ait pu oublier une réunion importante. Elle doutait également qu'il puisse être du genre à prendre la mouche pour une simple histoire d'alarme. Il devait donc y avoir autre chose, mais quoi ?

— Mademoiselle Lewis ? demanda à nouveau Jason à travers le haut-parleur. M. Price vient de sortir d'une voiture juste devant nous. Il viendra ouvrir votre portière dans un instant pour vous escorter à l'intérieur.

L'excitation monta en elle et Jessica eut du mal à rester assise tranquillement. Elle serra dans sa main la minaudière dorée qu'elle avait choisie pour aller avec sa robe portefeuille, une merveille de soie vert émeraude qu'elle avait dénichée dans une boutique de seconde main. L'ourlet descendait jusqu'au sol, mais la robe était décolletée en V devant et derrière, avec un nœud pour retenir le tissu au creux de ses reins. La soie bruissait comme une caresse contre sa peau et la couleur de la robe faisait ressortir les éclats de vert dans ses yeux. Elle avait choisi plusieurs bracelets dorés et des sandales assorties pour compléter l'ensemble.

Pendant tout le temps qu'elle se préparait, elle s'était demandé ce qu'Oliver penserait de sa tenue. Elle ne pouvait nier qu'elle avait pensé à lui en se coiffant et en se maquillant avec beaucoup plus de soin que d'habitude. Ces longues minutes de préparation l'avaient rendue curieusement consciente de toutes ses sensations, et son cœur se mit à battre plus vite dès qu'elle le vit descendre de sa voiture.

Visiblement, lui aussi avait pris particulièrement soin de lui ce jour-là. Il portait un costume noir sur mesure qui s'ajustait parfaitement à ses épaules avant de s'amincir à la taille. Quant à sa chemise blanche impeccable, elle mettait en valeur sa mâchoire rasée de frais et son teint bronzé.

Ce furent pourtant ses yeux verts qui retinrent le plus son

attention, ses yeux dans lesquels une petite flamme se mit à danser lorsqu'il ouvrit sa portière et lui tendit la main.

Le bruit des rires et un écho lointain de musique country semblèrent lui souhaiter la bienvenue. Une chaleur familière monta en elle avant même que leurs mains ne se touchent, comme si son corps savait déjà comment elle allait réagir.

— Je suis contente que tu aies pu venir, dit-elle de son ton le plus nonchalant.

Elle ressentait pourtant un soulagement proportionnel au manque qu'elle avait eu de lui ces trois derniers jours, voire depuis plus longtemps, depuis le jour où ils avaient décidé de limiter leurs contacts physiques. Vivre avec lui sans le toucher avait été une torture un peu plus puissante chaque jour et elle ne savait plus comment lutter contre ce sentiment.

Oliver prit sa main et la garda dans la sienne tandis qu'il déposait un baiser sur sa joue.

— Je n'aurais manqué cela pour rien au monde, murmura-t-il contre son oreille. C'est ma première opportunité de montrer ma superbe fiancée au public.

Sa voix était basse et intime, parfaite pour réveiller tous ses désirs les plus profonds, et elle fut obligée de fermer les yeux. Elle le voulait tellement que c'en était presque insupportable.

Un raclement de gorge discret la fit alors revenir à la réalité.

— Excusez-moi, monsieur Price, dit une voix féminine.

Une très belle jeune femme se tenait près d'eux dans une robe fourreau couleur ivoire, son chignon blond orné de boutons de rose, les joues légèrement empourprées. Elle tenait à la main une tablette qu'elle consultait tout en parlant. Jessica reconnut Rylee Meadows, l'organisatrice du mariage, dont elle avait vu des photos dans les magazines. Elle était encore plus jolie dans la vraie vie.

— Êtes-vous prêts à prendre la pose sur le tapis rouge ?

— Nous sommes prêts, affirma Oliver.

Sa main descendit le long de son dos et effleura l'endroit précis où le nœud de son haut et sa jupe se rencontraient, contre sa peau nue. Elle fut incapable de penser à quoi que ce soit d'autre qu'à son envie de lui retirer tous ses vêtements.

— Très bien, venez avec moi, poursuivit Rylee en les invitant du geste à la suivre. Dès que la demoiselle et le garçon d'honneur auront terminé de poser, vous pourrez prendre leur place au centre du tapis.

Jessica repéra sans peine Dionna Reed et Tripp Noble qui s'embrassaient à quelques pas d'eux, avec une telle intensité qu'elle sentit ses propres joues rosir. Les flashs des appareils photo crépitèrent et le couple se sépara avec un grand sourire.

— Alors, prête pour le grand spectacle ? demanda Oliver tout contre son oreille. C'est le moment de montrer à tout le monde que tu portes ma bague.

Elle rêvait de l'embrasser sans retenue à son tour, de déposer une pluie de baisers le long de sa mâchoire avant de revenir à ses lèvres, mais le poids de ses mots lui rappela à quel point ce moment était important. Il s'agissait ni plus ni moins que d'une déclaration publique de leurs fiançailles.

Elle sentit son estomac dégringoler, mais il était trop tard pour faire marche arrière. Tripp et Dionna arrivaient déjà devant l'entrée du club. Rylee annonça leurs noms au micro, et Oliver la guida sous le feu des projecteurs.

Les objectifs des photographes se déployèrent tous en même temps, chacun les appelant depuis la barrière pour tenter de les faire regarder dans leur direction. Jessica aurait pu se croire à une première de film de l'autre côté du pays tant l'atmosphère y ressemblait. Elle manqua de trébucher et sentit la panique l'envahir.

De quel droit était-elle ici ? Comment pouvait-elle tromper les gens de la sorte ? Les autres invités allaient-ils la démasquer, dans sa robe de seconde main et ses chaussures qui avaient connu de meilleurs jours ?

Les lèvres d'Oliver se posèrent près de sa tempe et il lui dit, de cette voix grave qui l'enveloppait et la fascinait tout à la fois :

— Tu es magnifique dans cette robe, Jessica. Tous les hommes m'envient ce soir.

Le compliment était exagéré. Pourtant, Oliver avait miraculeusement réussi à apaiser ses angoisses. Son bras passé autour de sa taille la maintenait ancrée dans la réalité, l'aidait à se sentir plus calme. Elle leva les yeux vers lui avec incrédulité. Certes, elle ne comprenait toujours pas pourquoi il avait disparu si abruptement, mais elle devait reconnaître qu'il jouait son rôle d'amoureux à la perfection.

Lorsqu'il plongea le regard dans le sien, elle entendit tous les appareils cliqueter en chœur. Des flashs de lumière blanche l'aveuglèrent et elle se sentit comme une princesse de conte de fées. À tout moment, elle s'attendait à voir sa marraine fée apparaître.

— Je crois que nous pouvons y aller, lui chuchota Oliver, la main toujours au creux de son dos. Trouvons notre table et installons-nous tranquillement.

Pour ne pas penser à la chaleur de sa paume contre sa peau, elle se concentra sur l'incroyable transformation de la salle à manger du club. La pièce était aménagée pour ressembler à une série de décors de cinéma, montrant différentes périodes de la relation d'Ariana et Xavier.

— Waouh, souffla-t-elle. Je ne reconnais plus du tout le club.

— Moi non plus, renchérit Oliver.

Tout un coin de la salle faisait écho au métier de Xavier, qui écrivait des best-sellers. Des sièges géants faits entièrement de piles de livres semblaient attendre les futurs mariés. Oliver lui désigna ensuite le côté opposé de la pièce, qui semblait plutôt évoquer l'entreprise de production d'Ariana. Tout un pan de mur était recouvert d'écrans de télévision montrant des films qu'elle avait produits, et une immense porte de palais en carton-pâte était installée contre la cloison, portant le nom d'Ariana en grandes lettres dorées.

— Est-ce que tu es déjà venue ici ? lui demanda Oliver.

— Seulement pour travailler sur des dîners ou des soirées.

À vrai dire, elle connaissait beaucoup mieux les cuisines que les espaces réservés aux invités. Elle osait à peine imaginer combien coûtait une carte de membre dans ce club. Cela ne l'empêchait pas d'admirer l'espace qu'elle avait sous les yeux ce soir, non seulement le décor qui lui donnait l'impression de se trouver dans les studios d'Hollywood, mais aussi le charme du bâtiment historique qui avait accueilli tous les grands événements de Royal depuis des dizaines d'années.

— Je suis content que tu sois ma cavalière ce soir et non ma serveuse, commenta Oliver.

Il s'approcha d'une table qui débordait de cadeaux pour les futurs mariés et y ajouta une élégante enveloppe argentée.

— Je ne t'ai vraiment pas assez vue le soir où nous nous sommes rencontrés.

— Il me semble pourtant que tu as vu tout ce qu'il y avait à voir, non ?

Les mots lui avaient échappé sans qu'elle ait eu le temps de les retenir. Certes, elle s'était promis de ne pas flirter avec lui, mais l'exercice se révélait difficile alors qu'ils devaient faire semblant d'être amoureux, alors que sa main était posée dans son dos et que ses yeux verts la dévoraient.

L'espace d'un instant, le reste du monde disparut.

— Ne t'inquiète pas, je m'en souviens, dit Oliver avec un ton lourd de sous-entendus. Raviver les souvenirs de cette nuit sera peut-être utile pour convaincre les autres que nous formons un couple, mais c'est un peu dangereux, tu ne crois pas ?

— Oui, tu as raison. Nous ne pouvons pas nous permettre de jouer avec les limites.

Elle détourna le regard et observa la pièce autour d'eux pour occuper ses pensées à autre chose. Les invités affluaient, de plus en plus nombreux, et un duo de violon et d'accordéon jouait des standards de musique country sur une petite estrade.

Jessica n'avait pas encore repéré les futurs mariés. En revanche, elle aperçut Sasha Ramos, la sœur d'Ariana, que celle-ci montrait régulièrement dans ses publications sur les réseaux sociaux. Corryna et Colin étaient également invités et n'allaient probablement pas tarder à arriver. De toute manière, elle aurait pu scanner la pièce dix fois qu'elle n'aurait pas sorti Oliver de ses pensées.

Une distraction bienvenue se présenta alors sous la forme de Seth Grayson, un photographe qu'elle avait déjà croisé dans d'autres soirées où elle avait travaillé. Seth venait de se planter devant eux avec un grand sourire et son appareil-photo autour du cou.

— Excusez-moi, j'essaie de prendre des photos pour l'album « Histoires d'amour » des futurs mariés, dit-il en désignant du doigt une alcôve qu'elle n'avait pas encore remarquée.

Le mur était couvert de roses rouges, et un projecteur dirigeait un rond de lumière devant l'arrangement fleuri.

— Accepteriez-vous de faire partie de mes couples amoureux ?

— Bien sûr, répondit Oliver.

— Qu'est-ce qu'un album « Histoires d'amour » ? demanda Jessica.

— Venez, je vais vous montrer, répondit Seth.

Devant le mur, sur une grande table, se trouvait un tableau blanc sur lequel les contours d'un mandala avaient été dessinés. Cependant, au lieu de formes et de couleurs différentes, chaque section du mandala contenait une photo. Celles du milieu étaient des clichés décontractés d'Ari et de Xavier. On apercevait dans les pétales des images prises pendant la soirée des amis ou de la famille des futurs mariés, mais la plupart des espaces étaient encore libres.

— Il s'agit d'une œuvre d'art personnalisée pour la future maison des mariés, expliqua Seth. Nous y mettons des photos du mariage et des divers événements avant celui-ci.

— Ce sera un merveilleux souvenir pour eux, commenta Jessica en admirant un cliché adorable des parents de Xavier.

Les photos sincèrement romantiques lui donnaient l'impression, de plus en plus, d'être la pire des hypocrites.

— Faites comme si je n'étais pas là, leur ordonna le photographe en les attirant devant le mur de roses. Embrassez-vous comme si vous étiez seuls au monde.

9

Oliver prit une grande inspiration et se prépara à subir la plus délicieuse torture de sa vie. Embrasser Jessica devant tout le monde alors qu'il avait passé les trois derniers jours à la fuir, justement dans l'espoir de résister à son attirance pour elle. Comment était-il censé se contenir après cela ?

Déjà, son corps allait vers le sien comme s'il ne le contrôlait plus. Il voulait la serrer dans ses bras, sentir sa langue contre la sienne, la douce pression de sa poitrine contre son torse. Le décolleté magique de sa robe le hantait depuis qu'il l'avait vue sortir de la voiture. Ce vêtement semblait prêt à glisser jusqu'au sol à la moindre provocation, et il rêvait de défaire ce nœud de soie pour la voir enfin dans la tenue qu'il préférait.

— Est-ce qu'on s'apprête vraiment à faire ça ? demanda Jessica dans un souffle.

Il posa la main dans son dos, juste au-dessus de ses hanches parfaitement formées. Devant eux, le photographe ne les regardait pas encore, occupé à ajuster les réglages de son appareil.

— À faire quoi, exactement ? lui demanda-t-il. Nous torturer avec le désir que nous avons fait semblant d'ignorer toute la semaine ?

Ses yeux se rivèrent aux siens, légèrement écarquillés, d'un bleu plus profond que d'habitude.

— Non, murmura-t-elle en secouant la tête. Je parlais plutôt de poser en tant que fiancés pour l'album de souvenirs alors que nous savons tous les deux que notre couple n'existera plus à la fin de l'été.

Il n'eut pas le temps de lui répondre, car ce fut le moment que choisit le photographe – un certain Seth – pour agiter la main dans leur direction. Derrière lui, les invités avaient l'air de former des groupes de deux personnes pour un jeu quelconque, peut-être une chasse au trésor, car chaque duo recevait une petite carte et un crayon.

— Très bien, je suis prêt quand vous l'êtes, déclara Seth. Faites comme si je n'existais pas. Soyez naturels et embrassez-vous quand vous voulez.

Soyez naturels ?

De toute évidence, le photographe ne savait pas ce que cela signifiait pour lui. S'il suivait réellement son instinct, il allait soulever Jessica dans ses bras, l'emmener jusqu'à la première pièce vide qu'il trouverait et la débarrasser de tous ses vêtements jusqu'à ce qu'elle soit nue contre lui. Il allait donc éviter d'agir selon ses désirs et tenter de se comporter de manière civilisée.

Les yeux de Jessica levés vers lui recelaient une bonne dose d'inquiétude, et il se souvint qu'il n'avait toujours pas répondu à sa question.

— Oui, Jess, chuchota-t-il contre son oreille. On va vraiment le faire.

Sa main glissa de son dos à sa hanche, le bout de ses doigts effleurant la courbe délicieuse de ses fesses. Les bruits de la fête se firent plus distants. Il n'entendait plus que son cœur qui battait à tout rompre lorsqu'il pencha la tête pour effleurer ses lèvres des siennes.

L'espace d'un instant, il resta immobile, savourant seulement le goût fruité de sa bouche. Il entendit alors un léger accroc dans sa respiration, un soupir infime qui lui montra qu'elle n'était pas immunisée contre le désir qui le dévorait depuis qu'il avait pris sa main pour l'aider à sortir de la voiture.

Le contrôle qu'il parvenait à garder sur lui-même ne tenait plus qu'à un fil. Il s'y accrocha pourtant tandis qu'il l'embrassait une première fois, puis une deuxième. La troisième fois, elle entrouvrit les lèvres et sa langue caressa doucement la sienne. Elle posa les mains sur ses épaules et s'y agrippa comme à une bouée de sauvetage.

Il aurait peut-être réussi à résister à l'onde sensuelle qui le parcourait si elle n'avait pas cambré légèrement le dos, ses seins effleurant son torse et embrasant le feu dans ses veines. Jessica se laissait aller contre lui comme si elle n'avait vécu que pour ce moment. Comme si, désespérément, elle avait pensé à la même chose que lui ces trois derniers jours.

Il s'efforça de rester doux avec ses baisers, de ne pas aller trop loin. Elle savait qu'elle devait lui dire clairement si elle en voulait davantage. Il lui avait promis de tenir sa parole, mais tout cela ne s'appliquait pas ce soir, puisqu'ils ne faisaient que jouer la comédie pour donner l'illusion qu'ils s'aimaient.

Sa petite voix intérieure lui souffla qu'il était parfaitement incapable de faire la différence entre ce qui était faux et ce qui était réel.

Une autre voix disait quelque chose, et il mit un bon moment à se rendre compte qu'il s'agissait du photographe, qui essayait manifestement d'attirer leur attention depuis un moment.

— Hé ho, vous deux, cria Seth. J'ai ce qu'il me faut.

Il revint aussitôt à la réalité et s'écarta de Jessica, si brusquement qu'elle tituba et faillit perdre l'équilibre. Elle avait l'air aussi perdue que lui. Dans d'autres circonstances, il aurait savouré cette confirmation que l'effet qu'elle lui faisait était réciproque, mais c'était justement tout ce qu'il ne leur fallait pas.

— Allons manger, dit-il en lui prenant la main pour l'entraîner en direction du buffet.

— Je ne suis pas sûre que ça nous aidera, murmura Jessica en se pressant pour suivre ses pas rapides. De mon côté, je n'ai pas le genre de faim qui peut être apaisée avec des petits-fours.

Dans ce cas, pourquoi nous infliger tout cela ? eut-il envie de dire. *Pourquoi nous refuser ce que nous voulons tous les deux ?*

Il serra les dents et s'obligea à répondre de manière plus courtoise.

— La nourriture est la seule chose prévue au menu pour aujourd'hui, dit-il en lui tendant une assiette qu'il avait attrapée sur le chauffe-plats. Nous ferions mieux d'en profiter autant que possible.

La plupart des autres invités participaient encore à la chasse au trésor, ce dont il était reconnaissant. Ils pouvaient au moins parler sans craindre que l'on écoute leur conversation. Jessica resta silencieuse un instant, se servant deux amuse-bouches au fromage de chèvre avant de lui répondre :

— Tu dis ça comme si ma demande de garder une relation platonique entre nous te dérangeait.

— Pas du tout, protesta-t-il. Je comprends ton raisonnement et je le respecte. Cela dit...

Il tendit la main vers les huîtres, se souvint qu'elles étaient réputées pour leur effet aphrodisiaque et choisit des tapas espagnoles à la place.

— Oui ? demanda Jessica.

— Cela dit, j'ai l'impression de me battre contre une force plus grande que nous par moments. Pas toi ?

Son rire apaisa une partie de sa tension, lui rappelant qu'il n'était pas le seul à ressentir cette frustration. L'idée était réconfortante et lui donnait un minuscule espoir qu'elle finirait par changer d'avis.

— Moi aussi, un peu, admit-elle en ajoutant un rouleau de printemps sur son assiette. Ça ne change rien à ma conviction.

Si nous mélangeons nos désirs personnels et nos objectifs, cette relation deviendra complètement floue.

Ses désirs personnels… Oliver ne pouvait s'empêcher de retenir cette partie-là, rêvant de l'entendre décrire exactement à quoi correspondaient ses désirs – ou mieux, de la voir les lui montrer. Perdu dans ses fantasmes, il mit un moment à se rendre compte que son assiette était pleine et que Jessica l'attendait pour aller s'asseoir. Il fit un effort pour se concentrer sur le monde réel et la guida vers une table libre près de l'une des cheminées en pierre de la salle à manger.

— Je comprends, mais je ne suis pas tout à fait d'accord, répondit-il à voix basse. Je trouve que notre situation actuelle est encore plus déroutante. Nous passons notre temps à fuir une attirance qui n'est pas près de s'en aller.

Jessica se figea aussitôt, levant les yeux vers lui avec une expression alarmée.

— Vraiment ? C'est ce que tu ressens ?

Il jeta un rapide coup d'œil autour d'eux pour vérifier qu'ils se trouvaient à l'abri des oreilles indiscrètes. Un pilier recouvert de branchages et de fleurs leur offrait un peu d'intimité, mais de l'autre côté de la pièce, il repéra Corryna Lawson en train de marcher vers eux. Il n'aurait pas beaucoup de temps pour s'expliquer.

— Je ne peux pas parler à ta place, commença-t-il, mais de mon côté, j'ai sauté dans un avion aussitôt après l'incident de l'alarme pour ne pas avoir à lutter contre mon désir pour toi. J'ai du mal à faire semblant de ne pas avoir envie de toi alors que nous vivons ensemble. Très franchement, c'est plus difficile que de prétendre former un couple devant tout ce monde-là.

Jessica écarquilla les yeux.

— C'est… C'est la raison pour laquelle tu es parti aussi rapidement ?

— Tout à fait.

Des images de ce jour-là affluèrent à son esprit, Jessica dans son short à rayures, sa poitrine moulée par son T-shirt et son incapacité totale à cesser de la regarder.

— L'autre jour, quand tu t'es enfermée dehors, j'ai fait quelque chose dont je ne suis pas fier, avoua-t-il. J'ai regardé les images de caméras de surveillance pour savoir ce qu'il se passait et je t'ai vue.

La compréhension apparut dans son regard et ses joues rosirent.

— Je savais que tu n'étais pas à la maison, alors je n'ai pas pensé à...

— C'est aussi chez toi, Jess, lui rappela-t-il. Tu devrais pouvoir te sentir à l'aise. Tu as déjà été suffisamment gentille d'accepter de vivre avec moi...

— Une gentillesse que tu m'as déjà rendue, l'interrompit-elle avec raideur.

Ce fut le moment que choisit Corryna pour surgir de derrière le pilier. Il dut se retenir pour ne pas grogner de frustration. La jeune femme arborait un sourire incertain, et il se demanda à quel point elle avait entendu leur conversation.

— Vous voilà, s'exclama-t-elle avant de prendre Jessica dans ses bras. Désolée de vous interrompre. Je voulais juste vous dire bonjour et m'assurer que vous passez un bon moment.

— C'est le cas, répondit Jessica d'un ton empesé. Nous allions tout juste nous mettre à table.

— Dans ce cas, je ne vous retiendrai pas longtemps.

Corryna se tourna vers lui et le toisa une seconde de trop, son regard vert délibérément scrutateur.

— Je suis contente de te revoir, Oliver. Félicitations pour les fiançailles. Tu sais, Jessica est l'une des personnes que je préfère sur cette planète.

Et tu as intérêt à ne pas lui faire de mal, compléta le regard de Corryna.

Il regrettait que la meilleure amie de Jessica les ait surpris dans un moment aussi tendu.

— Je n'en doute pas, c'est le cas pour moi aussi, répondit-il avant de soulever la main de Jess pour y déposer un baiser.

Jessica et lui prirent congé et s'installèrent à table. Elle déplia une serviette sur ses genoux avant de reporter son attention sur lui, le regard peiné.

— Si tu ne te sens plus à l'aise dans ta propre maison, Oliver, je ne peux pas rester plus longtemps.

Jessica s'était doutée que leur arrangement, si simple en apparence, comporterait des difficultés. Elle n'aurait cependant jamais cru qu'elles surgiraient aussi vite.

Ils n'étaient pas arrivés à la soirée depuis une heure que déjà ses nerfs menaçaient de craquer. Leur baiser devant le photographe lui avait rappelé à quel point leur attirance était puissante. Comment avait-elle pu croire une seule seconde qu'ils parviendraient à y résister ?

Oliver l'étudiait attentivement, comme s'il pesait ses mots avant de lui répondre. Elle tenta de se concentrer sur son assiette et commença à manger. Pourtant, sa présence à ses côtés était impossible à ignorer, beau comme il l'était dans son costume noir. Elle mourait d'envie de passer les doigts dans ses cheveux pour déranger son apparence soignée. Si les autres invités n'avaient pas été là, elle aurait probablement grimpé sur ses genoux pour le chevaucher, se frotter contre lui et voir la passion brûler dans ses yeux.

Dire qu'il se croyait torturé par ses visions d'elle dans son vieux short à rayures... De son côté, son imagination se faisait plus précise et plus insistante de jour en jour depuis la dernière fois qu'ils avaient partagé un lit.

Elle se mit à attaquer sa nourriture avec la grâce d'un ours affamé. Même ainsi, Oliver ne la quittait pas des yeux.

— Tu ne peux pas déménager maintenant, commença-t-il. Tu viens à peine d'arriver.

— Peut-être, mais je suis là depuis suffisamment longtemps pour t'avoir chassé de ta propre maison. Je ne peux pas me sentir bien chez toi si je sais que ma présence te met mal à l'aise.

Il posa une main sur la sienne, son pouce caressant doucement son poignet.

— Dans ce cas, nous devons trouver une solution, mais abandonner la partie me semble dommage. Comme tu l'as souligné, notre arrangement a des avantages pour nous deux.

Il contempla un moment l'endroit où leurs mains se touchaient, augmentant encore la conscience qu'elle avait de sa peau contre la sienne.

— Pour être tout à fait clair, je n'avais pas envie d'être loin de toi, reprit-il. Je n'en *ai* pas envie. Je faisais simplement de mon mieux pour respecter tes limites.

Il releva la tête pour la regarder, et la flamme dans ses yeux fit écho à celle qui brûlait dans tout son corps. Sa robe de soie lui semblait une caresse contre sa peau. Même les musiciens, comme un fait exprès, avaient abandonné la country pour entamer une mélodie langoureuse.

Tout semblait se liguer contre elle et ses bonnes résolutions.

— Je comprends, finit-elle par répondre. Peut-être était-ce une erreur de ma part de nous imposer ces limites.

Le regard d'Oliver s'assombrit et ses doigts se refermèrent autour de son poignet.

— Si je comprends bien, tu serais prête à revenir là-dessus ?

— Je crois que je suis déjà revenue là-dessus tout à l'heure, devant Seth Grayson.

La voix de Corryna lui revint soudain en mémoire, lorsque son amie lui avait conseillé de faire attention, de ne pas se laisser emporter par le romantisme ambiant qui risquait de régner pendant la soirée. Elle n'avait manifestement pas mis longtemps à oublier son avertissement.

À sa grande surprise, Oliver libéra sa main et retourna à son assiette.

— Tu devrais peut-être prendre le temps d'y réfléchir, lui dit-il. Ne laissons pas la fièvre marieuse d'aujourd'hui nous monter à la tête.

Ils échangèrent un regard et Jessica aurait pu jurer qu'il pensait, lui aussi, à leur nuit ensemble à l'hôtel. Ils avaient parlé ce jour-là des attentes matrimoniales de la famille d'Oliver et le sujet semblait bien présent à son esprit aujourd'hui. Pour éviter de trop y penser, elle retourna elle aussi à son assiette. Elle venait d'entamer une bruschetta lorsqu'un homme vêtu d'un costume bleu s'approcha de leur table, souriant à Oliver.

— Il me semble que c'est l'heure des félicitations, déclara l'inconnu, son regard noir pétillant de bonne humeur. Je n'arrive pas à croire que mon vieux copain se marie.

— Salut, Nikolai. Content que tu sois de retour.

Oliver se leva pour serrer la main de son ami avant de lui décocher une tape affectueuse sur l'épaule.

— Jessica, je te présente mon ami et partenaire Nikolai Williams, le directeur financier de Nexus. Nikolai, voici Jessica Lewis, ma fiancée.

— Je suis ravi pour vous deux, lui dit Nikolai après lui avoir serré la main. S'il y a bien une personne de ma connaissance qui mérite d'être heureuse, c'est Oliver.

Jessica sentit la culpabilité peser de nouveau sur elle. De plus en plus, elle avait l'impression d'être la pire des menteuses, surtout devant cet homme qui irradiait la gentillesse.

— Merci, Nikolai. Je suis heureuse de faire votre connaissance.

La salle se remplissait de nouveau autour d'eux et elle dut se lever pour lui parler au milieu du vacarme. Elle repéra

Corryna au buffet et décida d'aller la trouver pour s'excuser, mécontente de la façon abrupte dont elles avaient coupé la conversation un peu plus tôt.

— Si vous voulez bien m'excuser, reprit-elle, je vais vous laisser tous les deux un moment. Je dois aller discuter avec mon amie.

Elle prit congé et se dirigea vers Corryna mais, au même moment, elle entendit une voix familière appeler son prénom. Il s'agissait de Matt Sampson, un collègue serveur avec qui elle travaillait souvent. Matt traversait la pièce avec un plateau de coupes de champagne vides dans une main et un sac de glace pilée dans l'autre.

— Je viens de croiser ta mère dans la cuisine, lui dit-il. Elle m'a demandé de te prévenir qu'elle était là, si tu as une minute pour lui dire bonjour.

— Maman est là ? Au club ?

Consciente que son incrédulité pouvait être interprétée comme du snobisme, surtout avec sa belle robe et devant quelqu'un avec qui elle travaillait d'habitude, elle se hâta de se corriger.

— Je voulais juste dire qu'elle n'a pas tellement l'occasion de venir ici d'habitude.

Elle se creusa la tête pour essayer de comprendre ce qui avait pu amener sa mère au Club des gentlemen ce soir-là. De toute façon, elle lui devait une visite depuis bien trop longtemps – une autre raison de se sentir coupable. Elle avait téléphoné à la maison pour annoncer ses prétendues fiançailles, mais entre le déménagement, l'organisation de son stage et de ses cours d'été, elle n'était pas encore passée montrer la bague à ses parents.

Sa réticence était peut-être en partie due au fait que tout cela était un mensonge et qu'elle répugnait à tromper sa famille. Pourtant, elle n'allait pas avoir le choix.

Matt repartait déjà au pas de course vers les cuisines. Elle n'avait vraiment pas pensé y aller ce soir-là, avec sa robe de soie et son maquillage soigné, mais quel genre de fille ignorait sa mère ? Elle se prépara mentalement au chaos et à la chaleur qui régnaient toujours dans une cuisine pendant le service et lui emboîta le pas. Prenant une grande inspiration, elle poussa la porte entre l'univers scintillant des gens riches et celui, modeste et travailleur, auquel elle appartenait d'habitude.

Aussitôt qu'elle fut entrée, la vapeur d'un lave-vaisselle tout juste ouvert lui arriva en pleine figure. Elle sentit sa robe se coller à son corps et ses cheveux, qu'elle avait laissés détachés, remonter vers ses tempes comme autant de tire-bouchons incontrôlables. Les serveurs passaient devant et derrière elle à toute vitesse en essayant de ne pas lui rentrer dedans.

— Jessica ! Par ici !

Elle tenta de localiser la provenance de la voix familière, scrutant la pièce à travers la vapeur d'eau et le ballet des serveurs. Un sous-chef leva les yeux de sa planche à découper pour froncer les sourcils dans sa direction. Enfin, une silhouette menue émergea du garde-manger et agita la main vers elle.

Petite et très brune, Raquel Lewis portait toujours ses cheveux en deux tresses les jours de travail. Sa coiffure était ce jour-là surmontée d'un vieux chapeau de cow-boy et elle avait mis sa chemise à carreaux brodée du logo du Ranch des Trois C. Un jean et des bottes de cuir complétaient la tenue qui n'avait que très peu changé au cours des années. Même son parfum restait le même, l'odeur de lessive fleurie qui rappelait toujours à Jessica son foyer.

— Ma chérie, tu es magnifique, s'exclama sa mère.

Elle prit ses deux mains dans les siennes et tint ses bras écartés pour mieux admirer sa robe, ignorant royalement les imprécations d'un sommelier qui essayait de passer avec deux bouteilles de vin.

— Très chic, mais j'ai l'impression que ta jolie robe n'aime pas l'humidité de la cuisine. Cela dit, c'est surtout ta bague que je veux voir, reprit-elle avec un grand sourire. Je suis venue exprès pour ça.

Jessica recula d'un pas pour éviter un cuisinier tandis que sa mère soulevait sa main gauche, inspectant la bague.

— Elle est superbe, ma chérie. Absolument parfaite.

— Je suis désolée de ne pas être venue à la maison plus tôt, s'excusa-t-elle, consciente que le lieu et la situation n'étaient pas les mieux choisis pour ce genre de moment avec sa mère.

Raquel l'attira contre elle et la serra dans ses bras.

— Ne t'en fais pas pour ça. Je me doutais que tu serais parmi les invités ce soir et il se trouve que le ranch a reçu une commande de dernière minute de la part des cuisines, alors je me suis débrouillée pour venir à la place du livreur.

Un nouveau pincement de culpabilité la saisit en pensant aux efforts qu'avait faits sa mère, alors même qu'elle aurait dû partager tout cela avec elle beaucoup plus tôt.

— Merci, maman. Je compte inviter Oliver à dîner à la maison très bientôt. Il a été très pris par le travail ces derniers jours, mais...

— Ce n'est pas grave, l'assura Raquel, ses yeux noirs pétillant de bonheur. Je suis sûre que nous nous rencontrerons bientôt. Pourquoi se presser alors que nous serons une famille pour toujours ?

Elle remercia sa mère d'un signe de tête emprunté. La honte du mensonge lui serrait le cœur, d'autant plus en voyant sa réaction sincère et sa patience. Sa mère l'encouragea alors à retourner à la fête et Jessica retraversa la cuisine. Dans le panneau en verre de la porte, elle croisa son reflet, sa robe collée à sa peau et ses cheveux en bataille.

Il lui avait suffi de cinq minutes dans le monde réel pour que le carrosse redevienne une citrouille. Pourtant, elle se sentait bien plus misérable à l'intérieur qu'à l'extérieur.

Sans même chercher Oliver, l'homme dont elle ne serait jamais la véritable fiancée, elle se précipita vers la sortie. Elle devait trouver un moyen de s'enfuir avant que le conte de fées ne se transforme en cauchemar.

10

Oliver attendait le retour de Jessica en discutant avec Nikolai. Tandis que son partenaire le mettait au courant des dernières avancées sur plusieurs négociations dans leurs bureaux de la côte Ouest, il se demandait ce qui pouvait bien retenir sa cavalière si longtemps.

Elle lui avait dit qu'elle allait rejoindre Corryna, mais il voyait justement la jeune femme en grande conversation avec Ariana Ramos près de la table des cadeaux. Où pouvait-elle bien être passée ?

— Oliver, tu m'écoutes ?

Nikolai suivit son regard pour voir ce qui le distrayait avant de se tourner de nouveau vers lui, un sourire malicieux aux lèvres.

— Je vois, commenta-t-il. Une nouvelle ère s'annonce chez Nexus. Pour la première fois de ta vie, tes pensées ne vont pas être occupées par le travail à chaque minute de la journée.

Il lui jeta un coup d'œil circonspect avant de reprendre :

— Je ne dis pas que c'est une mauvaise chose, mais en tout cas, je n'arriverai pas à obtenir ton attention aujourd'hui.

Oliver aurait voulu démentir l'accusation, mais il sentait que son ami était dans le vrai. Comment Jessica avait-elle pu devenir aussi importante pour lui en si peu de temps ? Il tenta de se convaincre qu'il s'en préoccupait seulement car ils étaient venus en tant que couple, qu'il ne voulait pas avoir l'air d'abandonner sa fiancée au beau milieu d'une soirée, mais il savait très bien qu'il se mentait à lui-même.

— Désolé, Niko. Je n'ai pas l'habitude de venir accompagné à ce genre d'événements, et je ne sais pas trop comment me comporter. J'ai peur de faire un faux pas.

Sa conscience lui reprochait à chaque seconde de mentir à son meilleur ami. Finalement, il comprit qu'il ne pourrait pas maintenir la façade plus longtemps. Il se pencha vers Niko et parla à voix basse pour que personne d'autre ne puisse l'entendre.

— En fait, n'en parle à personne, mais... les fiançailles sont plutôt une sorte d'arrangement temporaire entre Jess et moi.

Les musiciens commencèrent un air de country entraînant et les amies d'Ariana s'élancèrent sur la piste de danse, montrant une chorégraphie qu'elles avaient dû répéter ensemble. Nikolai se détourna du spectacle pour lui décocher un regard incrédule.

— Attends une minute. Es-tu en train de me dire que vous faites semblant d'être ensemble ?

— J'ai de bonnes raisons, se défendit-il. Tu te souviens que mon père a des soucis de santé ? Je me suis dit que si je présentais une femme à mes parents, comme ils en rêvent depuis toujours, il se sentirait moins stressé. Jessica a également ses raisons, mais ce n'est pas à moi de les raconter.

Nikolai émit un long sifflement, comme pour lui dire qu'il avait définitivement perdu la tête.

— Tu penses que c'est une mauvaise idée ?

— Sincèrement ?

— Oui, s'il te plaît.

Niko secoua la tête d'un air impuissant.

— Je crois que tu te mens un peu à toi-même, Oliver. Tu me dis que tout ça n'est qu'une mascarade, mais il ne faut pas avoir fait de grandes études de psychologie pour voir qu'il y a quelque chose entre vous.

Oliver ouvrit la bouche pour protester, mais son ami l'arrêta d'un geste.

— Tu sais ce que tu fais, reprit-il en haussant une épaule. Je te disais simplement le fond de ma pensée, comme tu me l'as demandé.

Nikolai s'excusa pour aller discuter avec Tripp Noble, avant de s'être assuré de la date d'une soirée qu'Oliver organisait chez lui le week-end suivant pour fêter le rachat du nouveau groupe par Nexus. Il se retrouva donc seul avec ses pensées.

L'attirance entre Jess et lui était-elle donc si évidente ? D'ailleurs, où avait-elle donc disparu ? Elle savait pourtant que cette soirée était importante pour lui, qu'il avait conclu leur arrangement en partie pour ne plus venir seul à ce genre d'événements. Quelque chose avait dû la contrarier. De quoi avaient-ils parlé avant que Nikolai arrive à leur table ?

Il se souvenait très bien de ce que Jessica lui avait dit : elle pensait revenir sur leur décision de garder une relation purement platonique. Cette nouvelle règle du jeu le hantait depuis et il s'était demandé dix fois ce qui arriverait lorsqu'ils quitteraient la soirée un peu plus tard. Il lui avait conseillé d'être prudente, mais la prudence était le dernier mot qui lui venait lorsqu'il pensait à Jessica.

D'un autre côté, il ne voulait pas non plus qu'elle prenne une décision hâtive qui risquait de la blesser. Il savait qu'il ne se le pardonnerait jamais si tel était le cas. Son inquiétude pour elle, pour ses sentiments aurait dû l'alarmer, et pourtant il ne pouvait penser à rien d'autre qu'à la retrouver pour s'assurer qu'elle allait bien.

Il fit le tour de la salle à manger, passant à travers les groupes sans parvenir à la trouver. Il se décida alors à faire le tour du jardin. Aussitôt dehors, il la repéra, silhouette solitaire faisant les cent pas devant un petit banc de bois. Avec sa robe de soie et ses cheveux bruns ondulant librement dans l'air du soir, elle lui faisait penser à une fée.

Quelque chose dans sa posture le mit pourtant en alerte. Elle paraissait crispée, ses bras étaient repliés sur sa poitrine et elle gardait les yeux fixés au sol.

— Jessica, l'interpella-t-il en la rejoignant. Est-ce que tout va bien ?

En s'approchant, il remarqua que ses cheveux avaient repris leurs boucles naturelles, encore plus beaux que lorsqu'ils s'étaient retrouvés au début de la soirée. Il perçut toutefois que ce n'était pas le moment de la complimenter. Dans ses yeux bleu-vert, un mélange de lassitude et de méfiance l'avertit qu'une tout autre conversation était nécessaire.

Les sons de la fête leur parvenaient à peine, remplacés par le pépiement des moineaux dans les arbres autour d'eux. Jessica leva enfin les yeux vers lui.

— Non, dit-elle en secouant la tête. Tout ne va pas bien. Je viens de croiser ma mère dans la cuisine.

Elle marqua une pause comme pour souligner ce dernier mot, l'accent léger mais révélateur qu'elle y avait mis.

— Voilà l'endroit où ma maman aura vu ma bague de fiançailles pour la première fois, Oliver : dans un endroit plein de cuisiniers en train de crier et de serveurs courant à toute vitesse. Jamais de ma vie je n'ai eu aussi honte de moi.

Cette fois, ignorant toute prudence, il lui ouvrit les bras. Jessica s'y blottit sans une seconde d'hésitation. Il ne put se défaire d'un sentiment de victoire à l'idée qu'elle se tournait vers lui dans un moment où elle avait besoin de réconfort, qu'elle lui faisait confiance.

— Tu ne devrais pas avoir honte, lui murmura-t-il en caressant lentement ses cheveux tout chauds de soleil. C'est moi qui t'ai entraînée dans cette histoire, et je suis désolé de te faire de la peine.

— Ce n'est pas vrai.

Elle secoua la tête contre sa veste, ses mots étouffés par le tissu.

— Je suis aussi responsable que toi, Oliver. Je voulais aider mes parents, comme toi avec les tiens. Tout me semblait beaucoup plus simple au début. J'aurais dû savoir que ça n'allait pas durer.

— Dans un sens, nos intentions n'étaient pas si mauvaises que ça, tu ne crois pas ? Des tas de gens se marient – se marient vraiment – pour des raisons bien pires. De toute manière, la moitié finissent par se séparer.

Son parfum léger chatouilla ses narines tandis qu'il attendait sa réponse. Ses cheveux avaient glissé sur le côté, dévoilant le tatouage sur sa nuque qu'il avait aperçu le jour de leur rencontre. En belles cursives bleues, on pouvait y lire :

« La musique commence là où s'arrête le pouvoir des mots. »

Il traça du bout des doigts le premier « L », autour duquel s'entrelaçaient des branches de lierre. Il sentit Jessica frissonner contre lui. L'instant d'après, elle s'était écartée d'un pas, les bras de nouveau repliés sur sa poitrine.

— C'est une vision un peu pessimiste pour quelqu'un qui est entouré de mariages heureux, finit-elle par répondre.

— Je préfère dire que je suis réaliste. Je n'ai encore jamais rencontré quelqu'un qui me donne envie de consacrer moins de temps à mon travail. D'ailleurs, je préfère notre fausse relation à tous les rendez-vous que j'ai eus avec des femmes ces dernières années, même s'ils étaient censés être plus vrais.

Des exclamations fusèrent depuis l'intérieur du club lorsque les musiciens entamèrent une chanson de country bien connue. Autour d'eux, le soleil se couchait lentement et le jardin s'illumina de petites lumières, mettant en valeur les plantes les plus belles. Des oiseaux de nuit s'appelaient d'arbre en arbre.

— Là-dessus, je ne peux qu'être d'accord avec toi, répondit Jessica.

— Finalement, tu ne m'as jamais raconté ces rendez-vous terribles dont tu me parlais. Je m'étais promis d'y revenir un jour.

Il s'installa sur le banc de bois, niché sous une arche de rosiers, et l'invita à faire de même. Jessica s'assit à côté de lui en secouant la tête.

— Mes histoires ne valent pas la peine d'être racontées, je te le garantis.

— Je suis quand même curieux.

Elle posa une main sur sa robe pour empêcher la brise de la soulever, pas avant qu'il ait eu une délicieuse vision de sa cuisse galbée sous le tissu soyeux. Il fit de son mieux pour se concentrer sur la conversation. Après tout, il ne l'avait pas vue depuis trois jours, et elle lui avait manqué de toutes les manières possibles. Parler avec elle était aussi facile et naturel que s'il l'avait connue toute sa vie.

Jessica haussa une épaule et soupira, comme si elle ne savait pas par où commencer.

— Je pense que je m'y prends mal, mais qui de nos jours a le temps de rencontrer quelqu'un de l'ancienne façon ? Je me suis donc retrouvée, comme tout le monde, sur des applications de rencontres. Tous les hommes que j'ai croisés là-dessus mentent sur ce qu'ils cherchent vraiment.

Il s'apprêtait à émettre une protestation indignée, mais maintenant que Jessica se confiait à lui, il ne voulait pas risquer de l'interrompre. Il se contenta de lui prendre la main, se convainquant qu'il ne le faisait que pour la réconforter. Il essayait simplement d'être un bon ami. Rien de plus.

— Je comprends que tu n'aies pas le temps de faire autrement.

C'est l'excuse que je donne à mes parents d'habitude, ajouta-t-il avec une grimace. Je leur dis toujours que je suis trop pris par le travail, que je suis occupé par Nexus même le week-end.

Jessica se laissa aller contre le dossier du banc et croisa les jambes, attirant son attention malgré toutes ses bonnes résolutions.

— En fait, je suis surtout fatiguée de sortir avec des hommes qui accordent plus d'attention à leur téléphone qu'à moi, soupira-t-elle. Je n'ai pas envie d'être une personne au hasard qui occupe leur soirée jusqu'à ce qu'ils trouvent quelqu'un de mieux.

— Tu vois, je n'avais pas complètement tort. Notre relation est meilleure que beaucoup d'autres.

Il souleva sa main et y déposa un baiser, s'attardant une seconde de trop, sachant pertinemment que rien dans tout cela n'était amical. Il ne pouvait tout simplement pas s'empêcher de la toucher.

Pourtant, malgré ce qu'elle lui avait dit un peu plus tôt, il ne voulait pas la pousser tout de suite dans ce genre de direction. Elle devait savoir à quel point elle était spéciale, à quel point elle avait toute son attention lorsqu'ils passaient du temps ensemble. D'ailleurs, il ne le lui dirait peut-être pas, mais elle occupait ses pensées tout autant quand elle n'était pas avec lui.

Jess l'observa un long moment par-dessus leurs mains jointes. Autour d'eux, les oiseaux se taisaient peu à peu pour laisser la place aux grillons, et la nuit se faisait plus noire.

— Je me demande parfois si l'amour est un mythe, reprit Jessica, si les autres ne font pas semblant aussi. Mes parents ont une belle relation, mais elle semble plutôt basée sur le respect et les valeurs communes. Peut-être que c'est la seule manière authentique d'être ensemble.

Il eut un pincement au cœur en l'entendant renier ainsi l'amour romantique. Il ne s'en plaignait pas pour lui, bien sûr, mais il regrettait seulement que ses mauvaises rencontres l'aient rendue cynique. Il sentait que ce n'était pas ce qu'elle pensait au fond d'elle-même.

Plus que tout, il espérait que leur relation ne contribuait pas à cette désillusion.

— C'est toi qui es pessimiste maintenant, protesta-t-il. Je suis sûr que ces choses-là existent. Ma famille est pleine de couples très amoureux. Regarde ton amie Corryna, aussi, ajouta-t-il avec un signe de tête en direction du club. Je viens de la voir avec Colin Reynolds, et il n'y a aucun doute sur le fait qu'ils s'aiment.

Ces deux-là ne pouvaient s'empêcher de se toucher lorsqu'ils étaient ensemble, parfois par un simple effleurement de leurs mains lorsqu'ils se tenaient côte à côte, mais tout de même. Il se demanda comment ce serait de pouvoir toucher et embrasser Jessica chaque fois qu'il en avait envie.

Elle se mordilla la lèvre en regardant les fenêtres du club, resplendissantes de lumière alors que la fête battait son plein. Ils étaient les seuls à venir chercher un peu d'air frais.

— Peut-être que c'est juste de la passion, finit-elle par répondre d'un air pensif. Une connexion intense qui passe avec le temps.

— Pourquoi tout le monde pense-t-il que la passion diminue forcément avec le temps ? demanda-t-il en étendant le bras le long du dossier.

Il était tout proche d'elle sans la toucher pour autant, conscient de l'importance du moment. Il n'aurait pas su dire depuis combien de temps ils étaient là. Comme le soir de leur rencontre, Jessica le captivait au point de lui faire oublier tout le reste.

— D'accord, ce n'est peut-être pas le cas, répondit-elle d'un air peu convaincu. J'ai simplement du mal à croire que quelque chose de si… *enflammé* pourrait durer longtemps.

Une petite étincelle se ralluma en lui à ces derniers mots. Pensait-elle à ce qu'ils avaient partagé lors de leur première nuit ? Il l'espérait, car lui-même ne l'aurait pas décrite autrement.

— Je crois que c'est le contraire, dit-il d'une voix qui avait baissé d'une octave. Plus la passion est intense, plus elle a des chances de durer.

Il pouvait sentir le pouls de Jessica s'accélérer là où leurs mains se touchaient – ou était-ce le sien ? Leurs yeux se rencontrèrent et ils restèrent silencieux l'espace de plusieurs respirations, agitées et haletantes.

— Contrairement à la romance, la passion est quelque chose de concret… Quelque chose que je peux ressentir, murmura Jess en se rapprochant insensiblement de lui, les yeux mi-clos.

La conversation devenait dangereuse. Il n'osa pas répondre, ni faire le moindre geste. Même respirer lui semblait trop hasardeux.

— Oliver ?

Elle avait murmuré son nom contre ses lèvres, assez proche pour y goûter.

— Je ne veux plus nous refuser ce que nous voulons tous les deux, poursuivit-elle. Plus maintenant.

Le désir qu'il avait mis de côté pendant ces deux dernières semaines resurgit en lui, puissant, décuplé. Comment s'y prenait-elle pour lui faire perdre le contrôle de cette façon ?

— Tu n'imagines pas à quel point je suis heureux de l'entendre, répondit-il d'une voix rauque qu'il reconnut à peine. Mais si je commence à t'embrasser maintenant, je ne sais pas si j'arriverai à m'arrêter.

Ses yeux s'écarquillèrent un instant puis elle hocha la tête.

— Dans ce cas, je suggère que tu me ramènes à la maison aussi vite que possible.

Jamais de sa vie il n'avait sorti son téléphone de sa poche aussi rapidement. Trouvant aussitôt le numéro de son chauffeur, il pianota sur l'écran d'une main tout en aidant Jessica à se remettre sur ses pieds de l'autre.

Elle le voulait maintenant ? Elle l'aurait, même s'il devait ignorer toutes les limitations de vitesse pour cela.

La passion... Enfin un mot que Jessica pouvait comprendre.

Le cœur tambourinant dans sa poitrine tandis que la voiture filait à toute vitesse, elle se dit qu'elle avait le droit de se laisser aller ce soir-là. Peut-être l'amour romantique n'existait-il pas comme elle l'avait imaginé. Au fond, peu importait. La passion était quelque chose de concret, quelque chose qu'elle pouvait ressentir dans tout son corps, une explosion de tous les sens.

D'une certaine manière, la passion lui faisait penser à la musique. Elle pouvait se perdre dans ses émotions, vivre des hauts et des bas intenses, tout en restant légèrement en retrait elle-même. Elle jouait souvent des morceaux qui réveillaient beaucoup de sentiments en elle. Cependant, lorsqu'elle terminait une pièce, elle pouvait simplement poser sa guitare et s'en aller.

La même chose allait se passer avec Oliver. Certes, leur connexion était intense, mais elle s'en irait à la fin de l'été et reléguerait tout cela dans un coin de sa mémoire.

Quitte à se sentir rongée par la culpabilité de mentir à sa famille, pourquoi ne pas profiter de tous les bonheurs qu'elle pouvait récolter avec lui ? Elle rêvait chaque jour de leur unique nuit ensemble depuis qu'elle était arrivée. Aujourd'hui, enfin, elle allait cesser de rêver et d'espérer.

Elle risqua un coup d'œil du côté d'Oliver. Il gardait les yeux fixés sur la route qui défilait derrière sa vitre, les mâchoires serrées, les muscles tendus. Elle comprenait parfaitement cette tension puisqu'elle ressentait exactement la même.

« Si je commence à t'embrasser maintenant, je ne sais pas si j'arriverai à m'arrêter. »

Elle non plus ne savait pas si elle en serait capable, songea-t-elle. Le meilleur moyen de le savoir était d'essayer.

Quelques minutes plus tard, le SUV tourna dans l'allée qui menait à la maison d'Oliver. La façade de pierre grise était illuminée par les spots du jardin, et quelques lampes s'étaient déjà allumées à l'intérieur en détectant leur arrivée. Depuis qu'elle s'était enfermée dehors, elle avait commencé à faire plus attention aux gadgets connectés de la maison.

Lorsque Jason coupa le moteur, Oliver ne perdit pas une seconde pour ouvrir la porte et l'aider à descendre. Il avait déjà déverrouillé l'entrée principale de la maison depuis son téléphone. Il garda sa main dans la sienne jusqu'à ce qu'ils soient à l'intérieur.

Leurs regards se croisèrent lorsque la lourde porte se referma derrière eux. L'instant d'après, ses lèvres étaient sur les siennes.

Jessica n'aurait pas su dire qui avait fait le premier pas. Ils semblaient ne former plus qu'un, leurs mains s'explorant avidement, leurs corps serrés l'un contre l'autre comme s'ils avaient besoin d'être plus près, toujours plus près.

— Tu m'as manqué, murmura Oliver contre sa bouche.

Il la fit reculer à travers le salon et elle le suivit sans cesser de le toucher. Ils bougeaient ensemble dans une chorégraphie parfaite, retirant tour à tour leurs chaussures, défaisant les boutons de leurs vêtements. Lorsqu'ils atteignirent la chambre d'Oliver, il avait déjà perdu sa veste et sa chemise, et sa robe était ouverte jusqu'à la taille.

Elle avait du mal à respirer et son cœur tambourinait dans sa poitrine. Elle eut l'impression d'écouter la finale d'une symphonie avec beaucoup de percussions. L'image l'aurait presque fait sourire si elle n'avait pas eu aussi faim d'Oliver, de sa chaleur contre elle, de sa force.

Elle glissa les doigts dans sa ceinture et la défit en un instant.

— J'ai rêvé de te voir comme ça pendant des jours et des jours, avoua-t-elle entre deux baisers.

— Moi aussi, je n'ai rêvé que de ça. De toi, de nous. Ensemble.

Il dénoua le ruban qui maintenait sa robe à sa taille, laissant le tissu retomber à ses pieds. Elle ferma les yeux, savourant ses derniers mots. L'idée que cet homme puissant et sûr de lui avait pensé à elle en permanence lui donnait des frissons.

Son regard était brûlant lorsqu'il la contempla des pieds à la tête, glissant sur son soutien-gorge bustier en dentelle blanche assorti à son tanga. Elle les avait choisis en sachant très bien qu'il les verrait ce soir-là, qu'il la toucherait pendant qu'elle les porterait.

Le feu dans ses yeux verts lui fit comprendre qu'elle avait fait le bon choix.

Elle posa une main sur son ventre plat musclé, descendit lentement avant qu'Oliver ne l'arrête en attrapant son poignet.

— J'espère que la réalité sera à la hauteur du rêve, chuchota-t-elle contre sa bouche.

— Elle sera beaucoup plus belle, mais je crains qu'il nous faille plusieurs nuits pour la rattraper.

— Dans ce cas, c'est une bonne chose que j'habite ici, rétorqua-t-elle.

Si son regard avait été passionné, cette fois il devenait carrément fou de désir. Il la prit dans ses bras et elle sentit son torse musclé contre sa poitrine tandis qu'il la pressait contre lui. Son érection frottait délicieusement entre ses jambes et elle s'entendit gémir. Elle noua les jambes autour de sa taille pour mieux le sentir contre elle, maudissant les vêtements qui leur restaient et qui formaient une barrière entre elle et ce qu'elle désirait le plus.

Oliver attrapa ses fesses et la souleva en cadence, lui arrachant un soupir chaque fois qu'elle retombait contre lui. Elle sentait déjà le plaisir monter en elle. Chaque cellule de son corps était connectée à lui, à l'odeur de sa peau, à la chaleur de ses mains sur elle.

Elle enfouit les doigts dans ses cheveux pour s'accrocher à lui tandis qu'Oliver caressait lentement l'intérieur de ses cuisses, la faisant frissonner de plaisir d'une manière qu'elle n'aurait pas crue possible. Comment une caresse aussi légère pouvait-elle lui faire perdre la tête à ce point ? Elle n'était plus capable d'aucune pensée cohérente. Tout ce qu'elle savait, c'était qu'elle le voulait – maintenant.

Ses doigts tremblaient lorsqu'elle défit la fermeture de son pantalon. Elle le caressa à travers son boxer tout en s'arquant contre lui, essayant d'écarter son tanga pour mieux le sentir.

Oliver poussa un grognement et se tourna pour la plaquer contre une surface vitrée – la porte de la salle de bains, peut-être, ou celle de son armoire. Le froid du verre contre sa peau lui fit du bien, mais la sensation n'avait rien à voir avec le délice de la peau d'Oliver contre la sienne.

Son regard accrocha le sien l'espace d'une seconde avant qu'il ne tende la main pour attraper quelque chose dans le tiroir de son bureau.

Reconnaissante qu'il se soit souvenu de cela alors qu'elle-même ne pouvait penser à rien d'autre qu'à lui, Jessica lui prit le paquet argenté des mains tandis qu'il s'écartait légèrement d'elle, lui laissant de la place pour dérouler la protection. Son pantalon et son caleçon avaient glissé sur ses hanches, et elle-même avait simplement écarté son tanga pour lui laisser la place.

Lorsqu'il se glissa enfin en elle, elle ferma les yeux et laissa sa tête aller contre la paroi, submergée par un millier de sensations : chaleur, plénitude, un sentiment d'union parfaite et délicieuse.

Elle s'agrippa fermement à ses épaules et écarta davantage les jambes pour le laisser venir de plus en plus profondément en elle. Elle s'entendait émettre des sons sauvages qu'elle ne reconnaissait pas, mais Oliver semblait la comprendre. Chacun de ses gestes était encore meilleur que le précédent.

Sa langue dessina un chemin le long de son décolleté tandis que ses doigts écartaient le bonnet satiné de son soutien-gorge. Lorsqu'il referma les lèvres autour de son mamelon durci, elle faillit crier. Elle enfouit une main dans ses cheveux pour le maintenir là où il était, affamée du plaisir que lui seul pouvait lui donner.

Jamais encore quelqu'un ne l'avait touchée comme il le faisait, aussi habilement que ses doigts qui s'étaient glissés au bas de son ventre et la caressaient exactement comme elle l'aimait. Elle laissa ses mains retomber sur ses avant-bras et s'abandonna complètement à ses caresses. Soudain, Oliver la pénétra brusquement et ses lèvres se resserrèrent autour de son sein.

L'orgasme la traversa comme une onde bienfaisante, douce et puissante à la fois. Elle oublia tout et sentit à peine qu'Oliver la portait en direction du lit. Les vagues de plaisir s'estompaient tout juste lorsqu'elle atterrit sur le matelas. Elle eut le temps de remarquer la tête de lit colorée qui occupait tout le mur du fond, les coussins gris au milieu desquels elle se trouvait, avant qu'Oliver ne se remette à bouger en elle.

Elle soutint son regard vert un long moment avant de devoir fermer les yeux à nouveau. Oliver agrippa ses hanches et accéléra ses mouvements en elle, encore et encore. Elle sentit le plaisir monter de nouveau et déferler sur elle avec plus de force. Oliver la rejoignit aussitôt, ses muscles tendus sous ses doigts, criant son nom avant de se laisser retomber contre elle.

Plus tard, elle n'aurait su dire combien de temps après, ils étaient allongés l'un près de l'autre, reprenant peu à peu leur souffle. Oliver tendit la main pour dégager doucement une mèche de cheveux de son visage et elle laissa ses doigts courir le long de son dos.

Ils restèrent ainsi, jusqu'à ce que la température rafraîchisse nettement. Oliver mit alors la couverture sur eux et l'attira contre lui, sa tête reposant sur sa poitrine. L'avait-il fait pour éviter de parler de ce qui venait de se passer ? Sans aucun doute, il y avait eu quelque chose de différent. Le monde avait dû s'arrêter de tourner.

Ou bien, plus probablement, c'était son cœur qui avait changé. Malgré tous ses efforts, elle avait laissé Oliver s'y installer.

Ses sentiments étaient bien trop à fleur de peau pour qu'elle les examine ce soir. Elle ne voulait pas penser qu'elle pouvait aimer un homme qui ne croyait pas à l'amour. Au lieu de cela, elle se laissa aller contre l'épaule d'Oliver et ferma les yeux.

Ce soir au moins, elle allait succomber au doux épuisement qui les envahissait tous les deux et ne songer à rien d'autre. Le lendemain devrait apporter une sérieuse discussion sur les conséquences de leur arrangement. Elle savait bien que toute cette histoire commençait à peser lourd sur son cœur.

Pourtant, elle ne pensait pas une seconde à avouer tout cela à Oliver. Ils avaient convenu de ne pas se laisser emporter par des sentiments et il s'était montré très clair là-dessus. Elle lui dirait plutôt qu'ils risquaient de faire souffrir leurs deux familles en poursuivant la mascarade.

Si elle avait déjà du mal à ne pas se mentir à elle-même sur ce qu'elle ressentait, elle savait qu'elle ne pouvait pas continuer à tromper ceux qu'elle aimait.

La comédie devait prendre fin.

11

Oliver retourna les pancakes qu'il venait de cuire sur la grille intégrée dans sa cuisinière, un gadget qu'il n'avait jamais utilisé auparavant. Il fallait dire que c'était bien la première fois qu'il préparait le petit déjeuner pour une femme avec qui il passait la nuit.

D'un autre côté, Jessica était bien plus qu'une jolie femme parmi tant d'autres, et il avait hâte de passer davantage de temps avec elle. Ils avaient toute la journée devant eux et il comptait bien profiter de chaque seconde. Il avait dégagé son emploi du temps pour tout le reste du week-end et, jusqu'à la fête d'entreprise de la semaine suivante, il allait être beaucoup moins occupé que d'habitude.

Les préparatifs étaient presque terminés pour la soirée en question. Il s'agissait de célébrer la fusion de Nexus avec un groupe new-yorkais, une opération qui allait doubler leur clientèle sur cette partie de la côte Est. Oliver souhaitait que les nouveaux arrivants se sentent les bienvenus et il savait que les fêtes de ce genre facilitaient l'intégration des employés.

Le vendredi suivant, une entreprise d'organisation d'événements et un traiteur investiraient donc le jardin sur le toit de sa maison. Il avait invité une cinquantaine de personnes à venir boire des cocktails et danser sous les étoiles. Il prit note de demander à Jessica si elle avait entendu parler du groupe de musique qui animerait la soirée.

Ses pancakes ayant l'air bien cuits, il les glissa sur une assiette qu'il déposa sur le chauffe-plats avant de s'attaquer à la deuxième partie de ses préparatifs : les œufs. La douche dans la suite du premier étage venait de s'arrêter. Il en déduisit qu'elle le rejoindrait bientôt.

Il s'empêcha de penser à elle, nue sous une serviette, la peau encore humide de la douche. S'il le faisait, le petit déjeuner ne serait jamais prêt.

Il venait de casser un premier œuf dans une poêle lorsque la sonnette de la porte d'entrée retentit. Il fronça les sourcils, se demandant qui diable pouvait lui rendre visite avant 9 heures un samedi matin. Espérant très fort qu'il pourrait se débarrasser rapidement de l'intrus, il ouvrit l'application reliée à la porte d'entrée sur son téléphone et constata qu'il avait prié en vain : c'était sa mère qui se tenait sur le seuil.

Un pincement d'inquiétude pour la santé de son père le saisit aussitôt, mais il fut soulagé de voir que Fiona tenait à la main un Tupperware qu'il supposa rempli de viennoiseries maison. Si elle avait fait de la pâtisserie, elle ne venait probablement pas lui annoncer une mauvaise nouvelle.

Il remarqua également que sa mère était plus élégante que d'habitude, avec une robe fleurie et un gilet en cachemire rose assorti. Elle se rendrait sans doute à une réunion de son club de lecture par la suite. Il soupira et éteignit la plaque de cuisson avant d'aller ouvrir la porte. Avec un peu de chance, la conversation serait rapide.

— Bonjour, maman. Tu vas bien ? J'étais en train de préparer le petit déjeuner pour Jess et moi, si tu veux manger avec nous.

— Bonjour, mon grand.

Fiona déposa un baiser sur sa joue avant d'entrer dans le hall, et il referma la porte derrière elle.

— Je ne peux pas rester, je dois aller chez Jeannie pour le club de lecture, expliqua-t-elle. Je voulais juste t'apporter quelques chaussons aux pommes que j'ai faits ce matin.

Elle posa la boîte sur la petite table de l'entrée et un délicieux parfum de pomme parvint à ses narines.

— Accessoirement, ajouta-t-elle en baissant la voix, j'avais une question à te poser.

Le ton de sa voix aurait suffi à l'alerter, mais il savait pertinemment que son amie Jeannie vivait près de la maison de ses parents, soit à l'autre bout de Royal. Sa mère avait donc fait le chemin exprès pour lui parler. Elle semblait tendue, son regard allant d'un objet à l'autre comme si elle se sentait mal à l'aise. Décidément, la conversation ne serait pas expédiée en quelques minutes.

— Est-ce que tu veux t'asseoir, maman ?

— Non merci. Je voulais simplement te demander si tu avais un problème avec le fait que Jessica fasse des séances de musicothérapie avec ton père.

Fiona croisa les bras sur sa poitrine et le toisa un instant, son regard tout à fait sérieux.

— J'ai remarqué que tu avais l'air réticent lorsqu'elle en a parlé à l'hôpital, et je ne voudrais pas causer des problèmes entre vous deux, même si je ne comprends pas bien pourquoi.

— Ce n'est pas un problème pour moi, mais...

Il s'interrompit, conscient que Jessica pouvait arriver d'un moment à l'autre et risquer de les entendre. Il ne se sentait pas encore prêt à avoir cette discussion avec elle alors que l'avenir de leur relation était incertain.

— Je ne comprends pas, dit sa mère en secouant la tête. J'y ai repensé plusieurs fois depuis, et je ne vois pas pourquoi tu es contre l'idée de confier les soins de papa à une personne que nous aimons, à qui nous faisons confiance.

Son cœur se mit à tambouriner dans sa poitrine. Il était pris au piège. Jusqu'à présent, il avait cru qu'il aurait le temps de rompre ses fiançailles avec Jessica avant que ses parents ne s'attachent à elle. Il avait manifestement sous-estimé le lien qu'elle avait réussi à créer avec sa mère en si peu de temps.

Pour essayer de s'en sortir, il n'eut d'autre choix que de mentir une nouvelle fois.

— Tu as peut-être raison, maman, mais je crois tout de même que papa serait mieux pris en charge par quelqu'un de plus expérimenté.

Il eut un pincement au cœur en songeant à quel point il se montrait déloyal envers Jessica. Il la croyait tout à fait capable de faire son métier, surtout depuis qu'il l'avait vue avec ce jeune homme qui l'avait raccompagnée à la porte du centre de loisirs. Il lui avait paru évident qu'elle faisait la différence dans la vie de cet adolescent, et probablement dans celle de beaucoup d'autres.

Sa mère fronça les sourcils, visiblement peu satisfaite de sa réponse.

— D'accord, elle n'a pas beaucoup d'expérience, mais ce serait un moyen pour nous de faire connaissance avec elle. Tu ne peux pas t'étonner que j'aie envie d'intégrer ta future femme dans…

— Ne vous inquiétez pas, madame Price, dit la voix glaciale de Jessica derrière lui. Je peux vous diriger vers un thérapeute avec plus d'ancienneté.

Il sentit son estomac dégringoler. À la froideur de son ton, il comprenait parfaitement ce qu'elle avait entendu et comment elle l'avait pris.

Il se retourna pour la regarder tandis qu'elle marchait vers eux, ses cheveux encore humides peignés en arrière, très belle dans un jean usé assorti d'un simple T-shirt rose. Son cœur se gonfla d'un sentiment qui ne l'avait pas quitté depuis la veille et sur lequel il refusait de mettre des mots.

— Jessica, commença-t-il, je ne voulais pas dire que je n'avais pas confiance dans tes capacités à...

— Non, bien sûr, l'interrompit-elle.

Elle lui décocha un sourire qu'il savait complètement faux avant d'attraper le bloc-notes et le stylo qu'il gardait toujours dans le tiroir d'une console, à l'autre bout de l'entrée. Elle écrivit quelque chose avant d'arracher la feuille et de la tendre à sa mère. Son expression et sa voix s'adoucirent lorsqu'elle parla à Fiona.

— Je vous ai noté le numéro d'une de mes professeures, expliqua-t-elle. Elle est spécialisée dans le traitement des victimes d'infarctus et d'autres pathologies. Je suis sûre qu'elle pourra vous conseiller pour votre mari. D'ailleurs, je suis désolée si j'ai dépassé les bornes l'autre jour à l'hôpital, ajouta-t-elle. Je voulais seulement aider.

— Je n'en doute pas, Jessica, murmura sa mère.

Son regard fit des allers-retours inquiets entre Jess et lui avant de revenir sur elle.

— Timothy et moi vous sommes très reconnaissants de nous avoir proposé cette thérapie. Nous allons contacter votre professeure dès aujourd'hui.

Oliver resta figé tandis que sa mère prenait congé de Jessica et de lui, ne sachant que dire pour apaiser l'atmosphère. Il savait que Fiona ne comprenait rien à ses raisons, mais il espérait que Jess, qui connaissait leur situation, verrait au-delà de ses mots et ne lui en tiendrait pas rigueur.

Aussitôt que la porte se fut refermée sur eux, il fit volte-face, l'inquiétude lui serrant la gorge.

— J'espère que tu as compris pourquoi j'étais aussi réticent, commença-t-il. Je ne voulais pas que tu sois coincée dans le rôle de thérapeute de mon père après la fin de l'été. Tu n'as pas signé pour plus longtemps.

— Je vois que tu gardes un œil sur le minuteur, répondit-elle sèchement. Crois-moi, je n'aurais pas proposé mon aide à tes parents si je ne m'étais pas sentie à l'aise.

— J'ai juste pensé que tu avais assez à faire entre tes cours et ton stage, sans parler de tes soirées de service. J'ai vu que tu avais travaillé tous les soirs excepté hier.

Cette fois, son regard bleu-vert prit toutes les nuances de l'orage.

— Merci beaucoup de gérer mon emploi du temps à ma place, Oliver. Es-tu sûr que tu n'as pas refusé pour la simple raison que tu voulais quelqu'un de plus qualifié pour ton père ? Le meilleur thérapeute possible, comme tu as la meilleure maison possible, la meilleure machine à café possible...

— Ma *machine à café* ? s'exclama-t-il, incrédule. Es-tu en train de te fâcher contre moi pour une histoire d'électroménager ?

Elle poussa un long soupir et se mit à faire les cent pas à travers le hall d'entrée. Levant la main gauche à hauteur de ses yeux, elle la contempla un moment, le diamant scintillant dans la lumière.

— Tout dans ta vie est parfait, sauf ta fiancée. C'est peut-être le seul domaine où tu as dû accepter de diminuer tes standards, mais voilà ce qui arrive lorsque l'on commande une contrefaçon.

Elle retira la bague de son doigt et la posa sur la console. Aussitôt, la panique l'envahit – beaucoup trop s'il considérait que leurs fiançailles n'étaient de toute façon pas réelles.

— Tu n'es pas juste avec moi, répondit-il d'une voix qu'il s'efforçait de rendre calme.

Il se creusa la tête pour tenter de comprendre ce qui s'était passé ce matin-là, comment tout avait pu dégénérer aussi vite. Comment avait-il pu ne pas voir qu'elle détestait à ce point son style de vie ? Y avait-il d'autres choses qu'il avait loupées ?

— Je trouve que ton travail est courageux et important, reprit-il. Je suis certain que tu le fais très bien. Je voulais simplement éviter que les choses ne deviennent encore plus compliquées entre ma famille et toi.

— Tu as raison, dit-elle plus calmement.

Elle remit une mèche de cheveux derrière son oreille avant de lui faire face, son expression troublée.

— Ce n'était pas juste de ma part de dénigrer ton genre de vie. Tu as travaillé dur pour avoir toutes ces choses, et ce n'est pas la raison pour laquelle je suis en colère. J'ai craqué tout à l'heure parce que je me sens mal à chaque fois que je me rappelle que cette relation a une date d'expiration... Surtout après cette nuit.

Son honnêteté le toucha, éclairant enfin leur dispute de façon plus rationnelle. Il pouvait comprendre ce qu'elle ressentait. D'un côté, ils avaient décidé clairement les termes de leur arrangement et elle savait aussi bien que lui comment les choses se termineraient. De l'autre... Sans bien savoir comment, il sentait le sol se dérober sous ses pieds à l'idée de la voir partir. Il n'était pas prêt à ce qu'elle sorte de sa maison, et encore moins de sa vie.

Elle ne pouvait pas réellement s'en aller. Pas après tout ce qu'ils avaient partagé.

— Je suis désolé, Jess. Je pensais t'aider en maintenant des frontières claires avec ma famille. Si ça te blesse, je suis tout à fait prêt à changer d'attitude. D'ailleurs, je nous ai préparé le petit déjeuner pour que nous puissions...

Elle l'arrêta d'un geste, secouant la tête avec lassitude.

— Je ne peux pas continuer à mentir à ma famille ni à la tienne, Oliver. On m'a menti suffisamment de fois pour que je sache à quel point c'est douloureux.

— Nous avons toujours été honnêtes l'un envers l'autre, au moins, contra-t-il. Notre arrangement est parfaitement transparent.

— Je ne peux plus honorer ma part du contrat, Oliver. Je suis désolée.

Sa voix s'était brisée sur les derniers mots, mais quelque chose dans son regard lui disait qu'elle ne changerait pas d'avis. Une chape de plomb était descendue sur la journée qui s'annonçait si prometteuse. Il aurait voulu lui demander pourquoi, comment elle pouvait s'en aller alors qu'ils n'avaient jamais été aussi proches, mais son expression glacée lui donnait l'impression de se tenir face à une étrangère.

Prenant peut-être son silence pour un accord, elle toussota légèrement avant de dire :

— Je pourrai emprunter la camionnette de mon père dans quelques jours pour récupérer mes affaires. Pour aujourd'hui, je crois qu'il vaut mieux que je m'en aille.

Elle s'éloigna vers l'escalier et Oliver resta planté là, se demandant comment, après seulement deux semaines, il pouvait avoir l'impression que tout son monde venait de s'écrouler.

Ne sachant trop où aller, Jessica se retrouva sous le porche de ses parents, réchauffé par le soleil du début d'après-midi.

Elle n'avait pas voulu prendre le SUV qu'Oliver lui avait offert et était allée en bus jusque chez le mécanicien. Il avait changé la batterie de sa vieille voiture. Désormais elle avait de nouveau un véhicule fonctionnel. Seul son cœur semblait en miettes – sans compter qu'elle ne pouvait plus aider ses parents à sauver leur maison.

La conversation entre Oliver et sa mère n'avait fait qu'accélérer sa décision. Touchée en plein cœur, elle s'était rendu compte qu'elle ne pouvait pas continuer à faire semblant d'être avec lui alors qu'elle l'aimait. Elle aurait fini par détruire le peu de bonheur qui lui restait.

Elle prit une gorgée de la camomille que sa mère venait de

lui préparer dans la tasse de son enfance, celle avec la poignée en forme de papillon. Elle lui avait tout raconté, depuis sa découverte de la dette de ses parents jusqu'à la conversation avec Fiona ce matin, en passant par les termes précis de son arrangement avec Oliver. Son père travaillait au ranch et avait donc échappé au déferlement d'émotions. Devant Oliver, son ego l'avait empêchée de pleurer, mais avec sa mère, la douleur de l'avoir perdu l'avait rapidement submergée.

Raquel passa un bras réconfortant autour de ses épaules.

— Ma chérie, dit-elle en soupirant, je ne comprends pas pourquoi tu n'es pas venue nous parler lorsque tu as vu le courrier de la banque.

— Je me sentais coupable de savoir que vous vous étiez endettés pour payer mes premières années d'études.

— Coupable ? Mais pourquoi ? C'était notre choix, s'exclama sa mère en levant les bras au ciel. Tu t'es occupée toi-même de tes livres de cours et de tes autres affaires, et nous étions heureux de pouvoir t'aider à payer les frais de scolarité qui te restaient après ta bourse.

— D'accord, mais à quel prix ? Vous allez perdre la maison si nous ne trouvons pas un moyen de...

— « Nous » ?

Raquel se redressa, les deux mains posées sur ses hanches.

— « Nous » n'allons rien faire du tout, Jessica Lewis, reprit sa mère. Seuls ton père et moi sommes responsables de l'hypothèque. Nous avons décidé il y a bien longtemps que lorsque le moment viendrait, nous mettrions la maison sur le marché, voilà tout.

— Vendre la maison ?

Paniquée à cette idée, elle se leva brusquement du canapé où elles étaient assises.

— Tu ne peux pas abandonner l'endroit où nous avons vécu, que tu as aimé pendant des années.

— On n'*aime* pas une maison, Jessica. On peut la trouver agréable et l'apprécier, mais c'est juste une maison, quatre murs et un toit qui ont abrité ce qui compte vraiment pour moi : ma famille. Maintenant que tu voles de tes propres ailes, nous n'avons pas besoin d'une chambre supplémentaire, ni d'un quartier résidentiel proche d'autres maisons avec des enfants.

Abasourdie, Jess étudia le visage de sa mère, cherchant à y lire une déception qu'elle n'aurait pas exprimée.

— Tu ne parles pas sérieusement, maman. N'essaie pas de me protéger en me cachant ce que tu ressens.

— Ma chérie, commença Raquel en se levant pour prendre ses mains dans les siennes. Je t'aime beaucoup, mais cette décision n'a rien à voir avec toi. Papa et moi avons adoré ces années ici à te regarder grandir, mais maintenant que tu es indépendante, nous avons le temps et la liberté de prendre d'autres chemins.

— Quels autres chemins ? demanda-t-elle avec une pointe de regret à l'idée qu'elle ne le savait pas déjà. Je suis désolée si j'ai été trop centrée sur moi-même ces derniers temps, si je n'ai pas vu que vous mettiez de côté des projets à cause de moi.

Sa mère l'attira doucement sur le canapé, l'invitant à se rasseoir près d'elle.

— Pas du tout, ma belle. Nous n'avons pas de rêves de grandeur. Seulement, ton père et moi aimerions vivre sur le ranch, comme la plupart des autres employés. Nous y passons déjà le plus clair de notre temps, et cette équipe est devenue comme notre deuxième famille.

— Est-ce que ça ne te manquera pas d'avoir un endroit bien à toi ?

— Absolument pas. Entre le toit qui fuit et les appareils à remplacer, il y a toujours quelque chose à réparer lorsque l'on est propriétaire. Ton père et moi pourrons utiliser cet argent pour nous offrir des vacances et voyager davantage.

L'enthousiasme dans sa voix acheva de convaincre Jessica. Décidément, sa mère n'allait pas regretter la maison.

— Dans ce cas, je suis contente pour vous deux, maman.

Elle se laissa aller contre le dossier du canapé et ferma les yeux. Elle ne parvenait pas à se sentir complètement soulagée, pas avec le chagrin qui pesait sur elle depuis qu'elle avait quitté la maison d'Oliver.

— Je regrette tellement de ne pas vous avoir parlé tout de suite du courrier de la banque, soupira-t-elle. Si j'avais su, je n'aurais pas été tentée de conclure ce stupide arrangement.

— Peut-être, mais vous auriez fini par trouver une raison de vous revoir après cette rencontre électrique, objecta sa mère.

Elle prit entre ses mains le pot de la violette africaine posée sur la table basse, une des nombreuses plantes qu'elle faisait prospérer, et retira précautionneusement quelques feuilles mortes près du pied.

— De ce que tu me dis, poursuivit-elle, vous avez un lien assez fort et passionnel. Je suis certaine que vous vous seriez revus même sans cette histoire de fausses fiançailles.

Jessica se remémora la soirée sur la grande roue, sa surprise de voir à quel point Oliver s'était donné du mal pour lui faire plaisir, sa joie d'avoir eu des sièges privés pour le concert. Entrevoir son style de vie avait été l'une des raisons pour lesquelles elle avait accepté sa proposition. Elle avait été injuste de lui jeter sa fortune à la figure, alors même qu'elle en avait profité pendant son séjour chez lui.

— Tu as peut-être raison, admit-elle, mais ça ne change rien au fait qu'Oliver ne veut pas le genre de relation dont j'ai besoin.

— D'accord, mais... Est-ce qu'il *sait* que tu en as besoin ?

Sa mère reposa la violette fraîchement taillée sur la table basse. Elle se demanda si elle serait prête, comme la plante, comme ses parents, à repartir de zéro dans sa vie. Elle ne recevrait peut-être jamais la récompense d'une relation amoureuse épanouissante si elle ne faisait pas davantage d'efforts.

De plus, le risque d'être rejetée la terrifiait. Que se passerait-il si elle mettait son cœur à nu et qu'Oliver ne veuille toujours qu'un arrangement amical – et plus si affinités – comme celui qu'ils avaient décidé au départ ? L'idée seule suffisait à lui donner envie de pleurer.

— Non, il ne le sait pas, finit-elle par admettre. Cela dit… Je crois que je suis toujours sur la liste des invités pour une fête qu'il organise chez lui vendredi.

Une idée se dessina dans son esprit. La soirée pouvait constituer un moyen de le revoir et de lui parler avec la sécurité d'un événement public, d'une foule d'invités autour d'eux qui lui permettrait de garder son calme quel que soit le résultat de leur conversation.

— Eh bien, voilà, s'exclama Raquel. Vas-y et dis-lui ce que tu ressens vraiment. Si ce n'est pas réciproque, tant pis pour lui, mais au moins, tu n'auras pas de regrets.

Elle faillit renoncer en imaginant un refus de la part d'Oliver, un « non » qui la laisserait en miettes tandis qu'il retournerait tranquillement à ses invités, mais elle sentait que sa mère avait raison. Elle avait vécu sans amour pendant trop longtemps et elle souffrait déjà. Elle n'avait rien à perdre, et peut-être même tout à gagner.

Avant de connaître Oliver, elle n'avait même pas été sûre que l'amour existait. À présent, la profondeur de ses sentiments pour lui occultait tout le reste, menaçant de lui faire perdre pied. Elle n'était pas sûre qu'elle préférait cette certitude, mais sans aucun doute, l'amour existait.

— Merci, maman, murmura-t-elle en serrant sa mère dans ses bras. Je vais le faire. Il va juste me falloir une nouvelle robe.

12

La fête sur le toit aurait dû être l'un des plus beaux moments de l'année pour Oliver.

Il tenta de se convaincre que tel était le cas, penché au-dessus de la balustrade pour contempler le jardin et la piscine au-dessous. Le temps était idéal en ce mois de mai. Le jardin vivait sa plus belle saison, et les fleurs embaumaient l'air alentour. Les gens avaient eu tellement envie de venir qu'il avait compté une bonne quinzaine de personnes invitées à la dernière minute. Même Xavier Noble avait fait une apparition, son éditeur étant représenté par la firme new-yorkaise que Nexus venait de racheter.

Pourtant, tandis qu'il finissait un verre du whisky de grande réserve qu'il avait mis de côté pour la fête, tout cela ne retenait guère son attention. Cette soirée se mélangeait dans son esprit à toutes les autres qui avaient eu et qui auraient lieu dans l'année. Sans Jessica à ses côtés, tout lui paraissait dénué de sens.

Il en allait de même pour la maison qui lui avait semblé affreusement vide depuis son départ. Il avait passé des heures à errer entre les pièces, portant toujours avec lui la bague qu'elle lui avait rendue. Le bijou se trouvait d'ailleurs dans la poche de sa veste. Il y plongea la main, suivant du doigt les contours du diamant comme pour y chercher des réponses qui n'arrivaient pas.

— On dirait que tu as besoin d'une deuxième tournée, dit alors une voix derrière lui.

Xavier Noble s'accouda lui aussi à la balustrade, prenant un moment pour regarder le jardin avant d'entrechoquer sa coupe de champagne avec son verre.

— Bravo pour la soirée, déclara-t-il. Tu as beaucoup de choses à fêter en ce moment.

Il tenta de se rappeler comment faire pour sourire, s'y efforça tant bien que mal. Xavier n'était plus seulement une connaissance à présent. Depuis le rachat, il faisait partie de ses clients. Il devait faire bonne figure.

— Merci, Xav, lui dit-il. C'est gentil d'être passé ce soir. J'imagine que tu dois être bien occupé avec les préparatifs du mariage.

Il repéra un petit groupe près de la piscine et espéra que Nikolai se trouvait avec eux. En principe, les invités n'avaient pas accès au reste de sa maison, mais son associé avait peut-être voulu discuter avec certains en privé.

Bien sûr, il espérait toujours qu'il apercevrait Jessica, ce qui était ridicule. Il n'avait pas eu la moindre nouvelle depuis le week-end précédent. Il s'était pourtant accroché à l'infime espoir qu'elle honorerait sa promesse de l'accompagner à cette soirée. Mais elle le lui avait promis lorsqu'ils étaient encore en couple.

En faux couple, lui rappela son sens pratique.

— Tout est sous contrôle pour le mariage, répondit Xavier. Du moins, tout le restera si le célèbre trouble-fête en série ne se montre pas. Ari et l'organisatrice de mariages ont entendu des rumeurs disant qu'il se trouvait en ville.

Oliver fronça les sourcils, confus. De qui Xavier parlait-il ?

— J'espère que ces rumeurs ne sont pas fondées, Xav.

Qui pourrait vouloir s'introduire dans un mariage qui ne le concerne pas ?

— La célébrité d'Ari est à double tranchant, expliqua son ami d'un air grave. Ce type rêve apparemment de prendre des photos compromettantes pour lui faire du chantage et récolter de l'argent. Inutile de te dire que nous sommes sur nos gardes.

— En tout cas, Ari et toi êtes bien entourés, l'assura-t-il. Tout le monde vous veut du bien à Royal. S'il se passe quoi que ce soit, nous serons là pour vous soutenir.

— Merci, répondit Xavier en lui décochant une claque sur l'épaule. Et toi, alors ? Comment va ta fiancée ? Les photos que Seth a prises de vous à la soirée sont superbes, d'ailleurs. Il faut que je pense à te les envoyer.

Xavier sortit son téléphone et Oliver se hâta de l'arrêter, incapable de voir la moindre photo de Jessica et lui.

— Merci, Xavier, mais... Nous ne sommes plus ensemble.

— Tu es sûr ? Elle vient d'arriver.

Tout en lui s'immobilisa. L'espace d'un instant, il fut incapable d'esquisser le moindre geste, mais il voulait vérifier par lui-même. Il était presque sûr que Xavier lui jouait un tour.

Il prit une grande inspiration et se retourna vers l'entrée de la terrasse.

Là, près de la porte, se tenait la plus belle femme qu'il avait jamais vue.

Elle portait une robe longue bleu pâle, fendue sur un côté, et ses cheveux bruns ondulaient dans la brise comme le tissu léger de sa jupe autour de ses jambes élancées.

Lui avait-elle tellement manqué qu'il en avait des visions ? Et si elle lui avait autant manqué en quelques jours, comment comptait-il passer le reste de sa vie sans elle ?

La réponse était sans appel : il ne pouvait pas perdre une seconde de plus.

— Excuse-moi, Xavier, marmonna-t-il sans quitter Jessica des yeux de peur qu'elle ne disparaisse.

Il crut entendre son ami ricaner au passage, mais peu lui importait. Rien ne comptait sinon réduire la distance qui le séparait de Jessica. Il aperçut Nikolai dans son champ de vision, en grande conversation avec des managers de la nouvelle équipe, et s'approcha de lui juste assez pour l'informer qu'il était responsable de la fête jusqu'à nouvel ordre.

Niko suivit son regard et, comme le meilleur ami qu'il était, comprit aussitôt. Il lui avait à peine confirmé qu'il s'occupait de tout lorsque Oliver se remit en marche, incapable de repousser plus longtemps le moment de retrouver la femme qui lui avait manqué bien plus que de raison.

Son regard rencontra le sien alors qu'ils étaient encore à quelques mètres l'un de l'autre. Elle suivit sa progression, ses mains lissant le devant de sa robe dans un geste qu'il commençait à bien connaître.

— Jessica.

Il s'arrêta juste devant elle, trop près peut-être, mais il avait besoin de cette connexion après ces longues journées sans elle. Son parfum de fleurs le fit revenir aux meilleurs souvenirs de sa vie.

— Bonsoir, Oliver, répondit-elle avec un demi-sourire. Le toit est magnifique ce soir.

Il n'avait pas le courage d'entamer des banalités, pas alors que sa présence constituait la meilleure chose qui lui soit arrivée depuis qu'elle était partie. Son manque allait au-delà du désir ou de l'amitié. Il l'aimait, tout simplement.

La vérité était là, dans ses yeux bleu-vert aux mille nuances. Il ne les distinguait pas toutes ce soir-là, dans la pénombre, mais il aurait pu les peindre de mémoire si on le lui avait demandé. Ses yeux hantaient ses rêves depuis le premier jour.

— Est-ce qu'on peut discuter ? lui demanda-t-il sans même avoir eu le temps de réfléchir.

Maintenant qu'il savait, qu'il avait compris, le besoin de lui parler se faisait plus urgent.

— Trouvons un endroit plus calme, tu veux bien ?

— Je n'ai pas d'objection, mais est-ce que tes invités ne vont pas se demander où tu es passé ?

— Ils s'en sortiront très bien sans moi.

Avant, il lui aurait simplement pris la main pour la guider, mais il savait qu'il avait perdu ce droit. Il se contenta de lui indiquer l'escalier extérieur qui menait à un petit balcon sous le toit-terrasse. Ils se trouvaient déjà au milieu des marches lorsqu'il se rendit compte qu'il n'avait même pas eu la courtoisie de lui offrir quelque chose à boire, mais il avait été si surpris de la voir qu'il en perdait tous ses réflexes.

Arrivé au bas de l'escalier, il montra à Jessica l'un des deux fauteuils qui flanquaient la table basse du petit balcon. Ils avaient une vue plongeante sur le jardin de derrière, là où son décorateur l'avait convaincu d'installer une fontaine de marbre entourée de grands arbustes fleuris. Des spots éclairaient les fleurs violettes des arbres et la fontaine était elle aussi illuminée.

— Je suis trop nerveuse pour m'asseoir, admit Jessica en s'adossant simplement contre la balustrade. Je ne compte pas rester longtemps, Oliver. C'était peut-être une mauvaise idée de venir sans te prévenir.

— Pas du tout.

Il prit sa main et la pressa brièvement avant de la laisser retomber, juste assez pour lui faire comprendre qu'il était sincère.

— Au contraire, reprit-il en plongeant son regard dans le sien, tu es la meilleure chose qui soit arrivée de toute la soirée.

Jessica sentit ses doigts fourmiller là où il l'avait touchée.

Leur connexion n'avait donc pas changé depuis qu'elle était partie. Ce point-là restait sans équivoque, contrairement à l'expression d'Oliver, qu'elle ne parvenait pas à déchiffrer.

Elle avait essayé de comprendre ce qu'il pensait depuis le premier regard qu'ils avaient échangé sur le toit. Quelque chose de nouveau dansait dans ses yeux lorsqu'il la regardait, une étincelle plus intense que le désir qu'elle connaissait et qui faisait battre son cœur d'une manière tout aussi nouvelle.

Oliver était tout aussi séduisant que d'habitude ce soir-là. Il portait une cravate gris perle avec son costume noir, la couleur mettant en valeur ses yeux et lui donnant cruellement envie de le toucher. Pour s'en empêcher, elle posa les deux mains sur la balustrade et tenta de se remémorer ce qu'il venait de lui dire.

Ah oui… Il avait dit qu'elle était la meilleure chose qui lui soit arrivée ce soir-là.

— La soirée est donc si terrible que ça ? lui demanda-t-elle, ne plaisantant qu'à moitié.

Il posa les mains juste à côté des siennes sur la rambarde de métal. Les sons de la fête leur parvenaient dans un mélange confus de voix et d'accords de guitare, mais ici, ils étaient complètement seuls.

— Au contraire, lui répondit-il de cette voix de basse qui lui avait tant manqué. La soirée se déroule parfaitement bien. Je ne comprenais pas pourquoi je la trouvais si insupportable jusqu'à ce que tu arrives tout à l'heure.

Son cœur loupa un battement tandis que ses mots s'imprimaient dans sa conscience, la faisant espérer, lui donnant une nouvelle compréhension de cette lueur nouvelle dans son regard. Elle se sentait encore terrifiée, mais elle savait que l'heure était venue de se montrer sincère. Elle prit une grande inspiration et rassembla tout son courage.

— Oliver… Tu m'as manqué, avoua-t-elle. Je ne savais pas

quand je te reverrais, alors j'ai pensé que j'étais toujours invitée et je suis venue ici. Je veux que tu saches que la seule raison pour laquelle j'ai rompu notre arrangement, c'est que…

— Attends, l'interrompit-il. S'il te plaît.

Il se rapprocha imperceptiblement d'elle, sa main effleurant la sienne sur la balustrade. L'odeur boisée de son après-rasage lui rappela les souvenirs délicieux de leurs deux nuits ensemble.

— Tu avais toutes les raisons du monde pour partir, Jess. J'ai eu tort de te demander de vivre un mensonge.

— Peut-être, mais je savais pour quoi j'avais signé dès le départ, contra-t-elle. Je ne me doutais simplement pas que l'exécution du plan finirait par être si difficile.

— Dis plutôt que le plan était voué à l'échec dès le départ.

Une ombre passa sur son visage, à peine perceptible sous les lumières tamisées du balcon.

— Je suis terriblement désolé de t'avoir laissé penser que je doutais de tes capacités professionnelles, reprit-il. Je n'aurais jamais dû interférer entre ma mère et toi alors que tu voulais simplement aider mon père. J'essayais seulement d'éviter que vous vous attachiez les uns aux autres, de leur éviter une énième déception à cause de moi. Je suis convaincu que tu es une excellente musicothérapeute.

— Merci, Oliver, murmura-t-elle avec un soulagement à la hauteur de la blessure qu'elle avait ressentie depuis le soir de l'hôpital. C'est très important pour moi que tu le penses.

Elle marqua une pause avant d'ajouter :

— Pour ce que ça vaut, je ne trouve pas que notre plan ait entraîné seulement des conséquences négatives.

— Moi non plus, répondit-il précipitamment avant de poser sa main sur la sienne.

Enfin.

— Avec le recul, je crois que j'ai inventé cette histoire comme une excuse pour te garder près de moi. Tu étais tellement différente de tout ce que j'avais connu jusqu'alors et je ne savais pas comment te le dire, en sachant à quel point tu en avais marre des relations amoureuses.

— Tu crois vraiment ? demanda-t-elle d'une petite voix.

L'espoir au creux de sa poitrine grandit encore davantage et elle retourna la main pour entrelacer ses doigts aux siens, le besoin de le toucher devenant plus fort que tout.

— Comment expliquer autrement que j'aie chamboulé toute ma vie, moi le fou de travail, pour te voir aussi souvent que possible ?

Il serra sa main dans la sienne et se tourna pour lui faire face. La sincérité dans sa voix n'avait d'égale que celle qu'elle décelait dans ses yeux. Elle ne voulait rien d'autre que rester avec lui ainsi pour le restant de ses jours, construisant peu à peu la confiance et la complicité qui seraient les bases de leur relation. En y repensant à son tour, elle se demandait si elle n'avait pas accepté sa bague parce qu'elle avait su, depuis le début, que ce qu'elle ressentait pour lui n'avait rien d'ordinaire.

— Tout ça semblait pratique sur le moment, finit-elle par répondre d'une voix tremblante.

— Tu sais ce qui serait encore plus pratique ? Que je te donne ceci pour de vrai, dit-il en sortant la bague de fiançailles de sa poche.

Elle retint sa respiration, contemplant les diamants qui brillaient doucement sous les rayons de lune.

— Cette fois, je te l'offre avec la promesse que si tu me donnes une deuxième chance, tu ne douteras plus jamais que je te respecte et que je t'aime.

Elle sentit des larmes de bonheur couler le long de ses joues, mais elle ne chercha pas à les cacher. Elle s'était fait la promesse de se montrer complètement honnête et vulnérable avec Oliver.

Un rire étranglé lui échappa tandis qu'il faisait passer la

bague d'une main à l'autre, la joie menaçant de la submerger. Elle posa les deux paumes à plat contre son torse et sentit la chaleur de sa peau à travers sa chemise. Elle rêvait de la lui retirer, mais pour le moment, elle devait ouvrir son cœur à celui qui avait occupé toutes ses pensées ces derniers jours.

— Oliver, j'ai passé toute la semaine à me préparer pour te dire que je t'aime. Je t'aime à un point que je n'aurais même pas cru possible. J'avais besoin de te le dire, même sans être sûre que tu ressentirais la même chose.

Il se pencha pour lui embrasser doucement la joue, les paupières, reposant enfin son front contre le sien.

— Rien ne tournait rond sans toi, murmura-t-il. Le travail qui m'avait toujours semblé si important ne comptait plus si tu n'étais pas là pour que je te raconte tout à la fin de la journée. La maison était bien trop grande pour moi tout seul.

Il s'écarta légèrement d'elle pour plonger son regard dans le sien, son pouce caressant lentement sa joue.

— Je voyagerai beaucoup moins à partir de maintenant. Mon entreprise n'a pas besoin que je visite tous ses bureaux en permanence. Je peux me permettre de déléguer. J'ai juste envie de passer du temps ici, avec toi.

— Ce serait merveilleux, répondit-elle en souriant.

Comme par un hasard parfait, le guitariste au-dessus d'eux entama alors les premières mesures de la chanson « At Last », d'Etta James. La musique les enveloppait, mais c'était bien l'amour d'Oliver qui faisait danser son cœur.

— Alors, tu acceptes de porter de nouveau ma bague ? lui demanda-t-il en passant un bras autour de sa taille. Pour de vrai et pour toujours ?

Elle lui tendit sa main gauche, plus que prête à s'engager pour la vie avec l'homme qu'elle aimait.

— Bien sûr que j'accepte.

Elle ne le quitta pas des yeux lorsqu'il glissa la bague à son annulaire gauche, là où elle resterait jusqu'à la fin de ses jours.

— Pour de vrai, murmura-t-elle contre ses lèvres. Et pour toujours.

YAHRAH ST. JOHN

Une alchimie inattendue

PASSIONS

HARLEQUIN

Titre original :
HOLIDAY PLAYBOOK

1

— Quelles sont les nouvelles, petite sœur ?

Roman Lockett avait toujours une manière très personnelle d'introduire les réunions du conseil d'administration des Cougars d'Atlanta. Directrice du marketing, Giana veillait à l'image et à la stratégie commerciale de l'équipe de football. Elle détestait quand son frère s'adressait à elle comme à une petite fille, surtout en présence d'une assemblée presque exclusivement masculine.

— Je travaille actuellement avec notre fondation sur différents scénarios visant à encourager l'inscription des jeunes enfants à notre club. Nous essayons également d'organiser au printemps un tournoi de basket universitaire dans notre stade.

— Magnifique ! observa son père, Josiah Lockett. Et qu'en est-il des sponsors pour Curtis ?

Curtis Jackson était la recrue la plus prometteuse de l'équipe.

— Les propositions commencent à affluer. Nous avons un fabricant de téléphones portables, une marque de voitures de luxe et une entreprise de restauration rapide.

— Rien du côté des vendeurs de sodas ?

Giana comprit immédiatement l'allusion. Son père rêvait de conclure un contrat avec *Lean*, un distributeur de boissons énergisantes appartenant au conglomérat de Wynn Starks. Malheureusement, le milliardaire semblait prendre un malin plaisir à la tenir à distance. Pour des raisons obscures, il refusait d'associer son image à celle de l'équipe de football. Josiah le savait mieux que personne, mais il ne reculait jamais devant l'adversité. Toujours prompte à servir les objectifs de son père, Giana avait redoublé d'efforts pour convaincre les collaborateurs de Starks des avantages d'un tel partenariat. En vain. Toutes ses propositions se heurtaient à un refus catégorique. Loin de se laisser décourager, elle avait réussi à joindre l'assistant personnel de Wynn Starks. De guerre lasse, le jeune homme avait fini par lui organiser une rencontre avec son patron.

— Les négociations sont en cours, répondit-elle prudemment.

— C'est parfait, Giana, glissa prestement Roman pour lui venir en aide. Tu as toute notre confiance.

Il la gratifia d'un clin d'œil complice et aborda sans tarder le point suivant à l'ordre du jour.

— Plusieurs de nos titulaires se sont blessés récemment. L'entraîneur m'a fourni une liste de remplaçants pour les matchs de qualification. J'aimerais avoir votre avis.

Après deux longues heures de discussion, Roman mit fin à la réunion et remercia les membres du conseil pour leur participation. Pressé de retrouver ses camarades de golf, Josiah prit congé rapidement, épargnant à sa fille des questions plus précises sur l'avancement de ses pourparlers avec Starks.

— Merci, Roman, fit-elle, quand la pièce eut retrouvé son calme.

Elle leva un regard reconnaissant sur le visage bienveillant de son frère. Vêtu d'un costume gris et d'une chemise blanche rehaussée d'une cravate en soie bleu marine, le jeune homme incarnait à la perfection le rôle de directeur général dont il avait hérité à la suite de son père.

— Je connais l'entêtement de papa, répondit-il. Ce contrat avec *Lean* fait partie de ses obsessions. Tant que tu ne l'auras pas décroché, il ne te laissera pas tranquille.

— J'ai bon espoir de parvenir à mes fins. Figure-toi que sa majesté Wynn Starks m'a accordé un rendez-vous cet après-midi.

Roman haussa les sourcils.

— Bien joué, sœurette ! Mais à ta place, je ne me ferais pas trop d'illusions. Cet homme est un dur à cuire.

— Je joue pour gagner, Rom. Comme toi, et comme tous les membres de la famille.

— Alors ce monsieur n'a qu'à bien se tenir !

Dans un joyeux éclat de rire, ils quittèrent la salle de conférences. Mais la bonne humeur de Giana fut de courte durée. Une nouvelle décevante l'attendait dans son bureau.

— Comment ça, il a annulé ?

Elle croisa les bras sur la veste de son tailleur et lança à Mara Hall, sa secrétaire, un regard assassin.

— Je croyais que le rendez-vous était confirmé.

— Il l'était, mademoiselle Lockett. Mais l'assistant personnel de M. Starks vient d'appeler pour annuler. Son patron n'a pas une minute à lui. Il ne peut pas vous recevoir.

Giana inspira profondément pour contenir sa colère. Qui pouvait croire qu'il n'avait pas un instant à lui accorder ? La rencontre était fixée depuis des semaines. Elle refusa pourtant d'abandonner la partie.

— Mara, trouvez-moi le dossier élaboré par Nico Shapiro sur *Lean* et son P-DG !

Nico était l'avocat des Cougars. La haute société d'Atlanta n'avait pour lui aucun secret.

— Tout de suite, mademoiselle.

Comme la secrétaire s'éclipsait pour s'acquitter de sa mission, la jeune femme se laissa tomber dans son fauteuil et rumina sa vengeance. Ce grossier personnage ne savait pas à qui il avait affaire. Elle n'avait pas grandi au milieu de trois frères sans apprendre à se battre. Parmi les quatre enfants Lockett, elle était sans doute la plus courageuse et la plus opiniâtre.

Très vite, elle trouva dans le dossier de Nico les informations dont elle avait besoin. Wynn Starks pratiquait la boxe et fréquentait assidûment une salle de sport du centre-ville. Prête à tout pour le rencontrer, elle décida d'aller le trouver là où il l'attendait le moins.

Wynn avait les nerfs à vif. Il avait bien commencé la journée avec son jogging quotidien le long du fleuve mais, dès son arrivée au bureau, la lecture de son planning l'avait contrarié.

— Un rendez-vous avec Giana Lockett ? Je croyais qu'il avait été annulé.

— Seulement reporté, monsieur.

Son assistant était un jeune homme sans prétention, qui préférait les Dockers et les polos aux costumes-cravates très chics de son patron.

Wynn secoua énergiquement la tête.

— Je n'ai aucune envie de perdre mon temps avec une enfant gâtée. Elle est née avec une cuillère en argent dans la bouche et ne connaît rien à la valeur du travail.

Les Lockett étaient l'une des familles les plus en vue d'Atlanta. Le genre de personnes dont il préférait se tenir éloigné. À l'instar de Christine, son ex-femme, ces gens-là ne s'intéressaient qu'à l'argent, au pouvoir et aux privilèges insensés de leur caste. Et puis, il n'aimait pas particulièrement le football. Adolescent, il avait subi le harcèlement des joueurs de son lycée. En avance dans sa scolarité, il était plus petit et plus frêle que ses camarades de classe. Ils en avaient profité pour le racketter et le maltraiter pendant les séances d'entraînement.

— Elle a beaucoup insisté, se défendit Sam. Il est vrai qu'elle ne manque pas d'arguments.

— Je m'en moque. Je refuse de la recevoir. Débrouillez-vous

comme vous voulez, mais envoyez-la promener une bonne fois pour toutes !

Le problème réglé, il s'attaqua à la pile de dossiers qui l'attendait sur son bureau. Décidément, ce n'était pas son jour. Le soda qu'il venait de mettre sur le marché n'obtenait pas les résultats escomptés. Le chiffre des ventes baissait de jour en jour. Il jura entre ses dents. Wynn détestait être mis en échec. Son entreprise spécialisée dans la production de boissons énergisantes avait dès sa création conquis le goût des sportifs et la confiance des investisseurs. À trente ans, il était devenu milliardaire. Il savait pourtant que la clientèle était capricieuse et qu'il suffisait d'un grain de sable pour enrayer la machine la plus perfectionnée.

En fin d'après-midi, il s'empressa de rejoindre son ami Silas au gymnase de Buckhead. Silas était un célèbre restaurateur d'Atlanta. Après avoir remporté un concours de chefs à la télévision, il avait ouvert des établissements dans plusieurs quartiers de la ville.

— Salut, Wynn ! Content de te voir !

Les deux hommes avaient un physique similaire. Athlétiques et minces, ils s'accordaient à la perfection sur le ring de boxe.

— Bonjour Silas. Donne-moi une minute ! Je reviens tout de suite.

Il gagna le vestiaire pour enfiler son débardeur, son short et ses gants de cuir. Après avoir rangé son sac dans son casier, il retourna dans la salle d'entraînement. Il aimait l'énergie qui se dégageait de l'endroit et avait grandement besoin de se défouler.

— Tu as l'air bien préoccupé, observa Silas en le voyant revenir. Mauvaise journée au bureau ?

Wynn ne se livrait pas facilement. Comme il ne répondait pas, son ami préféra ne pas insister. Il rajusta ses gants et le rejoignit près des sacs de frappe où ils commencèrent à travailler leur jeu de jambes, leurs appuis et leurs esquives. Après un bon quart d'heure de corde à sauter et de tapis de course, ils se munirent de leurs casques et de leurs protège-dents avant de monter sur le ring.

— Alors, quoi de neuf ? demanda Silas en sautillant autour de lui.

— Le travail, comme d'habitude.

— La vie ne peut pas se résumer au travail. Tu es l'un des meilleurs dans ton domaine. Qu'est-ce que tu cherches encore à prouver ?

Comme son ami marquait une pause et reprenait son souffle, Wynn saisit l'occasion pour lui asséner un premier direct du droit.

— Hé, ce n'est pas du jeu ! Je n'étais pas prêt.

Silas frotta sa mâchoire avec sa main gantée.

— Tu devrais arrêter de parler, répondit Wynn en se balançant d'un pied sur l'autre. J'ai suffisamment d'agressivité pour te mettre au tapis en quelques minutes.

S'il n'arrivait pas à se défouler sur le ring, il retournerait courir au bord du fleuve ou s'entraînerait dans la salle de sport aménagée dans son appartement.

— La meilleure façon de se débarrasser de cette tension, c'est sans doute un peu de compagnie féminine, observa Silas en lui envoyant un crochet croisé.

Wynn bondit sur le côté pour esquiver son attaque.

— Ne t'inquiète pas pour ça ! Quand j'ai besoin de compagnie féminine, je sais où la trouver.

— Ah oui ? Je serais curieux de savoir à quand remonte ton dernier rendez-vous.

Wynn ne s'en souvenait pas, mais il n'y accordait aucune importance. Depuis que son ex-femme lui avait brisé le cœur, il chérissait son célibat. Son divorce avait été éprouvant et seul son contrat de mariage l'avait sauvé de la ruine. Il songeait avec amertume aux mensonges et à l'odieux comportement de Christine quand un silence inhabituel s'abattit sur le gymnase.

— Qu'est-ce qui se passe ?

Profitant de sa distraction, Silas le mit au tapis en balayant habilement son point d'appui avec sa jambe. À genoux au milieu du ring, Wynn relevait la tête quand son regard s'arrêta sur deux jambes immenses gainées d'un collant rose bonbon. Il comprit aussitôt ce qui avait étouffé toutes les conversations. La présence d'une poupée Barbie dans ce défouloir chargé de testostérone avait de quoi surprendre. Il eut pourtant tôt fait d'élucider le mystère de cette étrange apparition. Les jambes interminables, la taille fine et la poitrine généreuse appartenaient à une figure bien connue des habitants d'Atlanta. Le visage rayonnant de Giana Lockett faisait souvent la une des journaux mondains de la ville. Aujourd'hui pourtant, son éternel sourire avait disparu de ses traits. Le front plissé et les sourcils froncés au-dessus du petit nez bien droit traduisaient une humeur exécrable. Elle semblait en vouloir à la terre entière.

Wynn sut très vite à qui était destinée la colère inhabituelle qui animait la douce créature. Loin de le repousser, l'agressivité provoqua en lui une réaction plus violente que tous les coups de poing que son partenaire de boxe aurait pu lui asséner. Un uppercut au creux de l'estomac. Une puissante décharge électrique le long de la colonne vertébrale. Comment pouvait-il se laisser troubler à ce point par le corps d'une femme alors qu'il s'était juré de résister à l'appel de la chair ?

Insensible au combat auquel se livraient le corps et l'esprit de Wynn, Giana croisa les bras sous la brassière qui épousait très fidèlement la courbe de ses seins. Le choix de sa tenue n'était pas innocent. Mais en voulant attirer l'attention de l'inaccessible chef d'entreprise, elle avait mis en émoi tous les hommes présents dans la salle ce soir-là. Légèrement embarrassée, elle se racla la gorge et dirigea ses pas vers le ring.

Sur les photos rassemblées dans le dossier de Nico, elle avait vu un homme élégant, toujours tiré à quatre épingles. Ce n'était pas l'image qu'offrait aujourd'hui l'inaccessible Wynn Starks. Son débardeur échancré mettait en valeur des muscles puissants, recouverts de sueur. Son physique athlétique était impressionnant. Ses cheveux bruns coupés court encadraient un visage aux pommettes saillantes, troué de grands yeux noirs. La barbe naissante qui recouvrait ses joues assombrissait encore son apparence, mais Giana refusa de se laisser impressionner.

— Monsieur Starks, je désespérais de vous rencontrer. Il faut dire que vous ne vous laissez pas approcher facilement.

Elle le vit murmurer quelques mots à l'oreille de son ami, lequel s'éloigna en direction des vestiaires, un sourire amusé sur les lèvres. Puis Wynn enleva ses gants de boxe et souleva les cordes du ring avant de sauter à terre.

— Il ne vous est pas venu à l'esprit que je n'avais pas envie de me laisser approcher ?

Ses manières bourrues n'eurent aucun effet sur la jeune femme.

— Nous avions un rendez-vous.

— Et je l'ai annulé. Il est clair que vous n'avez pas compris le message. Dites-moi, mademoiselle Lockett, vous traquez souvent les gens de cette manière ?

— Vous savez qui je suis ? s'étonna-t-elle.

— Évidemment.

Il plongea ses yeux féroces dans les siens.

— Qui ne connaît pas les membres de votre famille dans cette ville ?

— Alors vous êtes conscient des responsabilités qui sont les miennes, monsieur Starks. Si vous aviez fait preuve d'un minimum d'éthique professionnelle en acceptant de me recevoir, je n'aurais pas pris la liberté de vous déranger pendant vos heures de loisir.

Sans s'émouvoir, il laissa errer le regard le long de sa silhouette.

— Vous portez une tenue ravissante, mademoiselle Lockett. J'apprécie. De même que tous les hommes ici présents.

Il inspecta rapidement la pièce.

— Mais c'était votre intention, n'est-ce pas ? Vous vouliez être remarquée.

Il passa devant elle pour atteindre une étagère chargée de serviettes. Il en attrapa une et essuya soigneusement la sueur qui inondait son front.

— La seule chose que je veux, c'est une chance de vous rencontrer, reprit Giana avec espoir.

— Je crains que vos efforts n'aient été inutiles. Je ne suis pas intéressé par ce que vous cherchez à me vendre.

Comme il s'éloignait résolument en direction de la salle de musculation, elle le suivit et le retint par le bras.

— Attendez, s'il vous plaît !

Il retira son bras comme sous l'effet d'une brûlure trop vive et ses yeux sombres se teintèrent d'une lueur étrange. Le bref contact l'avait visiblement troublé. Voulant chasser toute ambiguïté sur la signification de son geste, Giana recula d'un pas pour rétablir entre eux une distance salutaire. Sa démarche était purement professionnelle. Il ne devait pas se méprendre sur ses intentions.

— Monsieur Starks, le sponsoring de nos joueurs apporterait à votre entreprise une excellente publicité.

— Je n'ai pas besoin de conseils sur la manière dont je dois gérer l'image de mon entreprise. Je me suis très bien débrouillé jusqu'à présent. Soyez raisonnable, mademoiselle Lockett ! Rentrez chez vous !

Il l'abandonna au beau milieu du gymnase, sous le regard

moqueur des sportifs qui, ayant largement profité du spectacle, reprenaient peu à peu leurs activités. Peu habituée à se faire rabrouer si vertement, Giana se demandait ce qui, dans son personnage ou dans son attitude, déplaisait tant à Wynn Starks. De tous les hommes qu'elle avait côtoyés dans l'exercice de son métier, elle n'en avait jamais connu d'aussi têtu. Déconfite et honteuse, elle regagna le vestiaire.

2

— Envie d'aller boire un verre ?

Déjà vêtu de son jean et de son éternelle chemise à carreaux, Silas regardait son ami sortir de la douche, une serviette enroulée autour de la taille.

— Avec plaisir. J'en ai pour deux minutes.

— Pas de problème. Je t'attends dehors. Je suis curieux de savoir pourquoi tu as envoyé promener la belle Giana Lockett.

Resté seul dans le vestiaire, Wynn sortit ses vêtements de son casier. Il ne s'expliquait pas vraiment la rudesse avec laquelle il avait traité la jeune femme. Était-ce le culot dont elle avait fait preuve en le poursuivant jusqu'au gymnase ? La tenue bien trop sexy qu'elle arborait dans cet univers masculin ? Quand elle lui avait pris le bras pour tenter de le retenir, le seul contact de sa main l'avait électrisé. Mais plutôt que d'admettre la puissance de l'attirance qu'elle avait exercée sur lui, il préférait mettre sa réaction sur le compte d'une trop longue abstinence. Il n'avait pas approché une femme depuis des mois.

S'était-il montré impoli ? Cela n'avait guère d'importance puisqu'il n'avait aucunement l'intention de faire affaire avec les Lockett. Ses déboires de lycéen l'avaient vacciné contre le monde du football. Il n'était pas un grand fan de ce sport et préférait soutenir d'autres disciplines.

Sortant du complexe sportif, il trouva son ami assis sur le capot de sa Ferrari. Silas ne jurait que par les voitures italiennes.

— Monte ! Nous reviendrons chercher ton vélo plus tard.

À peine installé derrière le volant, il questionna son passager sur la scène étonnante à laquelle il avait assisté.

— Raconte un peu ! Qu'est-ce qui se passe exactement entre Giana Lockett et toi ?

Wynn fronça les sourcils.

— Rien du tout. Je ne la connais même pas.

— À d'autres ! protesta Silas. Il y a clairement quelque chose de sexuel entre vous.

Agacé, l'intéressé tourna le regard vers sa vitre.

— Tu te fais des idées, mon ami.

— Si tu le dis ! J'aurais pourtant juré que...

— Tu es tellement pressé de me voir tomber dans les bras d'une femme que tu imagines n'importe quoi. Il n'y a pas si longtemps, tu étais seul, toi aussi.

Silas avait vécu séparé de son épouse pendant des années. Ils venaient tout juste de se réconcilier.

— Mon histoire avec Janelle m'a montré que je n'étais pas fait pour le célibat. J'ai très mal supporté son absence. Depuis son retour, je me sens revivre. Et je peux te dire que nous rattrapons le temps perdu !

Wynn rit de bon cœur.

— Tant mieux pour vous ! Mais tu dois comprendre que le mariage ne convient pas à tout le monde.

— Tu as pourtant été heureux avec Christine.

— Au tout début, oui. Avant de comprendre qui elle était vraiment. Crois-moi, plus je me tiens éloigné des femmes, mieux je me porte !

— C'est triste, soupira Silas. Je croyais que le temps réparait les blessures.

— Apparemment, il n'a pas réparé les miennes. Je ne me laisserai pas avoir une deuxième fois.

Silas gara sa Ferrari sur le parking du pub qu'ils avaient l'habitude de fréquenter. En cette fin de journée, l'endroit était bondé. Ils se frayèrent un chemin jusqu'au bar et commandèrent un bourbon.

— S'il n'y a rien entre vous, alors dis-moi pourquoi elle te poursuit jusqu'à ta salle de sport !

Wynn avala une gorgée avant de répondre. Il aurait préféré aborder un autre sujet mais, manifestement, la curiosité de son ami n'était pas satisfaite.

— Je suppose qu'elle est à la recherche d'un sponsor pour l'un de ses joueurs.

— L'affaire pourrait te rapporter gros, observa Silas. Les Cougars ont gagné la plupart de leurs matchs depuis qu'ils ont recruté Curtis Jackson. Ce gamin a une belle carrière devant lui.

— C'est vrai mais, comme tu le sais, je n'ai pas gardé un très bon souvenir des joueurs de foot du lycée.

— Tu ne peux pas tous les mettre dans le même panier. Voir Curtis porter sur son maillot l'emblème de ton entreprise serait formidable pour toi.

Wynn fronça les sourcils. *Lean* était son bébé. Il travaillait chaque jour à sa réussite et n'avait aucune envie de confier son image à n'importe qui.

— Et Giana ? insista Silas devant son silence. Tu n'es pas obligé de signer un contrat avec les Cougars pour te rapprocher d'elle. Ne laisse pas passer ta chance ! Une femme comme elle ne reste pas seule très longtemps.

— D'après ce que je sais, elle est célibataire.

Silas lui lança un regard malicieux.

— Tu as fait des recherches sur elle ? J'étais sûr qu'elle t'intéressait.

— Absolument pas.

En prononçant ces mots, Wynn savait pertinemment qu'il mentait. Les formes gracieuses de Giana, son teint moka et sa bouche sensuelle étaient restés gravés dans sa mémoire, l'empreinte de sa main incrustée dans sa chair. Il refusait pourtant de céder à l'attrait qu'elle exerçait sur lui. La cruelle désillusion de son mariage avec Christine l'avait à jamais dissuadé de vivre une aventure avec une femme de son milieu.

Giana n'était pas satisfaite de sa journée. Le stratagème qu'elle avait imaginé pour convaincre Wynn Starks de l'écouter s'était soldé par un échec. L'intrusion dans son domaine privé semblait même avoir accru son hostilité. Découragée, elle prit la direction de Tuxedo Park, le quartier où résidaient ses parents, certaine de trouver dans le congélateur de la demeure familiale le réconfort dont elle avait besoin. Hormis une bouteille de champagne et quelques canapés grappillés parmi les restes du buffet du dernier événement caritatif qu'elle avait organisé, son propre réfrigérateur était désespérément vide.

Dieu merci, le fidèle majordome des Lockett connaissait sur le bout des doigts les goûts de tous les membres de la famille et chacun était sûr de trouver son bonheur dans les provisions qu'il sélectionnait avec soin. Sans surprise, elle découvrit sa glace préférée parmi les desserts surgelés. Gerard travaillait dans la maison depuis si longtemps qu'il l'avait vue naître. Il n'ignorait rien de sa gourmandise et la gâtait depuis son plus jeune âge.

Giana n'avait jamais manqué de rien. Ses parents, tout comme ses frères, avaient toujours rivalisé d'imagination pour devancer ses moindres désirs. Choyée comme une princesse, il lui avait suffi de lever le petit doigt pour toujours obtenir ce qu'elle voulait. Un poney à huit ans, une Porsche flambant neuve dès l'obtention de son permis, un appartement à sa majorité. Ainsi élevée, elle aurait pu se contenter d'une vie oisive et devenir l'épouse de l'un des riches prétendants qui évoluaient dans son entourage. Mais, au grand dam de son père, elle avait nourri d'autres ambitions et s'était battue bec et ongles pour faire carrière dans le marketing. Admirative de la réussite de ses frères, elle n'avait eu de cesse de prouver à son clan sa propre valeur.

Elle plongea sa cuillère dans la crème glacée et soupira d'aise quand le parfum du chocolat atteignit ses papilles.

— C'est bon, n'est-ce pas ?

Xavier venait de pénétrer dans la cuisine. Elle fit pivoter son tabouret pour rencontrer son regard. Ce dernier avait une stature imposante. Du haut de ses deux mètres, il portait sur le monde un regard toujours bienveillant. Ses yeux bleu pâle et son teint hâlé suscitaient l'admiration de la plupart des femmes.

— À mourir, répondit-elle dans un sourire. Qu'est-ce que tu fais là ?

— J'ai vu ta voiture garée devant l'entrée et je me suis dit que tu accepterais peut-être de dîner avec moi. Apparemment, j'arrive trop tard. Tu en es déjà au dessert.

— En vérité, je n'ai rien mangé d'autre que cette glace. Cette journée effroyable m'a coupé l'appétit. J'avais besoin d'une petite douceur avant de rentrer chez moi.

— Que s'est-il passé ? Rien de grave, j'espère ?

Il prit une cuillère dans le tiroir du vaisselier, rejoignit sa sœur près de l'îlot central et engloutit à son tour une copieuse bouchée de crème glacée.

— J'ai encore échoué à approcher Sa Majesté Wynn Starks. Je ne sais pas pourquoi, mais on dirait que ma tête ne lui revient pas.

Giana n'acceptait pas l'échec et elle redoutait par-dessus tout le jugement de son père.

— Il est idiot, observa Xavier. Un contrat avec les Cougars ferait à ses boissons une excellente publicité. Avec Curtis au poste de quart-arrière…

Il se tut, soudain rattrapé par un douloureux souvenir.

— Tout va bien ? demanda Giana, sachant pertinemment la raison de son mutisme.

Adolescent, son frère avait été la star de l'équipe. Étudiant à l'université d'Atlanta, il avait remporté le très convoité trophée Heisman. Devenu professionnel, il avait joué aux quatre coins des États-Unis jusqu'au jour où une mauvaise blessure au genou avait mis fin à une carrière prometteuse. Il en avait conservé un léger boitillement et une immense amertume. Après des mois de dépression, il s'était reconverti dans le journalisme sportif et excellait dans son domaine.

— Tout va bien, ne t'inquiète pas ! Pour en revenir à Starks, tu ne devrais pas renoncer.

— Si cela ne tenait qu'à moi, j'irais chercher d'autres sponsors. Mais papa insiste pour que nous signions avec *Lean*. J'avoue que je ne sais plus quoi faire. Je me suis donné tant de mal pour attirer son attention !

Xavier fronça les sourcils.

— Qu'est-ce que tu as fait ?

— Je suis allée le trouver au gymnase où il se rend tous les soirs après le bureau.

— Quel culot ! Franchement, Giana, tu exagères.

Elle haussa les épaules.

— Il refuse de prendre mes appels. Il fallait bien que je trouve un moyen de lui parler.

— J'imagine qu'il n'a pas apprécié le dérangement.

— Pas vraiment. Enfin…

Elle se remémora la vive confusion qui les avait saisis lorsqu'elle avait osé attraper son avant-bras pour le retenir.

— Et que vas-tu faire, maintenant ? demanda Xavier, bien loin d'imaginer ce qu'elle avait en tête.

— Je refuse de m'avouer vaincue.

— Évidemment. Ce n'est pas dans ton ADN.

Il partit d'un joyeux éclat de rire.

— Pauvre Starks ! Il ne sait pas à qui il a affaire.

Giana sourit. Son frère la connaissait bien. Aucun obstacle ne la faisait jamais reculer. Les grands airs de Wynn Starks ne l'impressionnaient pas. Cet homme n'était pas différent des autres. Elle trouverait son talon d'Achille et finirait par le convaincre.

3

La solution se présenta le lendemain à Giana, parmi les nombreux cartons d'invitation parvenus à la Fondation Lockett. Fondé par sa mère, dix ans auparavant, l'organisme apportait son soutien aux minorités locales et aux ligues engagées dans la lutte contre la sclérose en plaques, le cancer du sein, la maladie d'Alzheimer et l'autisme. La jeune femme était fière de son travail, même si ses obligations laissaient bien peu de place aux loisirs.

L'invitation au gala annuel du Boys and Girls Club of America retint toute son attention. Dans l'un des rares entretiens qu'il avait accordés à la presse, Wynn Starks avait exprimé sa reconnaissance envers l'organisation caritative dont les activités avaient tant compté dans sa jeunesse. S'il y avait un endroit où Giana était sûre de le trouver, c'était bien à cette réception. Et si elle parvenait à montrer son intérêt pour les bonnes œuvres de l'association, il accepterait peut-être de porter sur elle un nouveau regard.

C'est ainsi que le samedi soir, elle prit place à l'arrière de la limousine de la fondation, vêtue d'une robe de cocktail en lamé argent tout spécialement choisie pour captiver l'attention du seul homme qui cherchait à la fuir. Dès sa descente de voiture, elle fut assaillie par un petit groupe de paparazzis. Toujours ravie d'associer son image aux événements philanthropiques de la ville, elle offrit aux caméras son plus beau sourire avant de gravir les marches du perron de l'hôtel où se tenait le gala. À l'approche de Noël, un immense sapin avait été installé dans le hall. Ses guirlandes lumineuses donnaient à l'endroit un air de fête.

Habituée des lieux, elle emprunta l'ascenseur pour se rendre à l'étage où elle retrouva de nombreuses connaissances. Après quelques rapides salutations, elle se mit en quête de la seule personne qu'elle avait envie de retrouver ce soir-là.

Elle ne tarda pas à repérer Wynn au milieu du grand salon, en compagnie du maire et de son épouse. Il portait le smoking avec élégance et ses manières affables contrastaient avec la rudesse du comportement qu'il lui avait manifestée quelques jours plus tôt. Le moment étant mal choisi pour l'aborder, elle fit mine de ne pas le remarquer et se mêla à la conversation d'un petit groupe d'invités.

Dieu du ciel !

Wynn n'en croyait pas ses yeux. Il l'avait reconnue dès son apparition dans la pièce. Cette femme avait-elle décidé de le pourchasser dans tous les lieux de la ville ? Indigné par tant d'entêtement, il tenta de se raisonner. La présence à cette soirée d'une représentante de la Fondation Lockett n'avait après tout rien d'étonnant. Tous les bienfaiteurs d'Atlanta se retrouvaient dans ce genre d'événements. Tout de même, sa tenue avait de quoi surprendre. Sa robe métallique brillait comme un diamant. Fendue à la hauteur de ses cuisses, elle attirait tous les regards. Que cherchait-elle au juste ?

La voix du maître de cérémonie résonnant dans le micro le ramena soudain à la réalité. Après la longue succession des discours officiels, il fut appelé sur l'estrade pour livrer son témoignage sur son expérience avec le Boys and Girls Club of America. Il saisit l'occasion pour relater ses souvenirs de jeunesse et souligner l'importance du travail de l'association. Grâce à elle, il avait bénéficié du soutien d'un parrain qui l'avait guidé dans les moments délicats de son adolescence. Il loua avec conviction l'engagement des bénévoles, l'utilité de leurs actions auprès des publics en difficulté et fit appel à la générosité des bienfaiteurs.

Les discours terminés, l'assemblée fut invitée à passer dans la salle des banquets. Fruit du hasard, la table où était installée Giana Lockett se trouvait exactement derrière celle de Wynn. Pendant toute la durée du dîner, il sentit son regard peser sur ses épaules. Excédé, il se promit de lui parler en tête à tête et de l'envoyer au diable avant la fin de la soirée.

La voisine de Giana était une veuve du nom de Mavis Bradley. Restée seule et sans enfants à la tête d'une immense fortune, elle distribuait son argent à de nombreux organismes de bienfaisance. La jeune femme essayait de la convaincre d'assister au prochain événement de la Fondation Lockett, lorsqu'elle sentit une présence inquiétante derrière elle. Elle se retourna pour trouver la silhouette impressionnante de Wynn Starks plantée devant elle. Elle se racla la gorge avec embarras et s'adressa à sa compagne.

— Mavis, permettez-moi de vous présenter M. Wynn Starks. Il dirige une des entreprises les plus importantes de la région.

La vieille dame adressa à l'intéressé un sourire très chaleureux.

— Je suis ravie de faire votre connaissance, cher monsieur.

Permettez-moi de vous féliciter ! Votre discours était particulièrement émouvant.

— Je vous remercie, madame.

Il inclina la tête.

— Oserais-je vous priver un instant de la présence de Giana ?

Voilà des heures que j'attends le moment de lui proposer une danse.

— Oh ! je vous en prie ! Elle a bien mérité de s'amuser un peu !

N'osant refuser l'invitation, la jeune femme accepta de se laisser guider vers la piste. La main de Wynn posée sur son dos nu la poussa vers l'avant avec une surprenante autorité. Quand il s'arrêta au milieu des couples de danseurs pour lui offrir une main et poser l'autre sur sa hanche, elle commit l'erreur de lever le regard sur lui. L'expression qu'elle découvrit sur son visage ne fit rien pour la rassurer. Sa mâchoire rasée de près était crispée à l'extrême. Ses yeux noirs ressemblaient à un gouffre menaçant.

— Qu'est-ce qui ne va pas, Giana ? fit-il d'un air moqueur. Vous vouliez m'approcher. C'est chose faite.

Sans attendre de réponse, il l'entraîna autour de la piste.

— Vous n'aimez pas valser ? reprit-il en percevant la tension de ses épaules. Un slow aurait peut-être mieux servi vos objectifs ?

— Ne vous méprenez pas sur mes intentions ! protesta-t-elle avec raideur. Je voulais seulement obtenir un rendez-vous pour parler affaires avec vous.

— Vraiment ?

Le reste de la danse s'apparenta pour Giana à un véritable calvaire. À peine le morceau terminé, elle voulut prendre ses distances, mais il la retint contre lui avec fermeté.

— Vous n'avez pas aimé notre valse, mademoiselle Lockett ?

Son regard amusé et dominateur la fit enrager.

— Lâchez-moi, je vous prie !

Elle se dégagea dans un geste brusque et s'éloigna aussi dignement que possible. Intrigué, Wynn la regarda disparaître vers la sortie. Elle fuyait comme si le diable était lancé à ses trousses. Il regretta un instant son attitude. Il avait voulu lui donner une leçon de savoir-vivre. L'intimider pour la dissuader de l'importuner à nouveau. Il n'avait pas souhaité l'effrayer. Tandis que les haut-parleurs déversaient un nouveau morceau de musique, il quitta lentement la piste. Cette femme piquait sa curiosité. Son attitude, étrange mélange de provocation et de réserve, le déroutait. Qu'attendait-elle au juste de lui ?

Déterminé à en avoir le cœur net, il s'élança à sa recherche. Il ne pouvait la laisser disparaître sans obtenir un début d'explication. Alors qu'il atteignait la galerie qui surplombait le grand hall, il repéra sa silhouette près des ascenseurs.

— Mademoiselle Lockett !

Elle se retourna d'un air affolé avant de s'engouffrer dans la cabine. Pressant le pas, il atteignit l'appareil juste à temps pour empêcher les portes de se refermer. Prise au piège, elle recula contre la paroi tandis qu'il la rejoignait à l'intérieur.

4

Giana redressa fièrement la nuque. Elle avait fait preuve de faiblesse en tentant de le fuir et elle le regrettait.

— Que voulez-vous ? demanda-t-elle avec raideur.

— Vous le savez très bien.

Elle fit mine de ne pas comprendre.

— Je suppose que vous n'aviez pas prévu de me retrouver ici, ce soir. Vous êtes fâché contre moi.

Il sourit.

— Je mentirais si je disais le contraire. Mais ce n'est pas la raison qui m'a poussé à vous suivre.

Une ardeur inhabituelle brillait dans ses yeux noirs.

— Il se passe quelque chose entre nous. Vous ne pouvez pas le nier.

Elle s'apprêtait à lui répondre quand un claquement sourd se fit entendre au-dessus de leurs têtes. Soudain les lumières s'éteignirent, les plongeant dans la plus grande obscurité. Refusant de céder à la panique, Giana sortit son portable de son sac, et braqua le faisceau de l'appareil sur son compagnon d'infortune.

— Que se passe-t-il ? lança-t-elle comme s'il était responsable de l'incident.

— Une panne, répondit Wynn dans un haussement d'épaules. Ce sont des choses qui arrivent.

Il décrocha le téléphone d'urgence et donna les coordonnées de l'hôtel à l'inconnu qui l'interrogeait à l'autre bout du fil.

— Nous sommes deux, précisa-t-il. Entendu, nous ne tenterons rien avant votre arrivée.

Giana attendit qu'il eût raccroché pour l'interroger.

— Qu'ont-ils dit ? Combien de temps allons-nous rester coincés ici ?

— Pas longtemps. La compagnie envoie immédiatement une équipe de dépannage. J'espère que vous n'êtes pas claustrophobe ?

La jeune femme secoua la tête. Elle n'était pas sujette aux crises de panique. La perspective de rester enfermée pour une durée indéterminée dans un espace aussi réduit avec un homme de la stature de Wynn Starks la terrifiait davantage. Son physique provoquait en elle un trouble incontrôlable. Elle devait se ressaisir et se concentrer sur les intérêts de la fondation plutôt que sur les lèvres charnues et infiniment désirables qui semblaient la défier depuis le début de la soirée. Elle lissa ses cheveux d'une main tremblante.

— J'ai bien peur que nous ne restions prisonniers un bon moment, soupira-t-elle. Minuit passé, un samedi soir, je doute que les techniciens se précipitent à notre secours.

— Je suis certain que nous allons trouver une manière agréable de passer le temps.

Le message était clair. Trop clair. Elle préféra l'ignorer.

— Je devrais profiter de la chance qui m'est donnée plutôt que de me plaindre, reprit-elle d'une voix faussement assurée. J'ai rarement l'occasion de vanter les avantages du sponsoring devant un public aussi captif.

— C'est vraiment ce que vous voulez faire ? J'avais une bien meilleure idée.

— Ah oui ?

Préférant les actes aux longs discours, il réduisit en deux

pas la distance qui les séparait, l'obligeant à s'adosser contre la paroi. La sensation soudaine de son souffle sur sa joue la paralysa un instant. Elle sentit vaguement son téléphone glisser de ses doigts, mais elle ne fit rien pour le retenir, pas plus qu'elle n'essaya de repousser les deux mains qui prenaient son visage en coupe pour l'incliner vers le haut.

— Dites-moi que vous le voulez autant que moi !

Elle n'eut pas le cœur de mentir.

— Je le veux, Wynn.

Il effleura sa bouche d'une caresse dont la retenue et la douceur contrastaient avec la tension très vive qui électrisait leur tête-à-tête. Quand il retira ses lèvres, elle en rechercha le contact. Il les lui offrit et s'écarta de nouveau, l'obligeant presque à mendier son baiser. Leurs langues se mêlèrent avidement et il l'embrassa avec une fougue qu'il avait peine à contenir. Fiévreuse, Giana chercha son équilibre contre les murs de la cabine, et la sensation froide du métal sur ses mains lui redonna un éclair de conscience.

Dans quel univers inconnu était-elle en train de basculer ? En quoi les baisers de cet homme étaient-ils si différents de tout ce qu'elle avait connu jusqu'alors ? À l'expertise de ses attouchements s'ajoutait l'expression d'un désir puissant contre lequel il semblait incapable de lutter. Une force irrépressible dans laquelle il l'entraînait inexorablement.

Quand il écarta ses jambes avec son genou pour s'installer contre son bassin, son cerveau paresseux lui permit son audace. Et quand elle sentit la dureté de son érection contre son ventre, elle se plaqua un peu plus fort contre lui. L'émotion qu'elle ressentit lorsqu'il insinua ses doigts dans son décolleté la mit en état de choc. Elle rejeta la tête en arrière et laissa échapper un long gémissement.

— Vous êtes très désirable, murmura-t-il en repoussant avec douceur les mèches de cheveux qui recouvraient son front.

Sans qu'elle ait eu le temps de deviner son geste, il passa une main sous son jupon et la fit remonter jusqu'à l'intérieur de ses cuisses.

— Ouvre tes jambes un peu plus !

Elle ferma les yeux et mit un bras autour de sa nuque pour s'y accrocher. Son cerveau à demi paralysé avait peine à croire à l'aventure insensée qu'elle était en train de vivre, mais il obéit à sa prière.

— Je... nous ne devrions pas...

— Ton corps dit le contraire, fit-il en atteignant son sexe humide.

Elle essaya de lutter, mais son toucher délicat lui offrait l'expérience la plus délicieuse et la plus dévastatrice qu'elle eût jamais connue. S'abandonnant à l'exploration intime et au massage accéléré de ses doigts, elle se laissa peu à peu submerger par les vagues d'un orgasme puissant.

— Wynn ! cria-t-elle en se convulsant violemment contre sa main.

Heureux du plaisir qu'il venait de lui procurer, il la serra longuement contre lui, tandis que sa respiration s'apaisait.

— J'aurais aimé te voir jouir, Giana. J'ai loué une chambre à l'étage. J'ai hâte de t'y conduire pour te faire l'amour correctement.

Ses paroles eurent sur la jeune femme l'effet d'une douche glacée. S'éveillant de sa torpeur, elle mesura les conséquences de ses actes. Où avait-elle la tête pour s'abandonner aux bras d'un homme dans une cabine d'ascenseur ? Comment allait-il la juger ? Comme pour accroître son sentiment de honte, les néons s'allumèrent au-dessus de leurs têtes, jetant une lumière crue sur le théâtre de leurs ébats. À peine avait-elle lissé l'étoffe froissée de sa robe que l'appareil atteignait le rez-de-chaussée.

— Nous sommes intervenus aussi vite que possible, fit le

technicien en maintenant les portes ouvertes. J'espère que le temps ne vous a pas paru trop long.

Son humour était déplacé, mais il l'ignorait. Furieuse, Giana sortit de la cabine sans un regard pour Wynn. S'interdisant de courir pour ne pas éveiller la curiosité des invités présents dans le hall, elle traversa l'espace avec raideur et descendit les marches en hélant son chauffeur. Quelques secondes plus tard, la limousine se garait le long du trottoir.

— Qu'est-ce que vous attendez pour démarrer ? fit-elle en se réfugiant sur la banquette arrière. Ramenez-moi à l'appartement ! Tout de suite !

Posté devant la fenêtre de sa chambre, Wynn faisait lentement tournoyer son bourbon au fond de son verre tout en essayant de donner un sens aux événements de la soirée. Comment avait-il pu se laisser emporter de la sorte ? Cela ne lui ressemblait pas de poursuivre une inconnue de ses assiduités. Et encore moins de l'assaillir dans une cabine d'ascenseur ! Quel démon l'avait possédé ? Sa trop longue abstinence ne pouvait à elle seule expliquer la frénésie de son comportement. Giana Lockett exerçait sur lui une puissante attraction.

Le souvenir de leur baiser le remplissait de frissons. Jamais les lèvres d'une femme n'avaient recelé pour lui autant de promesses. Le goût délicieux de sa bouche l'avait enivré. Incapable de s'en satisfaire, il s'était lancé dans une exploration plus intime de sa féminité. Son souffle court, ses gémissements résonnaient encore avec force dans son esprit troublé. Dieu seul savait jusqu'où leur étreinte les aurait entraînés si le mécanisme de l'ascenseur ne s'était pas soudain ébranlé.

Il acheva le contenu de son verre et passa dans la salle de bains. Une bonne douche froide suffirait à lui remettre les idées en place. Son mariage désastreux avec Christine l'avait mis en garde contre l'inconstance des femmes. Giana l'avait sans doute déjà oublié. Pourquoi ne parvenait-il pas à la chasser de son esprit ?

La réponse était simple. Il avait goûté à son charme et son seul désir était de la connaître mieux.

5

— Giana, quelle surprise ! s'exclama Julian en découvrant sa sœur sur le seuil de sa maison.

Le cadet des Lockett venait d'épouser Elyse Robinson, la fille de l'ancien associé de leur père. Après un mois d'absence, le couple rentrait tout juste de lune de miel.

— Je ne peux donc pas passer te voir à l'improviste ? demanda-t-elle en faisant mine de ne pas remarquer le désordre de sa chemise.

— Bien sûr que tu peux, mais c'est plutôt inhabituel de ta part.

Une table ornée de chandeliers et de fleurs était dressée pour le dîner devant la cheminée.

— Oh mon Dieu, je suis désolée ! fit-elle en portant une main à sa bouche. Je suis vraiment stupide. Déranger sans prévenir un couple de jeunes mariés...

Comme elle battait en retraite vers la sortie, son frère lui saisit l'avant-bras et la ramena vers le canapé.

— Je t'en prie, tu ne vas pas repartir aussi vite ! dit-il en l'invitant à s'asseoir.

— Je ne veux pas vous imposer ma présence. Je téléphonerai la prochaine fois avant de passer. Tu voudras bien présenter mes excuses à Elyse.

— Tu peux le faire toi-même, répondit Julian en voyant sa femme apparaître en haut de l'escalier.

La jeune femme portait un déshabillé de soie évasé qui dissimulait en partie ses premiers mois de grossesse.

— Elyse, je suis vraiment navrée...

Sa belle-sœur l'interrompit aussitôt et l'embrassa chaleureusement sur les joues.

— Je suis ravie de te voir, Giana. Ce n'est pas parce que nous sommes mariés que nous allons commencer à vivre en vase clos. Tu sais que j'ai toujours aimé recevoir. Ne vous dérangez pas pour moi ! Je descendais juste me préparer une tasse de thé.

Restée seule avec son frère, Giana s'assit sur le canapé et s'empressa d'aborder le sujet qui lui tenait à cœur.

— Julian, je suis venue te demander conseil. Je me suis mise dans une situation extrêmement embarrassante et j'ai pensé que...

— Que le spécialiste des gaffes pourrait t'aider à t'en sortir.

— Eh bien, je ne voulais pas...

— Ne t'inquiète pas, sœurette ! Ma réputation n'est plus à faire. Roman et toi, vous avez toujours été des modèles de sagesse. Xavier a toujours suivi le droit chemin. Il fallait bien un bouffon pour égayer la fratrie !

Puis, retrouvant son sérieux, il poursuivit :

— Quel est ton problème, Giana ?

Elle soupira avec embarras.

— Eh bien, voilà ! J'ai embrassé un homme dans un ascenseur.

Julian haussa les sourcils.

— Oh ! ce n'est pas si grave ! À moins qu'il ne s'agisse du maire ou du gouverneur ?

— Il s'agit de Wynn Starks, le patron de *Lean*.

— D'après ce que je sais, c'est un homme respectable. Pas du tout un coureur de jupons. Que faisais-tu avec lui ?

— J'étais en train de quitter l'hôtel où se tenait un gala

de bienfaisance. Nous nous sommes retrouvés coincés dans l'ascenseur et puis, une chose en entraînant une autre…

— Vous avez couché ensemble ?

Elle secoua vivement la tête.

— Dieu merci, la cabine a finalement atteint le rez-de-chaussée et j'ai pris mes jambes à mon cou.

Sans doute avait-elle laissé quelques traces de rouge à lèvres sur la bouche de Wynn Starks, mais elle n'était pas restée pour le voir.

— Où est le problème ? fit Julian. Vous vous êtes amusés un moment dans le noir et la lumière est revenue à temps pour siffler la fin de la partie.

— J'aimerais que les choses soient aussi simples.

— Je ne vois rien de très compliqué dans cette histoire.

— Le problème, c'est que je suis censée le convaincre de signer un contrat de sponsoring avec les Cougars.

Julian acquiesça d'un air songeur.

— Je vois. C'est toujours un peu délicat de mélanger les affaires et la vie privée.

— Tu ferais quoi à ma place ?

— J'irais lui parler. Au mieux, il signera le contrat. Au pire, tu finiras dans son lit.

— La deuxième option ne m'intéresse pas.

Le ton un peu trop péremptoire de son affirmation piqua la curiosité de son frère.

— S'il te plaît, Gigi ! Nous n'avons jamais eu de secret l'un pour l'autre. Tu sais bien que tu peux tout me dire.

Elle accepta enfin de se détendre. De ses trois frères, Julian était sans doute le plus indulgent. Elle savait qu'il ne la jugerait pas.

— J'avoue que Wynn ne me laisse pas indifférente. Mais je ne veux pas renoncer à le convaincre de soutenir notre équipe. Papa attend beaucoup de ce partenariat.

— Papa !

Visiblement agacé, Julian fit quelques pas dans la salle de séjour avant de la rejoindre devant le canapé.

— Gigi, tu as toujours travaillé dur pour le club et papa n'a rien à te reprocher. Il faudra qu'un jour tu arrêtes de vouloir satisfaire toutes ses volontés. Tu es déjà sa préférée. Que veux-tu de plus ?

— Ce n'est pas vrai.

— Rien n'est plus vrai, au contraire. Mais rassure-toi, personne ne te le reproche ! Et si tu n'obtiens pas ce contrat avec Wynn Starks, ce n'est pas la fin du monde. Il y a d'autres poissons dans la mer. Grâce à toi, les joueurs de l'équipe bénéficient déjà de nombreux soutiens. Il est temps que tu penses un peu à toi.

Elle lui sourit avec reconnaissance.

— Merci, Julian. C'est exactement ce que j'avais besoin d'entendre.

Le jeune homme s'inclina.

— Ravi d'avoir été utile, petite sœur. Maintenant...

Il leva le regard en direction de l'étage où sa femme s'était à nouveau réfugiée.

— Si ça ne te dérange pas...

Giana se leva aussitôt du canapé.

— Je ne te dérangerai pas plus longtemps. Merci pour tes conseils, Julian. C'est une chance d'avoir des grands frères.

Ils s'embrassèrent tendrement.

— Je suis le meilleur des trois, n'est-ce pas ?

Elle éclata de rire.

— Bien sûr ! Mais ça doit rester un secret entre nous.

Plus détendue qu'à son arrivée, elle s'installa au volant de sa voiture. Julian avait raison. Il était temps qu'elle s'émancipe de la toute-puissance de son père. Wynn Starks lui plaisait et, même si l'épisode de l'ascenseur lui faisait un peu honte, elle mourait d'envie de le connaître mieux. Était-il lui aussi impatient de la revoir ? La seule manière de le savoir était un changement radical de stratégie. Elle devait cesser de le harceler et le laisser venir à elle.

Le lundi matin, la décision de Wynn était prise. Pendant tout le week-end, chacune de ses pensées l'avait ramené à la belle Giana Lockett. Et même si sa raison lui dictait de s'en tenir éloigné, son corps lui tenait un tout autre langage. Après son jogging quotidien, il convoqua son assistant dans son bureau.

— Bonjour, monsieur Starks. En quoi puis-je vous aider ?

— Essayez de joindre Mlle Lockett et passez-la-moi, je vous prie !

— Pardon ?

La confusion de Sam n'avait rien d'étonnant. Jusqu'à présent, la consigne était de bloquer les appels de la jeune femme.

— Vous m'avez bien entendu. Je souhaiterais lui parler.

— Comme vous voudrez, monsieur, je m'en occupe tout de suite.

Quand son assistant eut disparu de la pièce, Wynn se tourna pour contempler la ligne d'horizon formée par les gratte-ciel d'Atlanta. Les bureaux de *Lean* occupaient un étage entier de l'un des immeubles les plus luxueux de la ville. L'entreprise comptait aujourd'hui parmi les sociétés les plus prospères de la région. Un succès magistral que le jeune homme ne devait qu'à lui-même. Issu d'une famille désunie, resté seul avec un père ruiné par un divorce, il avait grandi auprès d'un homme détruit par les agissements d'une épouse malhonnête et cupide. Abandonné par sa mère, révolté par la déchéance de son père, Wynn avait juré de se venger du sort injuste qui l'accablait et, animé d'une hargne peu commune, il avait gravi un à un les barreaux de l'échelle sociale. Après de brèves études commerciales, il avait travaillé dans une usine spécialisée dans la fabrication de boissons énergisantes. Incapable de se satisfaire d'un poste d'exécutant, il avait décidé de fonder sa propre start-up. Sourd aux avertissements de ses amis qui jugeaient l'aventure trop risquée, il avait investi la totalité de ses économies dans son projet. Et il avait réussi.

— Mlle Lockett sur la ligne 1.

La voix de son assistant le tira brusquement de ses pensées.

— Merci, Sam.

Après une longue inspiration, il décrocha le combiné du téléphone.

— Giana…

— Monsieur Starks…

Ses mâchoires se contractèrent.

— Après toutes les émotions que nous avons partagées samedi soir, je pense que nous pouvons nous appeler par nos prénoms.

— Vous êtes sûr ?

Wynn n'avait pas l'habitude de tergiverser.

— Giana, accepteriez-vous de dîner avec moi ?

Le baiser de l'ascenseur était riche de promesses. Il avait la ferme intention de les explorer.

— Un dîner en tête à tête ?

— Évidemment. Nous n'avons pas besoin de témoins.

La ligne resta silencieuse un moment. À quoi s'était-il attendu ? Une femme aussi courtisée ne pouvait accepter toutes les invitations. Il crut judicieux de lui lancer un appât.

— Si vous voulez, nous parlerons du sponsoring des Cougars. C'est un sujet qui vous tient à cœur, je crois.

Elle lui fit aussitôt regretter ses paroles.

— Ne soyez pas hypocrite, monsieur Starks ! Vous n'êtes pas plus intéressé aujourd'hui par les Cougars que vous ne l'étiez jusqu'à présent. La réponse est non.

La main de Wynn se crispa sur le téléphone.

— Giana, vous ne pouvez pas nier cette attirance entre nous. Vous étiez très enthousiaste dans l'ascenseur l'autre soir.

— Comment osez-vous ?

— J'ai l'habitude de me battre pour obtenir ce que je veux. D'après ce que je sais de vous, vous n'êtes pas différente. On vous dit courageuse et très déterminée.

— Je le suis. Ma position ne m'a pas été servie sur un plateau.

— Nous avons beaucoup de choses en commun, vous et moi. J'aimerais beaucoup en discuter avec vous.

Un nouveau silence ponctua la conversation.

— Venez dîner chez moi, ce soir !

Alors qu'elle commençait à lui répondre, il l'interrompit :

— Ne dites pas non ! Prenez le temps de la réflexion. Pensez à ce moment délicieux à l'hôtel. Je jure de vous rendre mille fois plus heureuse, si vous acceptez mon invitation.

Il raccrocha avant de s'entendre opposer un nouveau refus. Il désirait cette femme et rien ne pourrait le dissuader de la serrer encore une fois dans ses bras. Allait-elle succomber à ses avances ? Il l'espérait, sans pour autant en être sûr.

De son côté, Giana hésitait. Elle n'avait guère de doute sur l'issue de leur tête-à-tête mais, si l'idée de finir la nuit dans son lit ne lui déplaisait pas, elle restait convaincue qu'il ne signerait aucun contrat de sponsoring avec le club de football, et cela ne cessait de la contrarier. Refusant d'admettre la défaite, elle se plongea une nouvelle fois dans la lecture du dossier rédigé par Nico et s'attarda sur des éléments qui n'avaient pas suffisamment retenu son attention lors de son premier examen.

Elle était déjà au courant du divorce de ses parents et de la déchéance de son père. Wynn avait évoqué le sujet dans l'un des rares entretiens qu'il avait accordés à la presse. Ce qu'elle avait ignoré jusqu'à ce jour, c'était l'échec de son propre mariage. Giana connaissait Christine Davis. Elles évoluaient dans les mêmes sphères, fréquentaient les mêmes réceptions et consacraient leur temps aux mêmes œuvres de charité. Elle ne fut pas surprise d'apprendre que le divorce du couple avait privé Wynn d'une bonne moitié de la fortune qu'il avait acquise à la sueur de son front. Les femmes comme Christine faisaient de leur confort matériel une priorité et leur sport favori était de mettre les hommes sur la paille.

Le naufrage de son mariage, ajouté à la triste expérience de ses parents, lui avait sans doute servi de leçon. Il se méfiait du rapport que les femmes entretenaient avec l'argent et refusait de conclure des affaires avec elles. Le fait qu'il refuse de rencontrer la directrice du marketing des Cougars n'avait donc rien de surprenant. Giana n'avait pourtant rien de commun avec les bourgeoises cupides et malhonnêtes qu'il avait connues jusqu'alors. L'idée d'être assimilée à ce genre de femmes la révoltait.

Devait-elle saisir l'occasion de ce dîner pour lui montrer qui elle était vraiment ? Absolument. Elle ne pouvait laisser planer le doute sur son intégrité.

L'éclairage tamisé et les accords de jazz plongeaient la villa de Wynn dans une atmosphère douce et accueillante. Ravi d'offrir à sa visiteuse un moment de détente, il posa un chandelier sur la table du séjour et enfila son tablier avant de gagner la cuisine pour y préparer le repas. Tous les ingrédients livrés par le traiteur étaient alignés sur l'îlot central de la pièce. Il avait prévu une salade printanière, assaisonnée d'une vinaigrette à l'orange sanguine, un carré d'agneau et des asperges, le tout arrosé d'un grand cru de Bordeaux.

Jadis, il avait aimé préparer de bons repas pour sa femme,

mais cela n’avait duré que quelques mois. Aujourd’hui, il se mettait rarement en cuisine et se contentait la plupart du temps de plats achetés à l’épicerie et réchauffés au micro-ondes.

Il saupoudrait le plat de viande d’origan et de thym quand le carillon de la porte d’entrée retentit. Elle était venue ! Ravi, il se précipita dans le hall et resta un instant surpris par le spectacle qui s’offrait à sa vue. Loin des tenues très chics et très élaborées dans lesquelles il l’avait vue jusqu’alors, Giana avait choisi une robe en laine d’une grande simplicité. Un châle noir recouvrait ses épaules.

Comme il restait muet, elle avança d’un pas.

— Puis-je entrer ? demanda-t-elle. Il fait un peu froid dehors.

— Bien sûr.

Puis il se recula pour l’inviter à pénétrer dans le hall.

6

— C'est magnifique, déclara-t-elle en entrant.

Giana connaissait bien le quartier. La villa de Wynn se trouvait dans Tuxedo Park, tout près du manoir familial des Lockett. C'était une maison d'architecte dont le style contemporain contrastait avec le charme suranné des résidences bourgeoises érigées le long des avenues.

— Merci, répondit-il dans un sourire.

Elle lui tendit une bouteille choisie avec soin par le majordome dans la cave de ses parents.

— J'espère que vous aimez le vin.

— Ce n'était pas nécessaire. Venez, je vais vous faire visiter !

Elle balaya le grand hall surplombé d'une galerie bordée de colonnes et suivit son hôte dans le grand salon. La pièce était trouée de larges baies vitrées donnant sur une terrasse équipée d'une piscine à débordement et d'un spa. Des étagères en bois sombre recouvraient les murs jusqu'au plafond. Des canapés en cuir étaient disposés en cercle autour d'une cheminée suspendue offrant une chaleur douce et enveloppante.

— Impressionnant, murmura Giana.

— J'ai fait construire cette maison juste après mon divorce, expliqua Wynn avec fierté. Je crois que l'architecte se souvient encore de mes exigences.

Émerveillée par le décor, la jeune femme trébucha sur une

des marches qui descendaient vers la cuisine. Sans le bras secourable de son hôte, elle aurait perdu l'équilibre. Le contact fut électrique. Surprise par la vivacité de sa réaction, Giana détourna les yeux. Wynn, au contraire, resserra sa prise pour l'empêcher de s'éloigner et, de son autre main, il l'obligea à tourner la tête pour lui faire face. Leurs regards agirent comme deux aimants, leurs visages se rapprochèrent et leurs lèvres se fondirent dans un baiser brûlant.

— Nous ne devrions pas, murmura la jeune femme d'une voix tremblante.

— Tu as raison, admit Wynn en la relâchant. Mais la tentation était trop forte.

Il posa sur l'îlot central la bouteille qu'elle avait apportée.

— Et si nous buvions un verre en discutant du sponsoring des Cougars ? Je te l'avais promis.

Giana hocha la tête. Quelques gorgées de vin l'aideraient à se détendre. Elle doutait de l'intérêt de Wynn pour l'équipe de football, mais la discussion lui permettrait de reprendre ses esprits. Pensive, elle le regarda retirer le bouchon et accepta le verre à pied qu'il plaçait entre ses doigts.

— À ta santé ! fit-il dans un sourire.

— À ta santé !

Comme il regagnait son poste devant la cuisinière, elle se plaça à ses côtés et se pencha au-dessus des casseroles.

— C'est toi qui as préparé tout ça ?

— Absolument. J'avais envie de te faire plaisir. Une salade en entrée et un carré d'agneau avec des asperges nappées de sauce hollandaise. Qu'en dis-tu ?

— Je mangerai les légumes avec plaisir. Malheureusement, je devrai renoncer à la viande.

Wynn fronça les sourcils.

— Tu es végétarienne ?

— Pescétarienne, corrigea-t-elle. Je fais parfois quelques exceptions pour le poisson.

— Quel dommage !

Il ouvrit le réfrigérateur pour en inspecter le contenu.

— Je peux te proposer une poêlée de pétoncles, si tu veux.

— Ce serait parfait, répondit Giana dans un sourire.

Une heure plus tard, ils étaient installés autour de la table dressée dans le living. Après deux verres de vin, Giana était beaucoup plus détendue et elle dégustait avec appétit le repas concocté par son hôte.

— Je lève mon chapeau au chef ! fit-elle en nappant ses asperges de sauce. Qui t'a appris à cuisiner ?

— Personne. Je me suis débrouillé seul après le départ de ma mère. Mon père était si déprimé que je ne pouvais pas compter sur lui pour me nourrir.

— Tu as gardé des contacts avec ta mère ?

— Aucun.

Voyant qu'il n'avait pas l'intention de s'étendre sur le sujet, elle ne l'interrogea pas davantage.

— Ton père doit être très fier de tout ce que tu as accompli, observa-t-elle avec douceur.

— Il l'est, en effet. Je dois dire que si j'ai travaillé si dur, c'est en partie pour lui. Je voulais lui donner une nouvelle raison de vivre.

— Les relations que nous entretenons avec nos parents sont déterminantes. Je m'entends bien avec ma mère. C'est un peu plus compliqué avec mon père. Il est dur avec moi, mais je sais qu'il m'adore.

— Tu as dû être choyée comme une princesse.

Giana sourit.

— Je ne le nie pas. Je n'ai jamais manqué de rien. Cela dit, j'ai dû me battre pour affirmer mes ambitions. Contrairement à mes frères, je n'ai pas été encouragée à poursuivre mes études.

— Ta famille voulait que tu sois une mère au foyer investie dans des œuvres de charité ?

— Exactement. À l'image de ma mère. Je ne les ai pas écoutés. J'ai été diplômée de Princeton et j'ai même choisi d'exercer dans un milieu très masculin. Les femmes sont rares dans l'univers du football.

— Tu n'as jamais songé à fonder une famille ?

— Pas vraiment, même si le mariage de mes frères m'a amenée à réfléchir, récemment. Et toi ?

— Et moi ?

La question le mettait visiblement mal à l'aise, mais elle avait envie de le connaître mieux.

— Tu as l'intention de vivre seul jusqu'à la fin de tes jours ?

Il haussa les épaules d'un air songeur.

— Disons que si je rencontrais la bonne personne, je pourrais envisager à nouveau de fonder une famille.

— Tu l'aimais ? demanda-t-elle encore.

À son expression soudain renfrognée, elle comprit qu'elle avait poussé le bouchon un peu loin. Elle ne renonça pas pour autant.

— Ton ex-femme ? Tu l'aimais ?

— Au début, je le croyais. Mais j'ai très vite compris que mon attirance pour elle était purement physique. Nous n'avions rien en commun. Nous ne partagions pas les mêmes valeurs.

— Les valeurs, il n'y a rien de plus important. Dans la vie privée, comme dans le monde professionnel. C'est ce que nous essayons d'enseigner à nos jeunes joueurs.

Wynn reposa son verre et leva sur son invitée un regard amusé.

— Nous voilà revenus à ton sujet de prédilection ! fit-il en ramassant les assiettes pour les porter dans la cuisine. Les Cougars d'Atlanta !

— Tu ne pensais pas que j'allais abandonner la partie ?

Elle le suivit et déposa le plat d'asperges sur l'îlot.

— À ce propos, il m'est venu une idée. J'ai cru apercevoir une table de billard près de l'entrée. Je me trompe ?

— Tu as envie de jouer ?

— J'ai envie de te lancer un défi. Si je gagne la partie, tu acceptes de signer avec l'équipe de foot.

— Et si c'est moi qui l'emporte ?

Elle hésita un instant.

— Je ne sais pas. Qu'est-ce qui te ferait plaisir ?

— À ton avis ?

Il contourna l'îlot et enroula un bras autour de sa taille pour l'attirer contre lui.

— Nous pourrions reprendre notre baiser là où nous l'avons interrompu tout à l'heure et apprendre à nous connaître un peu mieux.

Pour Giana, le pacte était avantageux dans les deux cas. Soit elle obtenait enfin le sponsoring tant convoité, soit elle passait une nuit délicieuse dans les bras d'un homme infiniment séduisant.

— Marché conclu ! fit-elle en lui tendant la main.

— Avec plaisir, répondit Wynn sans douter un instant de sa victoire.

Peu après, il installait les billes en triangle sur le tapis vert et commençait à lui expliquer les règles du jeu.

— Je sais tout ça, soupira-t-elle avec impatience.

Elle s'empara d'une canne et en recouvrit habilement l'extrémité d'un peu de craie.

— Tu sais vraiment jouer ? demanda-t-il, un peu frustré de ne pouvoir lui transmettre ses connaissances.

— Tu me crois assez stupide pour me lancer dans un match perdu d'avance ? Tu veux tirer à pile ou face pour savoir qui commence ?

— Ce n'est pas nécessaire. Tu es mon invitée. À toi l'honneur !

— Très bien, à moi de casser le jeu !

Elle prit appui sur sa jambe gauche, tendit son bras au-dessus de la table et posa la paume de sa main sur le feutre. D'un coup rapide et sec, elle fit glisser la canne entre ses doigts et distribua habilement les boules sur la table. Ses trois premiers tirs furent couronnés de succès, mais la quatrième boule s'immobilisa à quelques centimètres de la poche.

— Bravo ! s'exclama Wynn. Tu es douée.

— Je me suis beaucoup entraînée pour avoir le droit de jouer avec mes frères. Je les suivais partout. Au billard, au foot et même au hockey. J'aurais tout fait pour éviter de rester à la maison avec ma mère. Quand elle me voyait rentrer, recouverte de bleus, elle était horrifiée.

Wynn prit position au-dessus de la table.

— On dirait que tu as appris à te battre.

— En effet. La plupart des gens me prennent pour une enfant gâtée, mais ils se trompent.

— Boule rouge, poche gauche.

Il se concentra sur son tir et enchaîna deux coups gagnants. La troisième boule n'atteignant pas sa cible, il repassa la main à Giana. Celle-ci recula d'un pas pour observer le tapis et décider de sa stratégie.

— Le sport est sans doute la meilleure école de la vie, poursuivit-elle avant d'orienter à nouveau sa canne. On y apprend l'effort, l'esprit d'équipe, le partage et le respect de ses adversaires.

Elle envoya une boule dans la poche droite.

— Ces valeurs sont défendues par l'équipe des Cougars. Les prix remportés à l'occasion des rencontres nous permettent de renflouer notre fondation et de soutenir des œuvres d'utilité publique. Nos joueurs sont fiers de s'investir dans des causes justes.

— Un vrai spot publicitaire ! s'exclama Wynn.

Le commentaire moqueur déconcentra la jeune femme et elle manqua son tir. Blessée, elle reposa sa canne sur la table, comme si elle avait décidé d'abandonner la partie.

— Giana, je suis désolé.

Elle secoua la tête avec dépit.

— Tu n'as pas le droit de mettre en doute ma sincérité. Si je ne suis pour toi qu'une petite fille riche qui cherche à tuer le temps en se consacrant à des œuvres de charité, alors je n'ai plus rien à faire ici.

Elle pivota sur ses talons et se précipita hors de la pièce. Comme elle jetait son châle sur ses épaules, Wynn s'approcha pour lui prendre la main.

— Giana, reste, s'il te plaît !

— Pour quoi faire ? Pour m'exposer encore à ton mépris ? Non, merci.

— Pardonne-moi ! J'ai été grossier et j'en suis sincèrement désolé. Finissons la partie !

Comme ses excuses semblaient impuissantes à la convaincre, il avança un nouvel argument.

— Tu ne vas tout de même pas déclarer forfait ? Ce n'est pas ton genre.

Piquée dans son orgueil, elle soupira et le suivit dans la salle de billard. Très concentrés, les deux joueurs se livrèrent alors une âpre bataille. Giana gagna la première manche. Wynn remporta la deuxième. Persuadée que la victoire ne pouvait lui échapper, la jeune femme renoua avec son sujet favori et se mit à vanter les qualités de Curtis, la nouvelle star de l'équipe de football.

— N'importe quelle entreprise accepterait de soutenir ce garçon, observa Wynn. Pourquoi insistes-tu pour signer un contrat avec moi ?

À cet instant, il réussit un coup majeur et sa boule glissa à toute vitesse sur le feutre. Giana fronça les sourcils. La partie était loin d'être gagnée.

— Le père de Curtis ne tarit pas d'éloges sur ton parcours. Tu incarnes pour lui l'image du courage et de la réussite. Il te cite toujours en exemple et voudrait que tu deviennes un modèle pour son fils.

Wynn se redressa et posa sa canne sur la table.

— Pourquoi ne m'en as-tu jamais parlé ?

— Parce que tu ne m'en as jamais laissé l'occasion.

Songeur, il reprit le jeu et manqua son nouveau tir.

— J'ai eu tort, admit-il. Je ferais bien de rencontrer ce garçon.

La boule de Giana atteignit directement son objectif, lui permettant de rattraper le score de son adversaire.

— Égalité !

Pressée de l'emporter, elle joua le coup suivant avec trop de précipitation. Wynn prit son tour et conclut la partie en deux mouvements fluides et précis.

— Je crois bien que tu as perdu, dit-il, un sourire malicieux au coin des lèvres.

— Un gentleman m'aurait laissée gagner.

— L'enjeu était trop important. Je ne pouvais pas y renoncer.

Il contourna la table pour la rejoindre et, sans lui laisser le temps de deviner ses intentions, il la souleva de terre.

— Joli trophée ! observa-t-il en la portant hors de la pièce.

Giana n'opposa aucune résistance. N'avait-elle pas gagné sur les deux tableaux ?

7

Wynn déposa Giana sur son lit et se pencha lentement au-dessus d'elle. Il avait espéré cet instant depuis des jours. Il mordilla la lèvre inférieure de la jeune femme et, lorsque sa bouche s'entrouvrit, leurs langues se mêlèrent dans un baiser riche de promesses. Le gémissement qui jaillit de la gorge de Giana le ravit. Il aimait sa réactivité. L'expression de son désir nourrissait ses propres envies. Impatientes, ses mains glissèrent le long de sa silhouette avant de remonter sur son buste pour deviner le renflement de ses seins à travers l'étoffe de sa robe. Très vite, l'épaisseur du tissu devint un obstacle à ses caresses. Il l'aida à s'asseoir et fit passer son vêtement au-dessus de sa tête. Émerveillé par le spectacle qui s'offrait à sa vue, il marqua une pause avant de faire courir ses lèvres sur la courbe gracieuse de ses épaules, le long de son cou, jusqu'à la zone sensible de son oreille. Comme elle se mettait à trembler contre lui, il voulut l'allonger de nouveau. Elle se redressa vivement. La passivité n'était pas dans son caractère.

— Je ne suis pas une poupée de cire, déclara-t-elle en posant deux mains fermes sur ses épaules. Je sais prendre des initiatives, moi aussi.

Elle dégrafa habilement les boutons de sa chemise avant de la lancer au pied du lit.

— Je ne vais pas m'en plaindre, murmura Wynn. Tu peux faire ce que tu veux de moi.

Il se tut lorsque la langue humide de la jeune femme effleura ses tétons. Comme il cherchait à approcher de nouveau ses mains, elle les écarta avec autorité et commença à défaire sa ceinture. Docile, il la laissa abaisser la fermeture Eclair de son jean et, bientôt, pantalon et caleçon rejoignirent la chemise sur le sol. Sans lui laisser le temps d'esquisser un geste, elle le poussa sur le matelas, prit son sexe dans sa main et le serra fermement en le caressant de haut en bas. Wynn abaissa les paupières pour mieux goûter son plaisir mais, très vite dépassé par les sensations délicieuses, il tenta de saisir ses doigts pour les immobiliser. La détermination de Giana ne faiblit pas et, lorsqu'elle se pencha pour taquiner son pénis avec sa bouche, il renonça à reprendre le contrôle. Ses cuisses se contractèrent et il leva une main pour la passer dans ses cheveux et les ébouriffer.

— Giana...

Impuissant à contenir son excitation, il s'abandonna aux vagues de plaisir qui le submergeaient. Il rejeta la tête en arrière, tandis que l'orgasme lui arrachait un cri rauque, jailli du plus profond de son être. Giana semblait heureuse d'avoir pu lui offrir une libération aussi intense et elle posa la tête sur son torse tout en maintenant sa paume sur la chaleur de son sexe. La trêve fut de courte durée. À peine eut-il repris son souffle que Wynn la renversait sur le dos pour la soumettre à l'assaut de ses caresses. Fébrile, il dégrafa son soutien-gorge et fit glisser le long de ses jambes le triangle de soie qui recouvrait son pubis.

Subordonnée à son tour au bon vouloir de son amant, Giana ferma les yeux tandis qu'il mordillait doucement le bout durci de ses seins avant de les aspirer dans sa bouche. Impatiente, elle bomba le torse pour mieux lui offrir sa poitrine. Portée au comble du bonheur, elle sentit alors ses mains descendre le long de son ventre et s'insinuer entre ses jambes. Un sentiment d'urgence la saisit, un besoin impérieux d'unir enfin son corps à celui de Wynn.

Désireux de voir son exigence grimper encore plus haut, il enfouit son visage entre ses cuisses et, quand sa langue écarta ses plis humectés de désir, elle poussa un cri bouleversant. Expression d'une joie délicieuse, une chaleur intense naquit au creux de ses reins et enfiévra tous ses membres. Son cœur battait à tout rompre.

Perdue dans les brumes d'une étrange commotion, elle sentit confusément son compagnon s'éloigner pour ouvrir le tiroir de la table de chevet. Muni d'un préservatif, il roula à nouveau au-dessus d'elle, prit lentement possession de sa bouche avant d'effleurer de ses lèvres le contour de sa mâchoire et son cou. Giana renversa la tête en arrière et gémit. Alors seulement, il écarta ses cuisses pour s'introduire en elle.

— Tu aimes, n'est-ce pas ?

— Oui, Wynn, ne t'arrête pas, je t'en prie !

Les doigts agrippés à son dos musclé, les seins fermement pressés contre ses pectoraux, elle entra dans la danse de ses mouvements mesurés et lents. Puis, les jambes enroulées autour de sa taille, les hanches assaillies par ses poussées puissantes, elle se laissa emporter dans le rythme accéléré de son va-et-vient. Arrivée aux portes du plaisir ultime, elle tenta de retenir l'explosion de ses sens.

— Laisse-toi aller, Giana ! murmura-t-il à son oreille.

Vaincue par la force d'un orgasme irrépressible, elle s'abandonna à la volupté qui la submergeait. Puis, soucieuse de rendre à son amant le bonheur éprouvé, elle resserra à nouveau son étreinte pour l'inviter à la rejoindre. Il frissonna violemment et laissa à son tour exploser sa jouissance. L'esprit vide et le corps rassasié, ils s'endormirent tous deux dans les bras l'un de l'autre.

À leur réveil, l'obscurité avait envahi la pièce. Wynn étira paresseusement le bras vers l'interrupteur de la lampe de chevet avant de se retourner vers sa compagne, un sourire satisfait au coin des lèvres.

— Ne me regarde pas avec cet air triomphant ! murmura Giana. J'étais à deux doigts de remporter la partie de billard.

— C'est vrai, admit-il de bon cœur. Mais même si j'avais perdu, tu aurais fini dans mon lit.

— Tu es bien sûr de toi !

Pourtant, il disait vrai. L'épisode mémorable de l'ascenseur l'avait profondément bouleversée et, sans le désir d'approfondir leur relation, elle n'aurait pas accepté son invitation à dîner.

— Dis-moi que tu n'attendais pas ce moment autant que moi ! lui dit Wynn.

Il semblait lire dans ses pensées comme dans un livre ouvert.

— Je plaide coupable, concéda-t-elle. D'ailleurs, j'ai bien l'intention d'en profiter encore un peu.

Joignant le geste à la parole, elle se redressa pour se placer à califourchon sur son bassin.

— Je suis d'accord, murmura-t-il. La nuit ne fait que commencer.

Longtemps après, leurs deux corps épuisés reposaient, enlacés sur le lit. Sortie de sa torpeur, Giana entendait la respiration régulière de son amant. Il dormait profondément. Comme elle n'osait bouger, de peur de le déranger, un trouble profond l'envahit. Le souvenir de leurs étreintes l'affola. Elle se sentit désorientée. La force de l'acte sexuel qui les avait unis l'étourdissait. Jamais un homme ne l'avait emportée dans des sphères aussi vertigineuses. Le constat la comblait et l'effrayait à la fois. Une seule nuit d'amour avait suffi à insinuer en elle une drogue puissante et elle craignait de ne pouvoir s'en passer.

Ressentant le besoin d'être seule pour se ressaisir, elle se glissa hors de ses bras et se leva aussi discrètement que possible. Ses vêtements et ses chaussures à la main, elle avança à pas de loup jusqu'à la salle de bains. Lorsqu'elle croisa son reflet dans le miroir, elle eut peine à se reconnaître. Son visage rougi, les traces de maquillage au-dessous de ses yeux et ses cheveux en bataille contrastaient avec son apparence habituellement si soignée.

Redoutant de devoir affronter le regard de son amant, elle décida de fuir. Passant devant la chambre, elle aperçut une dernière fois son corps endormi par l'embrasure de la porte. Elle descendit au rez-de-chaussée et jeta hâtivement son châle sur ses épaules. Tremblant de tous ses membres, elle quitta la maison et s'installa au volant de sa voiture.

Il était plus de 4 heures du matin lorsque Giana pénétra dans la cuisine de la résidence familiale des Lockett. Les aventures de la nuit lui avaient ouvert l'appétit et elle savait qu'elle trouverait son bonheur dans le garde-manger de ses parents. Elle fermait le réfrigérateur après avoir rempli son assiette quand une silhouette vêtue de noir se glissa à l'intérieur de la pièce.

— Xavier ! soupira-t-elle quand son frère eut retiré la capuche qui lui dissimulait le crâne. Tu m'as fait la peur de ma vie.

— Qu'est-ce que tu fais là ? demanda-t-il, tout aussi surpris de sa présence. Ce n'est pas une heure pour une jeune femme respectable.

— Quel toupet ! Tu es vraiment le plus macho de la fratrie !

Elle tartina un toast de beurre et y déposa une tranche de saumon fumé.

— Je suis quand même contente de te voir. Où avais-tu disparu ces derniers temps ?

— J'ai été très occupé, répondit-il évasivement.

— Mais encore ? Tu sais que tu peux tout dire à ta petite sœur.

Il versa le contenu d'une canette de bière dans un verre.

— Je veux bien te confier un secret, mais c'est donnant donnant. Tu dois me dire, toi aussi, ce que tu fais là au milieu de la nuit.

Elle fronça les sourcils et mordit pensivement dans son toast.

— D'accord, mais c'est toi qui parles le premier.

— Je ne peux pas dire grand-chose pour le moment. Je ne voudrais pas compromettre la réputation de la demoiselle. Mais cette fois, je crois que c'est du sérieux.

Elle le scruta attentivement.

— Vraiment ? Pourquoi je ne suis pas au courant ?

— Nous avons décidé de rester discrets. C'est une personne assez célèbre et tous ses faits et gestes sont épiés par la presse. De mon côté, je n'ai pas envie d'éveiller la curiosité de la famille. Tu connais maman.

Giana hocha la tête en silence.

— Vous comptez vous marier en secret ? demanda-t-elle après un temps.

Xavier reposa son verre sur le comptoir.

— Je ne sais pas. Nous n'avons rien décidé pour l'instant. Et toi, qu'est-ce que tu as à me dire ?

Elle haussa les épaules.

— Rien d'aussi croustillant, j'en ai peur.

— Tu mens. À en juger par ta coiffure, tu as dû bien t'amuser. Comment s'appelle-t-il ?

Elle passa une main dans ses cheveux et ignora sa question.

— Allez, sœurette, n'aie pas honte ! Tout le monde a le droit de s'amuser un peu.

Elle sentit ses joues chauffer. Aborder un sujet aussi intime avec son frère lui était impossible.

— Tu n'es pas différente des autres, Giana. Tu as beau

clamer ton indépendance sur tous les toits, tu as des besoins, comme tout le monde.

Elle secoua résolument la tête.

— Je refuse d'avoir cette conversation avec toi.

— Comme tu voudras ! soupira-t-il. Mais si tu as envie de parler, tu sais où me trouver. Tu peux me faire confiance. Je suis muet comme une tombe.

Il acheva son verre de bière et remit sa capuche sur sa tête.

— Je vais me coucher. Et tu devrais en faire autant avant que les parents ne débarquent dans la cuisine. Imagine la tête qu'ils feraient devant les cheveux en pétard de leur petite princesse !

Il l'embrassa sur le front et quitta la cuisine. Restée seule, Giana se laissa rattraper par les souvenirs brûlants des heures passées avec Wynn. Xavier avait raison. Elle avait droit, elle aussi, à ses moments de plaisir et assumait sans honte son aventure d'un soir. Elle quitta le manoir des Lockett pour regagner son appartement, bien décidée à tirer un trait sur les péripéties de la nuit.

8

Un rayon de soleil pénétrant dans la chambre tira Wynn de son sommeil. Il était seul dans son lit. À côté de lui, les draps étaient froids.

— Giana ?

N'obtenant pas de réponse, il se leva d'un bond et se précipita dans la salle de bains. Personne. Lentement, il retourna sur ses pas et regarda autour de lui. Les vêtements de la jeune femme, éparpillés sur le sol quelques heures auparavant, avaient disparu. Pourquoi s'était-elle sauvée sans rien dire ? Il aurait aimé la raccompagner à sa voiture, lui souhaiter une bonne journée. Mieux encore, préparer un délicieux petit déjeuner et le servir dans son lit.

Alors qu'il fermait les yeux pour mieux imaginer les baisers, les caresses et les étreintes qu'ils auraient pu partager, les souvenirs de la nuit éveillèrent à nouveau son désir. Frustré, il passa sous la douche pour tenter d'apaiser le bouillonnement du sang dans ses veines. Giana Lockett était une femme très séduisante. Ils avaient partagé une nuit d'amour et l'histoire s'arrêtait là. C'était une aventure sans lendemain. Il devait en accepter l'idée. Mais, comme il fermait les boutons de sa chemise, une tout autre évidence s'imposa à son esprit. Il avait envie de la revoir. Quel mal y avait-il à profiter des plaisirs de la vie ?

— Tu voulais me voir ? demanda Giana en pénétrant dans le bureau de Roman.

Sans y être invitée, elle s'installa confortablement sur le canapé réservé aux visiteurs. La nuit avait été courte et le café très corsé qu'elle avait pris avant de quitter son appartement n'avait pas suffi à la désengourdir. D'humeur bien peu laborieuse, elle avait revêtu une robe imprimée très éloignée des tailleurs stricts qu'elle arborait généralement pendant les heures de travail.

— Assieds-toi, je t'en prie ! fit Roman, très agacé par son comportement sans-gêne.

— Tu es mon frère, soupira-t-elle. À quoi bon tant de cérémonie ?

— À quoi bon, en effet ?

Il se redressa dans son fauteuil et aborda sans plus tarder le sujet qui l'intéressait.

— Je viens de m'entretenir avec le père de Curtis. Il m'a interrogé sur les résultats de notre recherche de sponsors. Je voulais savoir si tu avais avancé avec *Lean*.

Elle porta une main à sa bouche pour étouffer un bâillement.

— Pardon.

— Tu es fatiguée ?

— Tu n'as pas idée.

Roman plissa le front.

— Des insomnies ?

— Euh non, pas exactement. Pour en revenir à *Lean*, Wynn a finalement accepté de signer.

— Wynn ? Tu l'appelles par son prénom, maintenant ?

Giana lissa les plis imaginaires de sa robe et ignora délibérément la question.

— Tu pourrais me féliciter. C'est un contrat très juteux pour l'équipe.

— J'étais sûr que tu parviendrais à tes fins. En matière de négociations, tu es la meilleure d'entre nous.

— Merci. J'espère que papa sera satisfait.

— Satisfait ? fit la voix tonitruante de Josiah Lockett depuis le pas de la porte. À quel sujet ?

— Décidément, soupira Roman. Tout le monde entre ici comme dans un moulin.

— Je ne suis pas tout le monde, corrigea l'intrus. Et de quoi parliez-vous ?

Une deuxième silhouette se dessina dans l'encadrement de la porte.

— Giana a su trouver les arguments pour me convaincre, déclara Wynn. Je serai heureux d'apporter mon soutien aux Cougars.

— Dieu du ciel ! s'exclama Roman en levant les bras au ciel. Si je suis de trop, vous n'avez qu'à me le dire !

Indifférente à l'indignation de son frère, Giana regardait, bouche bée, l'homme qui pénétrait dans la pièce à la suite de son père.

— C'est bien vrai ? demanda ce dernier en posant un regard inquisiteur sur sa fille. Tu as convaincu M. Starks ?

Giana déglutit, puis elle se leva précipitamment.

— Tout à fait vrai, papa.

Puis, offrant à Wynn son sourire le plus commercial, elle poursuivit :

— C'est très gentil à vous de passer nous voir, monsieur Starks. Je parlais justement de vous avec mon frère.

— Excellente nouvelle pour commencer la journée ! s'enthousiasma Josiah. Je suis sûr que nous réaliserons de grandes choses ensemble.

L'embarras de Giana était manifeste. Wynn l'observait avec amusement.

— De grandes choses, en effet, approuva-t-il, un éclair de

malice dans les yeux. Mais nous n'avons pas encore discuté tous les termes du contrat. J'exige l'exclusivité dans cette nouvelle relation.

Refusant de se laisser troubler par l'ambiguïté de ses paroles, elle resta sur le terrain purement professionnel.

— Quel genre d'exclusivité ? demanda-t-elle.

— Je voudrais être certain que vous ne ferez appel à aucun autre distributeur de boissons.

— Cela me paraît tout à fait possible.

Elle se tourna vers son frère.

— N'est-ce pas, Roman ?

— C'est possible, en effet. À condition que cette clause d'exclusivité se limite à Curtis et qu'elle ne concerne pas les autres joueurs de l'équipe.

Wynn reporta son attention sur la jeune femme.

— Pouvons-nous régler ce genre de détails pendant le déjeuner ?

— Bien sûr ! approuva Josiah en posant une main dans le dos de sa fille pour la pousser jusqu'à lui. Gigi en serait ravie. N'est-ce pas, Gigi ?

Sans attendre son assentiment, Wynn lui prit le bras avec fermeté.

— Ravi de vous avoir rencontrés, messieurs.

Il leur adressa un signe de tête et conduisit Giana jusqu'à la rangée d'ascenseurs.

— À quoi tu joues, exactement ? murmura-t-elle en souriant à l'une de ses collègues qui passait au même instant dans le couloir.

Les portes d'une des cabines coulissèrent et ils s'engouffrèrent à l'intérieur.

— Tu ne m'as pas dit bonjour ce matin.

Quand l'appareil se trouva entre deux étages, il appuya sur le bouton d'arrêt.

— Juste un baiser, fit-il en glissant une main dans ses cheveux.

Bien qu'ennuyée par son attitude très dominatrice, elle abaissa les paupières et lui offrit ses lèvres.

— Qu'est-ce qui nous arrive, Giana ?

Elle se tourna vers le miroir pour remettre de l'ordre dans sa coiffure.

— Rien de très original, répondit-elle. L'alchimie habituelle entre un homme et une femme.

Il l'obligea à lui faire face et plongea son regard dans le sien.

— Une alchimie plutôt explosive, tu ne trouves pas ?

Elle s'écarta et appuya sur le bouton du rez-de-chaussée.

— Explosive ou pas, nous devrons nous efforcer de l'ignorer.

Il la fixa sans comprendre.

— Pourquoi ?

— Parce que nous allons travailler ensemble. Il ne faut pas tout mélanger.

Wynn s'apprêtait à lui répondre quand les portes s'ouvrirent. Il posa une main sur le bas de son dos et la poussa vers la sortie.

— Où allons-nous ?

— Dans ma voiture. Mon chauffeur nous attend.

Sans protester, elle se laissa conduire jusqu'à la limousine garée le long du trottoir. Comme le véhicule s'engageait dans la circulation intense du milieu de journée, elle se réfugia à l'extrémité de la banquette. La proximité de Wynn la troublait. Elle éprouvait le besoin de recréer entre eux une distance salutaire.

— Était-il nécessaire de venir à mon bureau ce matin ? Un coup de téléphone aurait suffi pour conclure les termes de notre accord.

— Tu es partie de chez moi comme une voleuse. J'avais besoin de te voir.

— Je ne suis pas partie comme une voleuse, protesta-t-elle. J'avais beaucoup à faire.

L'irruption de Wynn avait bousculé son emploi du temps. Il lui faudrait joindre son assistante pour la prier de réorganiser sa journée.

— Le monde entier ne tourne pas autour de toi, ajouta-t-elle d'un ton acerbe.

— Tu as raison, dit-il. Avoue tout de même que nous avons passé une nuit exceptionnelle ! J'étais déçu de ne pas te trouver près de moi, ce matin. J'aurais aimé te préparer un bon petit déjeuner. Des œufs brouillés aux truffes, quelques tranches de bacon, une orange pressée et un café bien noir. De quoi nous redonner des forces.

Elle lui sourit d'un air amusé.

— C'est ainsi que tu gâtes toutes les femmes qui partagent ton lit ?

— Ne me fais pas passer pour un grand séducteur ! Mon mariage m'a servi de leçon. Je suis devenu un homme méfiant et plutôt réservé.

— Réservé ? Comme l'autre soir, au gala de bienfaisance ?

L'arrivée au restaurant le dispensa de répondre. Le chauffeur descendit de voiture pour leur ouvrir la portière et ils pénétrèrent dans un établissement où les boiseries sombres, les nappes blanches et les chandeliers créaient une atmosphère très feutrée. Aussitôt accueillis par un maître d'hôtel en livrée, ils furent dirigés vers un coin retiré de la grande salle.

— Cette table vous convient-elle, monsieur Starks ?

— Elle est parfaite, répondit Wynn en invitant Giana à s'asseoir.

Il accepta le menu et le reposa aussitôt. Manifestement, la nourriture n'offrait pour lui que peu d'intérêt.

— Y a-t-il quelqu'un dans ta vie, Giana ?

La jeune femme ne chercha pas à dissimuler sa surprise.

— Pour un homme réservé, je te trouve bien curieux.

— Je m'intéresse à toi, c'est tout.

Elle haussa les épaules.

— Eh bien non, il n'y a personne dans ma vie. Entre nous, mes responsabilités professionnelles ne me laissent guère de loisirs.

— Même pas une aventure de temps à autre ?

— Rien de sérieux.

— Tu n'as jamais été fiancée ?

— Une fois. Nous étions tous les deux étudiants dans la même école de commerce. Mais quand il a commencé à me parler de fonder une famille, j'ai pris peur. Il avait une vision très conservatrice du couple. Pour lui, la place d'une femme était à la maison, auprès de ses enfants.

— Il t'a déçue.

— Énormément. Depuis, je préfère me consacrer à mon travail.

Quand le serveur eut enregistré leur commande, Giana orienta la conversation sur le terrain professionnel et vanta longuement les retombées publicitaires que *Lean* pouvait espérer d'un contrat avec le joueur fétiche des Cougars. Wynn l'écouta avec intérêt, puis il aborda la clause d'exclusivité qui lui tenait à cœur.

— Mon principal concurrent est un homme sans scrupules. Blaine Smith est capable de faire les yeux doux à Curtis, s'il voit une occasion de me voler une part de marché.

— J'ai eu l'occasion de rencontrer Blaine, dit Giana. Il ne m'a pas laissé une très bonne impression.

— Et pour cause ! C'est un requin de la pire espèce. Quand j'ai commencé à réunir des fonds pour créer mon entreprise, il m'a pillé toutes mes idées et il m'a coiffé au poteau grâce à l'argent de ses parents. J'ai mis des années à récupérer le créneau qu'il m'avait volé. Je me méfie de lui comme de la peste. J'espère que les Cougars ne traiteront jamais avec lui.

— Concernant Curtis, tu n'as aucun souci à te faire. Tu auras l'exclusivité. Pour ce qui est des autres joueurs, je ferai mon possible, mais je ne peux rien te promettre.

— Je comprends et je te remercie pour ta franchise. J'ai hâte de rencontrer ce jeune prodige.

— Je vais appeler son père et organiser un rendez-vous.

Le reste du repas se déroula dans une atmosphère détendue. Ils échangèrent leurs idées et convinrent sans difficulté d'une stratégie de communication. Le dessert achevé, Giana reposa sa serviette et se leva de table.

— Je suis désolée de partir aussi vite, mais j'ai une réunion en début d'après-midi.

Wynn s'efforça de dissimuler sa déception. Il n'aimait pas être ainsi congédié.

— Je vais te raccompagner, fit-il en la suivant vers la sortie.

— Ce n'est pas nécessaire. Mon assistante m'a envoyé une voiture.

Sans doute l'avait-elle appelée quand elle s'était absentée pour se rendre au vestiaire. Avait-elle peur de se retrouver seule avec lui ? Il la suivit à contrecœur vers la sortie. Une fois sur le trottoir, il posa une main sur son avant-bras pour la retenir.

— J'ai été heureux de partager ce moment avec toi, Giana.

Il la regarda intensément et effleura sa joue d'un geste tendre.

— Bonne fin de journée, ajouta-t-il. À bientôt.

Il pivota sur ses talons et retourna à l'intérieur du restaurant, la laissant seule et quelque peu désemparée au milieu du trottoir.

9

— Alors, il paraît que tu as mis Wynn Starks dans ta poche ?

Julian applaudissait en s'approchant du bureau de Giana.

— Félicitations, sœurette. Mais comment as-tu fait ? Il y a un mois, il refusait de prendre tes appels, et maintenant il te mange dans la main. On dirait que tu as sorti le grand jeu.

La voyant rougir, il fronça les sourcils.

— Ne me dis pas que tu as... que vous... ?

— Eh bien...

Elle se racla la gorge avec embarras.

— Disons que nous avons passé une soirée en tête à tête ! Mais, rassure-toi, ça ne se reproduira pas.

— Tu en es sûre ?

— Certaine, répondit-elle fermement.

Elle ne pouvait s'impliquer dans une relation intime avec Wynn sans risquer de mettre en péril la transaction commerciale pour laquelle elle avait tant travaillé.

Le doute se peignit sur le visage de Julian.

— D'après ce que je sais de lui, cet homme ne renonce pas facilement.

— Mais que sais-tu de lui, exactement ? Tu t'es renseigné sur son compte ?

— J'ai lu, comme toi, le dossier de Nico.

— Pour quoi faire ?

Il haussa les épaules.

— Quand ma petite sœur se met à jouer dans la cour des grands, j'éprouve le besoin de la protéger.

Giana quitta son fauteuil pour se rapprocher de la fenêtre.

— Je n'ai pas besoin de garde du corps, fit-elle, le regard plongé au-dehors. Je suis capable de me débrouiller seule.

— Je n'en doute pas, Gigi, mais…

Il posa les mains sur ses épaules et l'obligea à se retourner pour lui faire face.

— Je voulais seulement m'assurer que Wynn Starks était un homme fréquentable. Tu ne m'en veux pas ?

Elle lui sourit tendrement.

— Tu sais bien que je ne reste jamais en colère contre toi très longtemps.

— Très bien. Alors, si tu permets, je vais te laisser. Je dois conduire l'avant-centre de l'équipe à la clinique.

Après son départ, Giana s'interrogea sur l'avenir de sa relation avec Wynn. Elle n'était pas certaine de pouvoir résister à ses avances, s'il se montrait trop insistant. Sa proximité la troublait au-delà de toute raison. Habituée à une petite vie très tranquille, elle n'aimait pas l'ascendant qu'il exerçait sur elle. Aurait-elle la force de le repousser ?

Wynn était de fort mauvaise humeur. Depuis deux jours, il essayait en vain de parler à Giana. Son assistante avait clairement reçu la consigne de faire barrage à ses appels. Les rôles étaient inversés. Après l'avoir tenue à distance pendant des mois, il essuyait aujourd'hui son refus de tout contact. S'il s'agissait d'une vengeance, il la trouvait bien stupide. Pourquoi tourner le dos à une si belle complicité ?

Refusant de s'apitoyer sur son sort, il décida de consacrer sa soirée à son filleul. Donnell Evans était élevé par une mère célibataire qui cumulait deux emplois pour fournir à son fils adoptif le confort matériel dont il avait besoin. C'était un bon garçon et Wynn était heureux de lui procurer la présence masculine dont il avait besoin.

Il le trouva sur le terrain de basket en compagnie de son ami Silas qui avait, lui aussi, choisi de passer quelques heures avec Eric, son petit protégé.

— Salut, les gars ! Je peux me joindre à vous ?

Silas lui donna une accolade en guise de bienvenue et les deux garçons s'approchèrent pour le saluer.

— Quoi de neuf, Donnell ? demanda Wynn.

Il toisa son filleul de la tête aux pieds.

— J'ai l'impression que tu as pris dix centimètres depuis la dernière fois.

— Je vais bien, monsieur Starks.

— Tu peux m'appeler Wynn, je te l'ai déjà dit.

— Je sais, monsieur Starks, mais ma mère me tuerait si elle m'entendait.

— On fait un match à deux contre deux ? suggéra Silas.

— Carrément ! répondirent en chœur les deux adolescents.

Le dernier panier de Donnell fut décisif et son équipe remporta la partie après un combat acharné.

— Je crois qu'on a mérité un bon hamburger ! s'exclama Silas en reprenant son souffle. Ce soir, c'est moi qui régale. Allez récupérer vos affaires, les garçons ! On vous attend sur le parking.

Puis, s'éloignant lentement du terrain de jeu avec son ami, il ajouta :

— Tu étais déchaîné, ce soir.

— Vraiment ?

Wynn s'arrêta devant un distributeur de boissons, acheta quatre bouteilles d'eau et avala d'un trait le contenu de la sienne.

— Un vrai chien fou, reprit Silas. Quelque chose à voir avec une certaine Giana Lockett ?

Wynn se retourna en direction des vestiaires d'un air embarrassé.

— Ce n'est ni le moment ni l'endroit, protesta-t-il.

— Mon intuition me dit qu'il s'est passé quelque chose entre vous. Tu peux tout de même me le dire.

L'arrivée des garçons dispensa l'intéressé de répondre.

— On prend ma voiture, déclara-t-il. Allez, montez !

Quelques minutes plus tard, le petit groupe débarquait dans un restaurant voisin, réputé pour ses hamburgers copieux, ses frites et ses milk-shakes. Après avoir passé leur commande, Donnell et Eric s'éclipsèrent dans l'arrière-boutique pour entamer une partie de flipper. Silas profita de leur absence pour revenir au sujet qui excitait sa curiosité.

— Alors, tu vas me dire ce qui s'est passé avec la belle demoiselle ?

— J'ai l'impression que tu ne vas pas me laisser tranquille avec cette histoire.

— Tu me connais bien, mon ami. Alors, autant passer aux aveux tout de suite !

Wynn exhala un long soupir.

— D'accord. Giana a passé une nuit chez moi.

Les yeux de Silas s'écarquillèrent.

— J'en étais sûr. C'était comment ?

— Magique. Le problème, c'est qu'elle m'évite maintenant comme la peste.

— Qu'est-ce que tu lui as fait ?

— Je l'ignore.

— Alors, c'est sans doute quelque chose que tu lui as dit.

Wynn haussa les épaules.

— Je ne lui ai rien dit de spécial.

— Voilà pourquoi !

Son ami se pencha au-dessus de la table.

— Elle attendait quelque chose de toi. Les femmes sont ainsi faites. Les parties de sexe, ça ne leur suffit pas.

— C'est tout ce que j'ai à lui offrir, soupira Wynn.

— Tu n'es qu'un idiot. Ce n'est pas parce que ta femme t'a…

L'arrivée de la serveuse interrompit leur conversation.

— Donnell, Eric, à table !

Tout en mordant dans son cheeseburger, Wynn réfléchissait aux paroles de son ami. Giana attendait-elle plus de leur relation qu'une simple aventure ? Si c'était le cas, elle s'exposait à une vive déception. Depuis son divorce, il était résolu à fuir toute forme d'engagement.

— Monsieur Jackson, Curtis, je suis tellement heureuse que vous ayez pu vous libérer, dit Giana en serrant la main des deux hommes.

Elle les escorta jusqu'à la salle de conférences du siège des Cougars d'Atlanta.

— Merci de nous recevoir, mademoiselle Lockett, répondit le père du joueur.

Les statures imposantes de Tim Jackson et de son fils semblaient remplir toute la pièce.

— C'est un plaisir, répondit la jeune femme. J'ai une excellente nouvelle à vous annoncer. M. Starks a enfin accepté de devenir le sponsor de Curtis.

— Génial ! s'exclama Tim.

— Je suis d'accord, approuva Wynn en s'introduisant dans la salle en compagnie de son avocat.

Une fois de plus, Giana fut prise au dépourvu par son arrivée.

— Monsieur Jackson, je vous présente Wynn Starks, fit-elle en tentant de dissimuler son embarras. Wynn, voici Curtis et son père, Tim Jackson !

Les deux adultes échangèrent une chaleureuse poignée de main.

— Enchanté de faire votre connaissance, fit Wynn. Quant à toi…

Il se tourna vers l'adolescent.

— J'ai hâte de te voir porter les couleurs de mon entreprise.

— Vous serez fier de moi, répondit Curtis avec un large sourire. J'ai toujours adoré les boissons pour sportifs, et *Lean* est ma préférée.

— J'en suis ravi, mon garçon. C'est mon produit fétiche. Il fallait un champion comme toi pour en faire la publicité.

— J'attendais ce moment avec impatience, glissa le père du sportif avec enthousiasme. Votre parcours est tellement impressionnant !

Giana les invita à prendre place autour de la table et distribua à chacun un dossier.

— Nous avons un certain nombre de questions à aborder, dit-elle. Elles sont listées dans le document que vous avez sous les yeux.

Au terme d'une longue discussion, les deux parties apposèrent leur signature au bas du contrat. Soulagée, la jeune femme escorta le jeune sportif et son père jusqu'à l'ascenseur, puis elle revint sur ses pas pour rejoindre Wynn dans la salle de conférences.

— Où est passé ton avocat ? s'étonna-t-elle en se servant un café au percolateur.

Elle prit sa tasse et s'installa à nouveau à l'extrémité de la longue table.

— Sa mission est terminée. Je l'ai libéré.

— Je suis heureuse que cette affaire soit réglée, dit-elle.

— Moi aussi, approuva-t-il. Nous pouvons maintenant passer au point suivant.

— Le point suivant ? Je ne vois pas…

— Ne fais pas l'innocente, s'il te plaît ! Je ne partirai pas d'ici avant que tu n'aies accepté de prendre un verre avec moi.

Elle but une gorgée de café et reposa sa tasse avant de lui répondre.

— C'est inutile, Wynn. Nous avons passé de bons moments ensemble, mais cette relation ne nous mènera nulle part.

— De quoi as-tu peur, Giana ?

— Je n'ai pas peur.

— Très bien. Alors, je te propose un marché. Je t'attendrai à 18 heures au café du théâtre. Si tu viens, je saurai que tu es prête à tenter l'aventure. Si tu ne viens pas, je comprendrai que notre histoire est finie et je te laisserai tranquille.

Sans lui laisser le temps de répondre, il saisit son attaché-case et disparut de la pièce.

10

Wynn remua nerveusement sur son siège et jeta un coup d'œil à sa montre. 18 h 30 et Giana ne s'était toujours pas montrée. Avait-il péché par excès d'optimisme ? Avait-elle réellement peur d'explorer leur attirance mutuelle ? Il la croyait plus courageuse. Lors de leur dernière réunion, il avait une fois de plus admiré la vivacité de son esprit et la justesse de ses analyses. Il était certain que leur collaboration se verrait couronnée de succès. Mais qu'adviendrait-il de leur relation amoureuse ?

Il avait vidé le fond de son verre et commençait à se lever quand une voix délicieusement familière résonna derrière lui.

— Puis-je m'asseoir à votre table, cher monsieur ?

Il soupira avec soulagement et se tourna pour lui faire face.

— Dieu merci, tu es venue !

Elle avait troqué son tailleur strict contre une combinaison noire dont le tissu soyeux flattait sa silhouette. Ses cheveux dénoués flottaient gracieusement sur ses épaules.

— Tu en doutais ? fit-elle dans un sourire.

Une fossette qu'il n'avait pas remarquée jusqu'alors apparut sur sa joue droite.

— Je commençais à m'inquiéter.

Elle haussa les épaules en s'installant dans son siège.

— Un accident sur la I-85. Je suis restée bloquée dans un énorme bouchon.

Wynn fit signe au barman d'approcher.

— Que veux-tu boire ? demanda-t-il.

— La même chose que toi, répondit-elle en désignant son verre.

— Très bien, madame, fit le jeune homme avant de s'éloigner.

Il revint peu après avec un plateau.

— À notre collaboration ! fit Wynn en levant son verre.

— À notre collaboration ! fit-elle en l'imitant. Dieu sait si j'ai mérité cette petite récompense ! On peut dire que tu m'as donné du fil à retordre.

— Vraiment ?

— En vérité, je ne m'étais jamais donné autant de mal pour convaincre un sponsor de signer avec les Cougars.

— Je suis heureux de l'avoir fait, et encore plus heureux de passer cette soirée avec toi.

Elle baissa un instant le regard.

— Je dois avouer que j'ai hésité à venir.

— Pourquoi ?

Après un long silence, elle trouva le courage d'affronter son regard pour lui livrer le fond de sa pensée.

— Je suis d'accord pour poursuivre notre relation, Wynn, mais je voudrais poser une condition.

Il fronça les sourcils.

— Une condition ? Que veux-tu dire ?

— Je ne serai pas seulement la femme que tu mets dans ton lit. Tu dois me donner quelque chose en retour.

Silas avait raison. Elle attendait un engagement de sa part. Ce que, précisément, il n'était pas prêt à lui donner.

— Giana, je ne...

— Ce n'est pas négociable. Si tu veux continuer à me voir,

tu dois être prêt à t'investir dans une relation plus sérieuse. De mon côté, je le suis.

— Et si je refuse ?

Elle s'enfonça dans son fauteuil et croisa les bras sur sa poitrine.

— C'est très simple. Je rentrerai chez moi et je me plongerai dans la lecture d'un bon roman.

Wynn scruta son visage et comprit qu'elle ne plaisantait pas. Il connaissait sa détermination. Refuser ses conditions revenait à mettre fin à leur liaison. D'un autre côté, depuis son divorce, il avait soigneusement gardé ses distances avec les femmes qu'il avait rencontrées.

— Mon expérience passée m'a enseigné la prudence, expliqua-t-il enfin.

— Je sais que ton mariage s'est plutôt mal terminé. Je n'en suis pas surprise. Je connais Christine. C'est une personne égoïste et cupide. Ce n'est pas mon cas.

Wynn baissa les yeux sur son bourbon et un flot de souvenirs douloureux envahit sa mémoire. Jusqu'où était-il prêt à aller pour garder intact le lien précieux qui l'unissait à Giana ? Comme mû par une force extérieure à sa volonté, il porta son verre à ses lèvres et en avala le contenu.

— J'accepte tes conditions, déclara-t-il d'une voix ferme.

La jeune femme sursauta sur son siège. Incapable de se prononcer elle-même sur l'avenir de leur relation, elle avait placé la décision entre ses mains. Tel un joueur de poker, elle avait fait grimper les enchères et elle se trouvait prise à son propre jeu.

— Tu viens ? fit-il en déposant un billet sur la table.

— Où veux-tu aller ?

— C'est vendredi soir. On pourrait aller danser.

— Danser ?

Depuis ses années d'université, elle n'avait pas mis les pieds dans une boîte de nuit. Entièrement investie dans sa carrière, elle ne s'accordait pas un moment de loisir. Sans attendre sa réponse, Wynn lui prit la main et l'entraîna vers la sortie. Elle n'était pas au bout de ses surprises. Après quelques pas sur le trottoir, il s'arrêta près d'une moto et lui tendit un casque.

— Tu veux vraiment que je mette ça ?

— La sécurité avant tout, chère madame.

Comme il enfonçait avec autorité l'accessoire sur sa tête, elle releva la visière pour lui lancer un regard noir.

— Je refuse de monter sur cet engin.

— Pourquoi ? Ne me dis pas que tu as peur !

— Je ne suis jamais montée sur une moto.

— Vraiment ? Tu vas voir, tu vas adorer.

Sans lui laisser le temps de prévenir son geste, il posa ses grandes mains sur ses hanches et la souleva de terre pour la reposer sur la selle.

— Wynn, je t'en prie...

— Fais-moi confiance ! Je suis un excellent pilote. Mets tes bras autour de ma taille et laisse-toi aller !

Elle obéit de mauvaise grâce et, quelques secondes plus tard, la moto s'éloignait du trottoir. Conscient des appréhensions de sa passagère, Wynn n'essaya pas de l'impressionner. Il évita soigneusement les à-coups, les accélérations et les freinages trop brusques. D'abord terrorisée, elle accepta peu à peu d'épouser les mouvements de son corps et de se pencher avec lui dans les virages. Un souffle de jeunesse et d'insouciance était venu balayer ses craintes. Elle finit par se laisser griser par l'aventure et, quand le pilote arrêta son engin devant la discothèque, elle descendit à regret.

Une fois les pieds posés sur la terre ferme, elle enleva son casque et passa une main dans ses cheveux pour ordonner sa coiffure.

— Ne t'inquiète pas de ton apparence ! s'exclama Wynn. Tu es magnifique.

Elle éclata de rire.

— Si tu le dis !

Elle le suivit jusqu'à l'entrée, où un vigile au physique impressionnant filtrait les entrées. Voyant Wynn approcher, il poussa immédiatement la porte pour le laisser entrer.

— Tu viens souvent ici ? demanda Giana.

— Non, mais je connais le propriétaire. C'était un des filleuls que j'ai parrainés dans le cadre du Boys and Girls Club. Il a remarquablement réussi.

Le club était plein à craquer de jeunes gens qui se balançaient furieusement au rythme d'un morceau de hip-hop. Les lumières stroboscopiques éclairaient par intermittence les tenues très déshabillées des danseuses. Regrettant le style un peu trop élégant de sa combinaison, Giana suivit l'hôtesse qui les conduisit jusqu'à un espace VIP meublé de confortables canapés.

— Merci, Asia, fit Wynn à l'intention de la jeune employée.

— C'est toujours un plaisir de vous voir ici, monsieur Starks. Je vais prévenir Alex de votre arrivée. En attendant, je vais vous chercher une bouteille de bourbon.

Puis, se tournant vers Giana, elle demanda :

— Vous désirez un cocktail ?

— Non, merci. Le bourbon sera parfait pour moi.

Elle s'installa près de Wynn sur l'un des canapés.

— J'ai l'impression que je ne suis pas au bout de mes surprises avec toi. Jamais je n'aurais pensé que tu aimais fréquenter ce genre d'endroits.

— J'avoue que j'apprécie ma solitude, la plupart du temps. Mais il m'arrive de sortir et de m'amuser de temps à autre.

— J'oublie parfois que nous nous connaissons à peine. Nous avons encore beaucoup à découvrir l'un de l'autre.

Ils sirotaient tranquillement le contenu ambré de leur verre, quand l'ancien filleul de Wynn arriva pour les saluer. Quand le DJ lança un air de rock and roll, ils rejoignirent les danseurs sur la piste. Emplie d'un sentiment de liberté qu'elle n'avait pas éprouvé depuis des années, Giana se trémoussa jusqu'à épuisement. Affamée, elle se régala ensuite des chips et autres amuse-gueules que le barman avait déposés sur leur table.

— Je n'aurais jamais pensé que tu apprécierais un tel assortiment de *junk food*, observa Wynn avec étonnement.

— C'est le genre de nourriture que l'on trouve à la buvette des stades de foot, répondit-elle. Je les fréquente assidûment, comme tu dois t'en douter.

Amusés, ils observèrent les gestes maladroits des danseurs que le rythme lent du slow diffusé par les haut-parleurs obligeait à se rapprocher.

— Comme ils sont empotés ! s'exclama Wynn. Viens, on va leur montrer comment faire !

Il lui tendit la main pour l'aider à se relever et la conduisit au milieu de la piste. Là, il la serra fort contre lui pour l'entraîner dans un doux balancement. Quand elle leva le regard sur lui, elle vit l'étincelle du désir scintiller au fond de ses yeux. Elle s'accrocha à son cou pour lui offrir ses lèvres et il l'embrassa avec l'ardeur qui commençait à lui devenir familière.

— Sortons d'ici ! fit-il avec une soudaine impatience. J'ai hâte de sentir ta peau nue contre moi.

Ils récupérèrent leurs manteaux au vestiaire et se pressèrent vers la sortie. Wynn enfourcha sa moto et elle l'imita sans plus d'hésitation.

— Chez toi ou chez moi ? lança-t-il par-dessus son épaule.

— Chez toi.

Elle n'osait imaginer ce que pourrait être la réaction de ses parents ou de ses frères si d'aventure ils repéraient le superbe engin garé devant sa porte, le lendemain matin. Car cette fois, elle était bien décidée à passer la nuit dans les bras de son amant.

11

L'immense concession à laquelle Wynn s'était résignée pour obtenir le consentement de Giana n'était rien, comparée au bonheur de l'accueillir à nouveau dans l'intimité de sa chambre. Sa réticence à s'engager dans une nouvelle relation volait en éclats face au spectacle de son corps infiniment désirable. Émerveillé, il observait les gestes gracieux par lesquels elle retirait sa combinaison. Comme elle passait les mains dans son dos pour dégrafer son soutien-gorge, il leva un bras pour l'empêcher de poursuivre.

— Ne l'enlève pas tout de suite ! grogna-t-il en replaçant ses bretelles sur ses épaules. J'adore imaginer les trésors que tu caches là-dessous.

Elle grimpa au-dessus de lui pour le chevaucher.

— Moi, je te trouve un peu trop habillé.

Tremblante, elle défit les deux premiers boutons de sa chemise puis, trop fébrile pour supporter un exercice trop fastidieux, elle arracha violemment les deux pans du vêtement et le jeta au sol.

— J'aime ton impatience, murmura-t-il en explorant du bout des doigts les lignes arrondies de son ventre.

Pressé, lui aussi, de sentir sa peau nue contre la sienne, il libéra ses seins du tissu soyeux qui les retenait prisonniers et commença à taquiner ses mamelons. Elle cambra le dos et gémit pour l'implorer de la prendre tout entière.

— Bientôt, promit-il avant de s'incliner pour prendre dans sa bouche un des tétons qui pointaient.

Il le lécha et l'agaça avec sa langue avant d'accorder la même attention à son autre sein. Tout en excitant son désir avec ses lèvres sur sa poitrine, il guida une de ses mains vers le bas de son corps. Devinant son intention, Giana souleva les hanches, lui permettant de faire glisser son string jusqu'au bas de ses jambes.

La vue de sa nudité était enivrante. Wynn se sentait comme sous l'effet d'une drogue puissante. Son excitation mise à très rude épreuve, il se débarrassa en hâte de son jean. Son sexe bondit en avant, comme libéré d'une prison qui l'avait séquestré pendant de trop longs jours. Pour s'assurer qu'elle était prête à le recevoir, il glissa ses doigts à l'intérieur de ses cuisses. La moiteur de sa vulve lui procura la plus douce des invitations.

— Je suis impatient d'être en toi, murmura-t-il à son oreille.

— Je ne peux plus attendre, répondit-elle, le souffle court. Si tu continues, je vais jouir avant toi.

— C'est exactement ce que je veux.

Il accéléra le mouvement de ses doigts sur son sexe, attisant son désir à l'extrême, et, quand un cri puissant jaillit soudain de sa gorge, il sourit de bonheur.

— Accorde-moi un instant ! fit-il en s'écartant soudain.

Il trouva un préservatif dans le tiroir de la table de chevet et en déchira l'étui avec ses dents.

— Où en étions-nous ?

Agile, il s'installa entre ses jambes et la pénétra lentement.

— Oh oui ! gémit-elle d'une voix à peine audible. Je veux te sentir tout au fond de moi.

Il agrippa son bassin et accéléra peu à peu le rythme de ses poussées.

— Regarde-moi ! supplia-t-il, désireux de voir la ferveur dans ses yeux.

Elle lui obéit et le fixa ardemment tandis qu'il s'introduisait en elle de plus en plus vite et de plus en plus fort. Soudain, une vague de volupté les engloutit avec la puissance incoercible d'un raz-de-marée. Ensemble, ils atteignirent le sommet de l'extase. Tremblants et à bout de souffle, ils retombèrent tous deux épuisés sur le lit.

Quand Giana se réveilla le lendemain matin, son corps était perclus de douleurs délicieuses. Comme pour rattraper le temps perdu, les deux complices avaient fait l'amour plusieurs fois dans la nuit. Entre deux somnolences, leurs corps s'étaient rapprochés pour s'unir, avant de sombrer à nouveau dans une torpeur exquise, peuplée de rêves merveilleux.

Wynn apparut dans la chambre, les bras chargés d'un lourd plateau. Son corps musclé forçait l'admiration. Elle était convaincue de ne jamais se lasser du spectacle de ses larges épaules et de son ventre musclé. Heureuse et affamée, elle se redressa sur ses oreillers.

— Voyons voir ce que tu nous as préparé ! s'exclama-t-elle tandis qu'il installait le plateau sur le haut de ses jambes.

— Le menu que je t'aurais servi la semaine dernière, si tu n'avais pas disparu sans explication.

— Ne sois pas rancunier ! Tout ça m'a l'air délicieux !

Elle détacha une bouchée d'œufs brouillés avec sa fourchette et ferma les yeux quand les saveurs explosèrent dans sa bouche.

— Hum, tu es un vrai cordon-bleu !

— Mange, Giana ! Tu as besoin de reprendre des forces pour te préparer à ce qui t'attend encore.

Elle éclata de rire.

— Je n'ai jamais vu une telle endurance. Tu n'es donc jamais fatigué ?

— Je suis resté seul pendant trop longtemps.

— Vraiment ?

Giana savait qu'il menait une existence plutôt recluse, mais elle n'avait pas imaginé que les femmes pouvaient en être absentes.

— Après mon divorce, je me suis soigneusement tenu à l'écart de toute relation amoureuse. J'ai consacré toute mon énergie à mon travail. L'introduction en Bourse de mon entreprise était ma seule préoccupation.

— Je suis ravie que tu m'aies choisie pour mettre un terme à une longue période d'abstinence.

Elle mordit avec appétit dans son toast beurré.

— Mais il y a bien un moment où les forces vont te manquer, ajouta-t-elle. Personne n'est capable de faire l'amour une nuit et une journée entières.

— Je me sens en pleine forme. Évidemment, si tu es fatiguée…

Elle repoussa le plateau au pied du lit.

— Tu me connais mal. Je n'ai pas l'habitude de déclarer forfait aussi facilement.

Il haussa les sourcils.

— C'est un défi ?

— Une revanche. Tu m'as humiliée dans la salle de billard. Je jure de te mettre K-O dans ton lit.

Giana quitta précipitamment la villa de son amant pour se présenter à l'heure au dîner hebdomadaire organisé le dimanche par la famille Lockett. Elle trouva ses parents et ses frères réunis autour de la cheminée du grand salon.

— Ah, te voilà enfin, ma chérie !

Sa mère s'avança jusqu'à elle et la serra tendrement dans

ses bras. Angélique Lockett arborait, comme de coutume, une tenue sobre et élégante. Seul un collier de perles blanches agrémentait son tailleur bleu marine.

— Bonsoir, maman. Je suis désolée pour mon retard.

— Ça ne te ressemble pas, observa Julian, un sourire malicieux au coin des lèvres.

— Je n'ai pas vu le temps passer.

Elle se dirigea vers son père et se hissa sur la pointe des pieds pour déposer un baiser sur sa joue.

— Ma petite fille, tu as l'air radieuse.

— On se demande pourquoi, ricana Julian.

Le maître de maison se tourna vers son fils.

— Saurais-tu quelque chose que nous ignorons, mon garçon ?

— Absolument pas.

L'intéressé s'empressa de rejoindre sa femme sur le grand canapé.

— Pour ma part, je pense que nous devrions féliciter le travail de Gigi, reprit le père.

— Je suis d'accord, approuva Roman. Notre petite sœur est un modèle de persévérance. Un exemple pour nous tous. Laisse-moi t'offrir un verre, Gigi ! Que veux-tu boire ?

— Un bourbon. Sec, s'il te plaît !

— Depuis quand bois-tu du bourbon ? s'étonna Angélique. Je croyais cette boisson réservée aux hommes.

— Nous sommes au XXIe siècle, maman !

Agacée par les remontrances de sa mère, elle s'installa près de sa belle-sœur et de son neveu. Le bébé reposait paisiblement dans les bras de sa mère.

— Salut, ma belle ! Comment va Ethan ?

— Il se porte à merveille, répondit Shantel.

Puis, se penchant sur le côté, elle chuchota quelques mots à l'oreille de Giana.

— Remonte un peu ton col ! Tu as un suçon un peu trop visible dans le cou.

— Mon Dieu, soupira la jeune femme, écarlate.

Elle s'empressa de suivre le conseil en se promettant de se venger de Wynn.

— Voilà ton bourbon, petite sœur ! fit Roman en s'asseyant auprès d'elle.

— Je propose que nous portions un toast à Giana, suggéra Josiah. Tout le monde est servi ?

Tous les membres de la famille levèrent leur verre en l'honneur de la jeune femme.

— Merci à tous, fit-elle dans un sourire embarrassé. Je ne m'attendais pas à de tels compliments, mais je les accepte avec bonheur.

— Je suis surpris que Starks t'ait résisté aussi longtemps, observa Roman. Quand tu veux quelque chose, tu es comme un chien avec un os. Tu ne lâches jamais.

— Romy ! s'indigna la maîtresse de maison. Ta sœur n'est pas une bête sauvage, tout de même.

— Je voulais seulement souligner sa ténacité, s'excusa ce dernier.

— C'est ainsi que je l'ai élevée, glissa le père, la poitrine gonflée de fierté.

— J'ai bien peur que tu ne trouves jamais de mari en agissant comme tu le fais, observa la mère. Les hommes ont besoin d'un peu plus de douceur.

— Oh ! Angie, pour l'amour du ciel ! Tu devrais te réjouir des succès de notre fille.

Seul son époux était autorisé à l'appeler par son diminutif. Pour tous les autres, c'était Angélique.

— La réussite professionnelle ne suffit pas au bonheur d'une femme, protesta-t-elle. C'est auprès d'un mari qu'elle trouve son équilibre.

— Ne t'inquiète pas, maman ! répondit Giana. Chaque chose en son temps.

Lassée de faire l'objet de toutes les attentions, elle se leva pour rejoindre Xavier près de la baie vitrée qui donnait sur le parc.

— Toujours loin de la mêlée, observa-t-elle d'un air complice. Des nouvelles de ta petite amie ?

Il fronça les sourcils.

— Parle moins fort ! Tu m'as juré de ne rien dire, tout comme je t'ai promis de garder ton secret.

Elle feignit l'innocence.

— De quel secret parles-tu ?

Xavier gloussa, avant de faire défiler quelques images sur son portable et de placer l'écran sous ses yeux. Giana se sentit défaillir à la vue du cliché compromettant qui la montrait dans la boîte de nuit en compagnie de Wynn. Une myriade de petits cœurs rouge vif étaient incrustés dans la photographie.

— Qui a vu cette horreur ? demanda-t-elle, affolée.

— Moi seul, lui répondit son frère. Pour l'instant.

Julian s'invita soudain dans leur cercle.

— Qu'est-ce que vous mijotez, tous les deux ?

— Rien de spécial, fit Xavier, impassible.

— Tu n'as jamais su mentir, frérot. Je suis prêt à parier que vous parliez de ce cher Wynn.

— Tu es au courant ?

— Évidemment. Je suis le confident préféré de Gigi.

L'intéressée exhala un long soupir.

— Vous voulez bien arrêter de parler de moi comme si je n'étais pas là !

Xavier tendit son téléphone à Julian.

— Oh ! s'exclama Julian.

— Oh quoi ? s'indigna Giana. Je ne suis plus une petite fille.

— Apparemment, observa Julian. Le problème, c'est que la nouvelle va se répandre comme une traînée de poudre.

— Je suis assez grande pour gérer la situation. Pour l'heure, soyez gentils de tenir votre langue ! J'aimerais profiter d'un bon dîner tranquille en famille.

— Bien sûr, sœurette.

Xavier rangea son portable dans sa poche.

— Ce soir, nous fêtons ta victoire.

Pour Giana, la victoire serait bien éphémère. Le secret de sa relation avec Wynn était éventé. Dès le lendemain, il lui faudrait affronter la rumeur car tout le monde en ville serait curieux d'apprendre comment la princesse du football d'Atlanta avait réussi à conquérir le cœur de l'ombrageux entrepreneur.

12

— Tu viens boire un café ? suggéra Roman en faisant irruption dans le bureau de sa sœur. Il faut absolument que je te parle.

— Avec plaisir, répondit-elle.

Elle le rejoignit sur le pas de la porte et le suivit dans le couloir.

— Qu'y a-t-il de si important ?

— Pas ici.

Il garda le silence tandis qu'ils croisaient quelques employés sur le chemin de la cafétéria. Intriguée par son air mystérieux, Giana lui lançait des œillades impatientes. Lorsqu'ils eurent dépassé la réception et les ascenseurs, elle lui saisit l'avant-bras et l'obligea à lui faire face.

— Que se passe-t-il, Roman ?

— C'est à toi de me le dire, dit-il en sortant son portable de sa poche pour lui montrer la photo qui commençait à inonder les réseaux sociaux.

Elle soupira avec lassitude.

— C'est donc ça ! Je suis désolée de te décevoir, mais il n'y a rien à en dire.

— Tu plaisantes ?

La voix de son frère se faisait plus autoritaire.

— Depuis combien de temps tu sors avec lui ?

— Ça ne te regarde pas.

— Je ne suis pas de cet avis. Starks est devenu l'un de nos plus gros sponsors. S'il te plaît, Gigi, dis-moi que tu n'as pas...

— Tais-toi avant de proférer des insanités ! Le partenariat entre *Lean* et les Cougars est on ne peut plus honnête. Il n'a absolument rien à voir avec la relation que j'entretiens avec Wynn.

Il baissa honteusement la tête.

— Pardonne-moi ! Je n'aurais pas dû sous-entendre le contraire. C'est juste que...

Il marqua une pause avant de poursuivre :

— Quand j'ai vu la photo, j'ai eu envie d'aller trouver ce gars pour lui asséner un bon direct du droit. Personne n'a le droit de jouer avec ma petite sœur. S'il a profité de toi d'une manière ou d'une autre...

— Je vais te dire ce que j'ai déjà dit à Julian et à Xavier. Je suis une femme adulte et je suis capable de mener mes propres batailles. Mes frères n'ont pas à mettre leur grain de sel dans ma vie privée.

— Tu veux dire qu'ils étaient au courant avant moi ?

Il paraissait ulcéré.

— Ce n'est pas une compétition, Roman. J'ai le droit de partager des secrets avec mes frères.

— Depuis mon mariage avec Shantel, j'ai la nette impression que vous me tenez à l'écart.

Elle passa les mains derrière sa nuque et déposa un tendre baiser sur son front.

— Personne ne te tient à l'écart, Rom. Disons que, depuis ton mariage, tu es passé à une autre phase de ta vie ! Tu es heureux avec ta femme et ton bébé, et crois-moi, c'est tout ce qui compte !

— Tu as raison, admit-il dans un sourire. J'ai une deuxième famille, maintenant. Mais toi, que vas-tu faire ?

— Rien de particulier. Je sors avec Wynn et ce n'est pas une photo indiscrète qui va m'empêcher de continuer.

— C'est ce que tu as l'intention de dire aux parents ?

— Les parents ! soupira-t-elle. Que veux-tu que je leur dise ?

— Tu connais maman. Elle va te voir tout de suite avec la bague au doigt.

— Inutile de brûler les étapes ! Ce n'est pas parce que j'ai une aventure avec Wynn Starks que je vais l'épouser demain matin.

— Je viens de recevoir une demande d'interview sur votre relation avec Mlle Lockett.

Wynn leva la tête de l'écran de son ordinateur.

— Ma relation avec Mlle Lockett ?

Sam s'approcha du bureau de son patron.

— Les médias locaux ont eu vent de votre sortie de vendredi soir dans une boîte de nuit.

— Vraiment ?

— Une photo est parue sur les réseaux sociaux. Vous voulez voir ?

Joignant le geste à la parole, le jeune assistant mit sa tablette sous les yeux de son patron. Sans s'émouvoir, Wynn parcourut les commentaires qui accompagnaient le cliché.

— Envoyez paître ces enquiquineurs, Sam ! Ils ne respectent rien. Je n'ai aucune envie de partager ma vie amoureuse avec les torchons locaux. Je n'accepterai aucune demande d'entretien.

— En êtes-vous sûr ? Votre silence risque bien d'exciter la curiosité.

— C'est possible, mais j'ai besoin d'en parler avec Giana avant de prendre une décision. Vous voulez bien me laisser seul ?

Une fois la porte de son bureau refermé, il composa le numéro de la jeune femme. Elle décrocha dès la première sonnerie.

— Salut, toi !

— Salut, Giana. Comment se passe ta journée ?

— Pas une minute à moi pour travailler. Mon frère vient de me soumettre à un interrogatoire en règle. Et je ne parle pas des journalistes qui font le siège de mon bureau.

— C'est pour cette raison que je t'ai appelée. Mon assistant est lui aussi constamment dérangé. Nous devrions nous mettre d'accord sur notre version de l'histoire.

— Il n'y a pas grand-chose à en dire. Nous sortons ensemble depuis une semaine, c'est tout.

— Un peu court pour satisfaire leur curiosité.

Il savait d'expérience que la presse à scandale ne reculerait devant rien pour connaître les coulisses de leur rencontre et leurs intentions.

— Il existe un moyen d'arrêter les rumeurs, dit-elle après un temps. C'est de rendre notre relation officielle. Le gala de Noël des Cougars a lieu samedi soir. Si tu veux, tu peux m'y accompagner.

— Bonne idée. Est-ce que je te verrai ce soir ?

— Je ne suis pas sûre. J'ai une réunion à 18 heures avec un des joueurs de l'équipe et son agent.

Wynn jeta un coup d'œil à sa montre. Il n'était que 15 heures. L'après-midi promettait d'être long.

— Aucun problème. Je t'attendrai.

Sept heures plus tard, il commençait à s'inquiéter. En rentrant du bureau, il avait fait son jogging quotidien autour du lac, préparé le dîner et regardé deux épisodes de sa série préférée. Le journal de la nuit avait été diffusé et Giana n'était toujours pas arrivée. Sur la table dressée avec amour, les bougies s'étaient consumées et des gouttes de cire avaient coulé sur la nappe. La glace avait fondu dans le seau à champagne. Il était prêt à monter dans sa chambre quand la sonnette de la porte d'entrée retentit.

Il s'empressa d'aller ouvrir.

— As-tu une idée de...

Les mots moururent au fond de sa gorge quand elle entrouvrit son manteau sur un bustier en dentelle noire, bordée de liserés rouges. Il posa un regard ébahi sur le balconnet plongeant, la taille fine et les bas soyeux accrochés à leur porte-jarretelles.

— Je suis désolée d'arriver aussi tard, minauda-t-elle en posant les deux mains sur ses hanches. Est-ce que ça suffira à me faire pardonner ?

En guise de réponse, il l'attira à l'intérieur de la villa et prit furieusement possession de sa bouche. Aussitôt enivrée par la chaleur de son étreinte, elle souleva son polo pour le faire passer au-dessus de sa tête et laissa courir ses doigts sur son torse nu.

— J'ai envie de toi, Giana. Tout de suite.

— Prends-moi !

Sans lui laisser le temps de la conduire dans sa chambre, elle tira sur sa ceinture et défit les boutons de son jean. Au comble de l'excitation, il taquina avidement le bout durci de ses seins à travers la dentelle de son soutien-gorge.

— Wynn...

Il répondit à sa supplique en arrachant le tissu fragile de son string, puis il glissa un doigt entre ses lèvres humides. Les yeux clos et le souffle court, elle goûta à la sensation délicieuse de ses caresses.

— Ne t'arrête pas, je t'en prie ! Ne t'arrête pas !

Très vite, ses muscles se contractèrent autour de son index et elle se libéra dans un cri rauque. Désorientée, elle se laissa pousser contre le mur et, répondant à son invitation silencieuse, elle enroula les jambes autour de son bassin. Quand il la pénétra au plus profond de sa féminité, elle s'agrippa à ses épaules et se joignit au rythme effréné de son va-et-vient. À l'apogée du plaisir, il cria son nom et, le corps secoué de spasmes irrépressibles, il jouit en elle.

Revenant à lui après un long moment d'égarement, il resserra son étreinte pour mieux la soulever et, écartant d'un coup de pied les vêtements éparpillés sur le sol, il la porta jusqu'à l'escalier pour la conduire dans sa chambre.

13

— Je me demande encore pourquoi j'ai accepté de t'accompagner, marmonnait Wynn. Ce genre de réception m'ennuie à mourir.

Ils roulaient en direction de la salle des congrès où était organisé le gala de Noël des Cougars. Giana le couva d'un regard amoureux. Il était particulièrement élégant dans son smoking noir orné de revers de satin.

— Parce que tu es un homme raisonnable.

Elle lissa avec soin les plis de sa robe en tulle parsemée de paillettes.

— Nous ne pouvons pas vivre comme des reclus dans ta chambre.

Lorsqu'elle n'était pas au bureau, occupée à superviser le travail des organismes de bienfaisance financés par la Fondation Lockett, elle rejoignait Wynn dans sa villa. Leur relation s'était installée dans une agréable routine.

— Nous sommes sortis hier soir, observa-t-il en redressant son nœud papillon.

Signe ostentatoire de leur intimité, l'accessoire était assorti à la couleur prune de la toilette de la jeune femme. Tous deux souhaitaient profiter de la soirée pour officialiser leur relation auprès des médias, et surtout auprès de la famille de Giana.

— C'est vrai, et c'était très agréable.

Ils avaient dîné au restaurant en compagnie de Silas et de Janelle. Le couple semblait tellement épris qu'elle s'était surprise à les envier. Partagerait-elle un jour avec Wynn la même complicité ?

— Ce soir, c'est une tout autre histoire, reprit-elle. Tu n'es pas nerveux ?

— Pas du tout. Je connais déjà ton père et ton frère Roman. Je suis certain d'apprivoiser ta mère.

Elle éclata de rire. Sa confiance et son arrogance lui plaisaient.

— Tu as rencontré mon père et mon frère dans un cadre professionnel. Aujourd'hui, tu te présentes à eux comme l'amant de leur petite princesse. Ce n'est pas tout à fait la même chose.

— J'en ai bien conscience, mais je n'ai pas l'intention de changer de comportement pour autant. Je suis comme je suis. À prendre ou à laisser.

Sa franchise était une qualité louable, mais Giana doutait qu'elle recueille l'assentiment de ses parents. Quand ils descendirent de voiture, ils furent accueillis par une nuée de journalistes.

— Comment vous êtes-vous rencontrés ? demandait l'un en approchant son micro.

— À quand les fiançailles ? interrogeait un autre.

— Désolé, nous ne ferons aucun commentaire, répondit Wynn en écartant poliment les questions.

Leur objectif était de donner l'exclusivité au magazine le plus réputé de la ville, une fois le gala passé. L'organisatrice de l'événement les accueillit en haut des marches.

— Bonsoir, Giana. Bonsoir, monsieur Starks.

La grande salle était bondée. Un sapin chargé de guirlandes se dressait en son centre. Les haut-parleurs égrenaient des chants de Noël.

— Vous avez fait du beau travail, Clarisse.

— Merci, Giana.

— Mes parents sont-ils arrivés ?

— Ils sont avec les Whitmore. Votre mère essaie de faire appel à leur générosité pour la réfection du gymnase.

— Si quelqu'un peut y arriver, c'est bien elle.

Angélique n'avait pas son égal pour convaincre les donateurs.

— Tu es prêt ? demanda-t-elle en levant les yeux sur Wynn.

— Tout à fait prêt.

Elle lui prit la main et l'entraîna vers ses parents, tandis que Doug et Malorie Whitmore se dirigeaient vers le buffet.

— Bonsoir, fit-elle en remarquant le regard surpris de son père. Papa, tu connais déjà M. Starks. Maman, je suis heureuse de te présenter Wynn.

— Wynn Starks ? s'étonna Angélique. Le patron de *Lean* ?

— C'est bien moi, répondit l'intéressé en s'inclinant pour la saluer. Ravi de vous rencontrer, madame Lockett.

— Enchantée, moi aussi.

Un large sourire éclairait son visage.

— Venez, jeune homme, fit-elle en le prenant par le bras. Je suis curieuse de faire votre connaissance.

Wynn jeta un coup d'œil à Giana, laquelle se contenta de hausser les épaules. Sa mère l'avait accaparé. Elle ne pouvait plus rien pour lui. Restée seule avec son père, elle se prépara à une avalanche de questions.

— Tu t'affiches avec Starks ? commença-t-il en fronçant les sourcils. Je ne savais pas que vous étiez aussi proches.

Comme un serveur chargé d'un plateau passait devant eux, elle saisit deux coupes de champagne.

— Envie d'un verre, papa ?

— Je crois que je vais en avoir besoin.

Il se pencha pour murmurer à son oreille :

— Vous couchez ensemble depuis combien de temps ?

— Papa !

Son père ne l'avait pas habituée à un langage aussi direct. Elle rougit.

— Je ne suis pas sûre de vouloir aborder le sujet avec toi.

— Tu n'es pas obligée.

Le rire cristallin de sa mère attira son regard. Quelques minutes avaient suffi à Wynn pour la charmer.

— Je croyais que tu voulais te consacrer à ta carrière, poursuivit Josiah.

— Je n'ai pas l'intention de la négliger.

Il secoua la tête.

— Je connais ce genre d'hommes, ma chérie. Exclusif et dominateur. Il te voudra toute à lui.

— Je suis capable de me défendre, papa. Personne ne m'empêchera jamais d'atteindre mes objectifs.

— Si tu le dis…

Peu convaincu, il partit à la rencontre d'un couple de ses amis. Peu après, Wynn reparaissait aux côtés de la jeune femme. Il s'apprêtait à lui relater l'échange qu'il venait d'avoir avec sa mère quand une silhouette familière entra dans son champ de vision. Il se tendit instantanément. Le parfum qui jadis l'avait enivré lui faisait horreur aujourd'hui. Toujours très sûre d'elle, Christine Davis, son ex-femme, vint s'interposer entre Giana et lui.

— Quelle surprise de te voir ici ! s'exclama-t-elle d'une voix mielleuse.

Ses lèvres trop rouges et ses paupières trop maquillées frisaient le mauvais goût. Comment avait-il pu tomber amoureux de cette femme ?

— Christine.

Comme il cherchait à s'écarter, elle fit un pas pour lui barrer la route.

— Qu'est-ce que tu veux ? demanda-t-il.

— Ce que je veux ? Il y a bien longtemps que je n'attends plus rien de toi. Les termes de notre divorce m'ont servi de leçon.

— De quoi te plains-tu ? Le montant de ta pension est plutôt généreux. Après deux ans de mariage, tu ne pouvais pas exiger davantage.

— Deux ans d'une vie infernale, tu veux dire.

Elle fit un signe de tête en direction de Giana qui avait prudemment battu en retraite.

— Elle est au courant de la manière dont tu traites tes anciennes conquêtes ?

— Laisse-la en dehors de tout cela, si tu veux bien !

Les yeux de Christine se rétrécirent en deux fentes minuscules.

— Je connais Giana Lockett. C'est une femme ambitieuse, et beaucoup plus forte que moi. À ta place, je me méfierais.

— Va au diable !

L'injonction coléreuse attira l'attention des personnes alentour et il devint la cible de regards franchement désapprobateurs. Amusée, Christine ronronnait comme un chat devant un pot de crème. Elle était parvenue à le faire sortir de ses gonds. Soucieux de ne pas se donner plus longtemps en spectacle, Wynn lui tourna le dos et se dirigea vers le buffet. Là, il commanda un double bourbon.

— Des problèmes, monsieur Starks ?

Il se tourna pour trouver un membre de la famille Lockett derrière lui.

— Bonsoir, Roman.

Il n'avait pas envie de s'étendre sur l'incident regrettable qui venait de se produire.

— J'espère que vous traitez ma sœur avec plus d'égards.

Wynn crispa les mâchoires. L'attitude protectrice du grand frère était louable, mais il n'était pas d'humeur à supporter les mises en garde.

— Vous n'avez rien à craindre de moi, fit-il simplement.

Il avala d'un trait le contenu de son verre et s'éloigna d'un pas décidé. Giana l'avait averti avec raison des réticences que leur relation pourrait provoquer parmi ses proches. Il était parvenu à charmer sa mère mais, pour une raison mystérieuse, Roman lui battait froid. Son hostilité, ajoutée à l'agressivité de Christine, avait terni sa bonne humeur. Excédé, il scruta la foule à la recherche de celle qui illuminait son existence depuis quelques semaines. Il la trouva à proximité de la salle de bal.

Le voyant approcher, Giana lui tendit la main dans un sourire et entrelaça ses doigts avec les siens. Exactement le geste de réconfort dont il avait besoin.

14

— Tu as passé une bonne soirée ? demanda Giana comme il la conduisait au manoir des Lockett.

Elle avait insisté pour passer la nuit chez ses parents, prétextant la journée de shopping qui l'attendait le lendemain avec ses belles-sœurs. En vérité, elle avait envie d'un peu de tranquillité. Sa relation avec Wynn était si intense qu'elle éprouvait le besoin de se retrouver seule dans un univers familier.

— Pas vraiment, répondit-il.

Elle ne fut pas surprise de l'entendre. L'échange tendu qui l'avait opposé à son ex-femme avait radicalement changé son humeur.

— Je n'aurais pas dû répondre aux provocations de Christine. Je suis désolé si je vous ai embarrassés, toi et tes proches.

— Tu n'as rien à te reprocher. C'est elle qui est venue te chercher.

Il gara la voiture devant la résidence familiale et coupa le moteur. Puis, manifestement désireux de rester en sa compagnie, il la suivit jusqu'à l'entrée. Elle n'osa le renvoyer quand il pénétra avec elle dans le grand hall.

— Très belle maison ! s'exclama-t-il en la suivant dans le séjour.

Giana l'approuva en silence. Exposée au sud, la pièce était inondée de soleil dès le lever du jour et elle adorait y prendre son café du matin. Mais ce soir, l'humeur maussade de Wynn lui importait plus que les agréments de la demeure parentale.

— Tu ne devrais pas te laisser affecter à ce point par les reproches de ton ex-femme.

— Tu as raison. Mais après tout ce qui s'est passé entre nous, j'ai du mal à rester indifférent.

— C'est naturel. Il est toujours difficile de faire le deuil d'une relation.

— Depuis le temps ! soupira-t-il. Je ne devrais plus y accorder d'importance. Je déteste le pouvoir qu'elle exerce encore sur moi. Jamais personne ne m'a déçu autant qu'elle. Elle m'avait promis une vie de famille et des enfants. Un tissu de mensonges. En réalité, elle a vu en moi le moyen de se rebeller contre sa famille. Elle ne voulait pas épouser l'homme que ses parents avaient choisi pour elle, celui avec lequel elle a fini par me tromper.

— Oh ! je ne savais pas...

Elle posa une main sur son avant-bras pour tenter de le rassurer.

— Je n'en ai jamais parlé à personne. J'ai même demandé à mon avocat de ne pas mentionner l'abandon du domicile conjugal dans son dossier. Notre séparation était déjà suffisamment moche.

— Vous aviez signé un contrat de mariage ?

— Oui, heureusement. Mais quand Christine a appris que je m'apprêtais à introduire mon entreprise en Bourse, elle a tout fait pour retarder la procédure. Elle espérait toucher une partie des dividendes. Dieu merci, elle n'y est pas parvenue.

— C'est pour cette raison qu'elle est aussi remontée contre toi ?

Wynn haussa les épaules.

— Pas seulement. Je crois que sa blessure d'orgueil a été la plus douloureuse. Elle était persuadée d'obtenir mon pardon.

Quand elle a compris que je pouvais me passer d'elle, elle ne l'a pas supporté.

— Je te remercie pour ta franchise. Il est important de ne pas avoir de secret l'un pour l'autre.

— Tu me voulais tout entier, eh bien te voilà servie ! Mon histoire n'est pas très glorieuse. Nous aurions peut-être mieux fait de nous contenter d'une aventure purement sexuelle.

— Nous avons tous des zones d'ombre et des regrets, observa Giana. Ce n'est pas une raison pour ne pas aller de l'avant.

Sur ces mots, elle lui prit la main et l'entraîna dans le grand escalier qui menait à l'étage.

— Bonjour ! fit joyeusement Giana en pénétrant dans la salle à manger.

Après une longue nuit d'amour, Wynn s'était discrètement éclipsé de la résidence des Lockett. Angélique et Josiah étaient attablés devant un copieux petit déjeuner.

— Bonjour, ma chérie, répondit sa mère en la regardant s'installer. Tu es resplendissante, ce matin.

— Je me sens bien, c'est vrai.

Elle remercia le majordome qui s'était approché pour remplir sa tasse de café.

— J'ai été très heureuse de rencontrer ce monsieur Starks, reprit la maîtresse de maison. Je le trouve tout à fait charmant.

— Merci, maman.

— Du coup, j'ai eu une idée.

— Oh ! Seigneur ! s'exclama son mari. Qu'est-ce que tu es en train de manigancer ?

Ignorant sa méfiance, elle tendit une main au-dessus de la table et serra tendrement les doigts de sa fille.

— Noël approche, dit-elle. J'ai pensé que nous pourrions

inviter ce jeune homme à Gatlinburg. Il pourrait passer quelques jours avec nous.

— Vraiment ?

Giana n'en croyait pas ses oreilles. Pour ses parents, la période des fêtes était sacrée et le chalet de montagne exclusivement réservé à la famille.

— Tu es sûre ?

— Absolument. Tu sembles très attachée à lui. Il est important que nous apprenions à mieux le connaître. Après tout, il fera peut-être un jour partie de la famille.

— Angélique, je t'en prie ! s'agaça son époux. Ils sortent ensemble, c'est tout.

— Je sais ce que j'ai vu, Josiah.

— Ah oui ? glissa Giana avec curiosité. Et qu'est-ce que tu as vu ?

— Deux jeunes gens éperdument amoureux.

L'affirmation de sa mère la laissa sans voix. Sa relation avec Wynn allait bien au-delà d'une simple aventure, mais étaient-ils vraiment amoureux ?

Embarrassée, elle jeta un coup d'œil à sa montre.

— Il faut que je me dépêche, dit-elle en repoussant sa chaise.

— Tu n'as rien mangé, observa Angélique.

Elle attrapa un croissant au centre de la table.

— J'ai rendez-vous avec Shantel et Elyse pour nos achats de Noël. Je suis déjà en retard.

Après avoir embrassé ses parents, elle sortit précipitamment de la pièce. L'affirmation de sa mère l'avait profondément troublée. Jusqu'à présent, elle n'avait pas pris le temps de s'interroger sur les sentiments qu'elle éprouvait pour Wynn. Oui, elle voulait passer avec lui tout son temps libre. Oui, elle riait de ses blagues idiotes, elle regardait les films d'arts martiaux qu'il aimait et auxquels elle ne comprenait rien. Parfois même, elle acceptait de faire le tour du lac avec lui. Au fil des jours, il occupait une place de plus en plus importante dans sa vie. Mais de là à parler d'amour...

— Papa ! s'exclama Wynn en reconnaissant la voix de son père à l'autre bout du fil.

Jeffrey donnait rarement de ses nouvelles. Il était très heureux de l'entendre.

— Comment s'est passée cette croisière ? Raconte !

Depuis qu'il gagnait confortablement sa vie, il versait à son père une pension très généreuse qui permettait au vieil homme de s'offrir des loisirs qu'il n'avait jamais connus.

— C'était magnifique, répondit Jeffrey. Les paysages, le service à bord, tout était merveilleux.

— Je suis content, répondit Wynn.

— J'ai même rencontré quelqu'un...

— Qu'est-ce que tu dis ?

— Une femme charmante. Elle est veuve. Comme son mari lui a laissé un bel héritage, elle passe sa vie à parcourir le monde.

— C'est sérieux entre vous ?

— Je pense que oui, répondit Jeffrey avec émotion. Je n'avais pas ressenti cela depuis si longtemps, fiston...

— Je sais, papa.

Après son divorce, le pauvre homme avait vécu dans la plus grande solitude. Wynn aurait tout donné pour le voir heureux à nouveau.

— Elle m'a invité à passer Noël avec elle. J'aimerais beaucoup accepter son invitation, mais je n'ai pas envie de te laisser seul.

— Je ne suis plus un enfant.

— Je sais, mais nous avons toujours passé les fêtes tous les deux ensemble. C'est notre tradition.

— Je veux que tu sois heureux, papa. Si tu ressens quelque chose pour cette femme, alors tu dois aller la rejoindre.

— Le problème, c'est qu'elle a décidé de passer le réveillon aux Seychelles. Le prix du billet est exorbitant.

— Ce n'est pas un problème. Je ferai un virement sur ton compte. Tu pourras rester là-bas aussi longtemps que tu voudras.

— Cela me paraît tellement extravagant de dépenser autant d'argent !

— Tu le mérites, papa.

— Et toi, qu'est-ce que tu vas faire ?

— Travailler.

— Tu ne peux pas passer ta vie à travailler, fiston. J'aimerais tellement que tu épouses une jolie femme et que tu me fasses des petits-enfants !

L'esprit de Wynn vagabonda vers Giana. Il plaçait dans leur relation des espoirs qu'il n'osait s'avouer à lui-même.

— On ne sait jamais ce que l'avenir nous réserve, papa. En attendant, passe de belles vacances au soleil !

Il raccrocha en se disant que les fêtes seraient bien tristes en l'absence de son vieux complice.

15

— Parle-nous un peu de Wynn Starks ! demanda Shantel en arpentant la galerie supérieure du centre commercial en compagnie de ses deux belles-sœurs.

— Ah oui, raconte ! renchérit Elyse. Je suis malade de curiosité. Mais si cela ne vous dérange pas...

Elle désigna un banc, près de l'escalator.

— Je voudrais m'asseoir un moment.

Elles allaient de boutique en boutique depuis des heures pour achever leurs emplettes de Noël. Après bien des hésitations, Giana avait choisi d'offrir à Wynn un assortiment d'épices, une toque et un tablier de chef.

— Et si on allait manger un morceau ? suggéra-t-elle. Vous ne trouvez pas qu'on l'a bien mérité ?

Elyse s'arrêta devant une brasserie et loucha avec gourmandise sur les mets étalés en vitrine.

— Tu ne vois pas qu'elle essaie de changer de sujet ? fit Shantel.

— Absolument pas, protesta l'intéressée. Je me soucie de l'état de notre future maman.

Elyse sourit.

— Je suis touchée par tant d'attention. Mais ce ne sont pas quelques bretzels qui me feront oublier ta relation avec ce bel entrepreneur.

— Nous sortons ensemble, admit Giana. Je ne sais pas ce que mes frères ont pu vous raconter sur le sujet, mais il n'y a pas grand-chose à en dire.

— Tu es sûre ? insista Shantel. J'ai l'impression que tu cherches à nous cacher quelque chose.

— J'ignorais que tu avais des talents de médium.

Shantel haussa les épaules.

— Tu n'es plus la même depuis quelques jours. Avons-nous des raisons de nous inquiéter ?

— Je suis certaine que Giana acceptera de nous livrer ses petits secrets, glissa Elyse en frottant de la main son ventre légèrement bombé. Mais j'aimerais d'abord avaler quelque chose.

— Tu vois, je savais que tu avais faim ! Installez-vous, je vais passer la commande !

Giana trouvait ainsi l'occasion de rassembler ses pensées. Elle connaissait la curiosité de ses belles-sœurs et redoutait de passer aux aveux. Après quelques minutes, elle rejoignit le duo, les bras chargés de victuailles.

— Voilà pour toi, ma chérie ! Tu as besoin de reprendre des forces.

— Merci, fit Elyse en acceptant son assiette.

Elle mordit sans attendre dans un premier bretzel et ses deux compagnes l'imitèrent.

— Revenons à nos moutons ! reprit Shantel après un bref silence. Nous voulons connaître les moindres détails de cette passionnante aventure.

Giana soupira avant de se résoudre aux confidences.

— Nous sommes sortis ensemble, il y a une quinzaine de jours. Je pensais qu'il se contenterait d'une nuit, mais il a insisté pour me revoir.

— Cela t'a fait plaisir ? demanda Shantel.

— J'étais surprise. Et surtout très nerveuse à l'idée de mélanger le travail et la vie privée. Nous nous sommes revus quelques fois et j'ai très vite vu les limites d'une relation purement sexuelle. J'ai exigé davantage, persuadée que mes demandes le feraient fuir. Depuis son divorce, il s'est forgé une réputation de célibataire endurci. Quand il a accepté mes conditions, j'ai été la première étonnée.

Elyse haussa les sourcils.

— Prise à ton propre piège ?

— En quelque sorte.

— Et maintenant ? demanda encore Shantel. Où en est votre relation ?

— Nous nous sommes rapprochés.

— Et ?

— Eh bien, je passe tout mon temps libre avec lui. Au point d'en négliger un peu mon travail. Je ne pensais pas m'investir un jour dans ce genre d'histoires.

— Tu veux dire une histoire d'amour ?

Shantel se pencha au-dessus de la table.

— L'amour est imprévisible, dit-elle. Il frappe quand on s'y attend le moins. Il faut savoir l'accepter. J'ai l'impression que tu n'y es pas prête.

— C'est exactement ce que je pense, approuva Elyse.

Elle essuya les coins de sa bouche avec sa serviette avant de poursuivre :

— Le jour où j'ai réalisé que je tombais amoureuse de Julian, j'ai pris peur. J'ai essayé de le repousser, mais la partie était perdue d'avance. L'amour est une force puissante qui emporte tout sur son passage.

— Je ne sais pas quoi faire, soupira Giana en laissant courir un regard inquiet sur ses deux interlocutrices.

— Accepte-le ! conseilla Shantel. C'est une chance.

— Je... je ne suis pas sûre...

Elle ignorait tout des sentiments de Wynn et redoutait de s'exposer à une trop vive déception. C'est alors que la proposition de sa mère lui revint en mémoire. Un séjour au chalet, en présence de sa famille, le forcerait peut-être à dévoiler son jeu et ses intentions. Alors, elle y verrait plus clair et serait en mesure de décider de l'avenir à donner à leur relation.

— Tu m'invites à passer Noël avec tes parents ?

Wynn était surpris de sa proposition, mais il était surtout soulagé de la revoir après un triste dimanche en solitaire.

— Tu n'en as pas envie ? demanda-t-elle, déçue.

— Oh si, bien sûr, mais je croyais que la période était plutôt réservée au cercle familial.

— Ma mère a pensé que… eh bien puisque nous sortons ensemble…

Sa voix vacilla et une légère incertitude apparut dans ses yeux.

— C'est très gentil de sa part, et je viendrai avec plaisir.

Il l'attira avec lui sur le canapé.

— Viens près de moi ! Je vais te montrer comme je suis heureux à l'idée de passer quelques jours à la montagne avec toi.

Il la prit dans ses bras et l'embrassa tendrement.

— Je suis rentré tard du bureau et je n'ai rien préparé pour le dîner. Il y a un petit restaurant au coin de la rue. Qu'est-ce que tu en dis ?

Giana secoua la tête.

— Je n'ai pas envie de sortir. Si tu veux, je peux me mettre aux fourneaux.

— Giana Lockett aux fourneaux ? Je suis curieux de voir ça !

Elle lui donna une tape sur l'épaule.

— Ne te moque pas, s'il te plaît ! Je ne suis peut-être pas aussi douée que toi, mais je sais confectionner quelques bons plats végétariens.

— J'en suis sûr, fit-il dans un sourire. Et je suis impatient de les goûter.

Il la suivit dans la cuisine et, tandis qu'elle faisait l'inventaire de son réfrigérateur, il sortit une bouteille de vin blanc.

— Merci, fit-elle en acceptant un verre.

— À ta santé et à tous tes talents cachés !

Intrigué, il la vit déposer une planche sur le plan de travail et commencer à découper un assortiment de légumes.

— Qu'est-ce que tu nous prépares ?

— Des lasagnes d'aubergines. L'aubergine est un excellent substitut aux protéines.

Le carnivore qu'il était en doutait profondément, mais il se garda de tout commentaire. Une fois qu'elle eut fait revenir l'ail, l'oignon, les aubergines et les épinards, Giana mélangea un œuf, un morceau de ricotta et quelques feuilles de basilic dans un saladier. Puis elle commença à disposer les couches d'ingrédients dans un plat de cuisson.

Wynn était impressionné. Il n'avait jamais vu Christine apporter autant de soins à une préparation culinaire. Il savait qu'il était stupide de les comparer, mais sa vie solitaire ne lui avait fourni que très peu de modèles féminins. Giana était différente des quelques femmes qu'il avait connues. C'était une travailleuse acharnée, une fille aimante, et une sœur attentive. Un mois auparavant, il n'aurait jamais pensé trouver autant de qualités chez une seule personne.

Le plat mis au four, elle remplissait le bol du robot culinaire de roquette, de pignons de pin, d'huile d'olive et de jus de citron.

— J'aurais dû m'en inquiéter avant, mais j'espère que tu ne souffres pas d'allergies alimentaires, fit-elle, le doigt sur l'interrupteur.

— Absolument pas.

Elle sourit et mit l'appareil en marche.

— Parfait ! Alors tu vas aimer ce pesto. Il donne au plat une touche légèrement acide et poivrée.

Son travail terminé, elle se rinça les doigts au robinet de l'évier.

— Nous avons un peu de temps avant la fin de la cuisson.

Elle prit son verre et le rejoignit près du comptoir.

— Tu as l'air bien songeur. Quelque chose ne va pas ?

— Je m'en veux d'avoir douté de tes talents culinaires.

— Il ne faut pas juger un livre à sa couverture, Wynn. Les apparences sont souvent trompeuses.

— Tu as raison. Je pense d'ailleurs que cette robe très sage dissimule de véritables trésors. Que dirais-tu d'un petit câlin en guise d'apéritif ?

— Je vois ce qui t'intéresse le plus en moi ! D'accord, mais je te préviens, tu mangeras mes lasagnes, même si elles sont carbonisées !

Il fallait compter environ quatre heures de route pour se rendre à Gatlinburg. Selon les indications du GPS, Giana et Wynn arriveraient à destination en début d'après-midi. Josiah et son épouse avaient investi le chalet depuis la veille. Le reste de la famille était attendu dans la journée. C'était la première fois que Giana invitait un homme à se joindre à un événement familial. Elle se sentait un peu nerveuse.

— Tu es inquiète ? demanda Wynn en entendant ses doigts tambouriner contre la portière.

Tous deux étaient habillés pour la circonstance. Elle portait un gros pull à franges et un pantalon de ski. Il avait opté pour un jean et un col roulé.

— Pas du tout.

— Menteuse !

Il ne dit rien de plus, la laissant à ses propres pensées. Elle ignorait tout de la manière dont se passerait le week-end, mais elle savait que ce séjour à la montagne constituait une étape importante dans leur relation. Pour la première fois, ils se présentaient comme un couple. En avait-il conscience ?

Comme ils remontaient l'allée bordée de pins jusqu'au sommet de la colline où était perché le chalet, Giana oublia son appréhension. Depuis l'enfance, le cadre exerçait sur elle un effet magique. Quand la voiture s'immobilisa, elle s'extirpa de son siège et fit avec bonheur ses premiers pas dans la neige.

La température était glaciale. La voyant frotter vigoureusement ses épaules, Wynn la rejoignit et enroula une écharpe autour de son cou.

— Tu devrais rentrer pour te réchauffer. Je vais décharger les valises.

— D'accord.

Elle grimpa prudemment les marches verglacées et ouvrit la porte d'entrée.

— Papa, maman, vous êtes là ?

Angélique apparut immédiatement dans le vestibule. Elle l'enveloppa tendrement dans ses bras.

— Ravie de te voir, ma chérie. Mais où est Wynn ?

— Il s'occupe des bagages.

— Viens vite près du feu !

Elle l'entraîna dans le séjour où Josiah était déjà installé. Il leva les yeux de son livre.

— Ma petite fille ! Le trajet n'a pas été trop long ?

La jeune femme se pencha au-dessus de lui pour déposer un baiser sur son front.

— Les routes étaient désertes. Nous avons bien roulé.

Percevant du bruit dans l'entrée, elle rejoignit Wynn pour l'aider. Deux énormes valises et un vanity-case étaient alignés sur le seuil.

— Mon Dieu, Giana, tu as prévu de passer tout l'hiver ici ?

Puis, levant les yeux vers le nouveau venu :

— Comment allez-vous, mon cher ?

— Je suis ravi d'être ici, répondit-il. Je vous remercie infiniment pour votre invitation.

— Vous êtes le bienvenu. Malheureusement, personne ne pourra vous aider à monter tout cet attirail à l'étage. Notre majordome est trop vieux et le cuisinier est sorti faire des courses au village.

— Suis-moi ! fit Giana en attrapant son vanity.

Elle le précéda dans l'escalier, jusqu'au premier étage.

— C'est au bout du couloir, précisa-t-elle, ravie d'arriver avant ses frères et d'investir sa chambre favorite.

À bout de souffle, Wynn déposa son fardeau au centre de la pièce.

— C'est charmant ! s'exclama-t-il en découvrant le lit à baldaquin, la cheminée, le mobilier rustique et le sol recouvert de tapis orientaux.

— Maman est une décoratrice hors pair. Elle a dévalisé tous les antiquaires du comté pour aménager le chalet.

— Je n'ai jamais passé Noël dans un si joli cadre.

— Et moi, je suis ravie de te faire découvrir mon refuge. Rien de tel qu'un petit séjour dans ces montagnes pour oublier ses soucis. Pour commencer, nous allons boire un bon grog !

— Un grog ? J'ai l'impression d'avoir changé de civilisation.

Elle lui prit la main et l'entraîna en riant dans le couloir.

16

Wynn ne savait quelle attitude adopter dans la joyeuse ambiance familiale des Lockett. Il n'avait jamais rien connu de tel. Mais après deux verres de grog, savant mélange de bourbon, miel, jus de citron et cannelle, il commença à se détendre et à s'amuser du charmant tohu-bohu. Les chamailleries de Giana et de ses frères, les bavardages incessants de Shantel et d'Elyse, l'affection débordante de la maîtresse de maison pour son petit-fils et le ton débonnaire de Josiah composaient un tableau des plus attachants.

La décoration du sapin constitua le point d'orgue de la soirée. Les garçons descendirent du grenier trois gros cartons chargés d'ornements. Une heure durant, tous rivalisèrent d'imagination pour accrocher boules, figurines, étoiles et couronnes. L'illumination de la guirlande électrique fut accueillie par une salve d'applaudissements.

Soudain rattrapé par ses souvenirs, Wynn se glissa discrètement hors de la pièce, et s'affala dans un des fauteuils installés sur le balcon. Le bonheur des Lockett le rendait triste. Le départ de sa mère l'avait privé de ces moments de joie alors qu'il n'était qu'un enfant. L'amour, la chaleur, l'insouciance, tout avait brusquement disparu de sa vie, le laissant seul avec un père dévasté et incapable d'affronter sa solitude.

— Wynn ?

Giana apparut à ses côtés, une couverture enroulée autour de ses épaules.

— Je me demandais où tu étais passé.

— Pardonne-moi ! J'avais besoin de respirer un peu d'air frais.

— Tout ce vacarme doit te paraître assommant, fit-elle en s'asseyant à ses côtés.

Il secoua la tête.

— Ce n'est pas cela. C'est juste que...

Elle glissa sa main délicate dans la sienne.

— Qu'y a-t-il, Wynn ?

Il porta ses doigts à sa bouche et les embrassa.

— Ne t'en fais pas pour moi ! Retourne à l'intérieur. Je ne voudrais pas te priver de ta famille.

— Je ne partirai pas d'ici avant de savoir ce que tu as.

— J'ai un peu honte, mais je suis jaloux.

— De quoi ?

— De votre bonheur, répondit-il. Du lien qui vous unit, de votre complicité. Tu n'as pas conscience de la chance que tu as.

— J'en ai bien conscience, au contraire. Ma famille signifie tout pour moi.

Elle se leva et lui saisit l'avant-bras.

— Ce soir, je veux la partager avec toi.

— Vous n'avez pas besoin d'un bonnet de nuit.

— Je ne te laisserai pas bouder dans ton coin, Wynn. Arrête de faire la tête et viens t'amuser avec nous !

L'atmosphère eut tôt fait de chasser sa mélancolie. Après un repas campagnard, composé d'une épaisse soupe de légumes, de fromage et de charcuterie, un jeu de mime fut organisé devant la cheminée. La prestation de Giana fut particulièrement hilarante quand, à plat ventre sur le tapis, elle s'appliqua à imiter les contractions musculaires d'un ver de terre. Wynn en riait encore à l'heure du coucher.

— Qu'y a-t-il de si drôle ? demanda Giana en s'allongeant à ses côtés.

— Tes contorsions de lombric étaient remarquables. Je savais que tu étais souple, mais à ce point-là…

— Je sais aussi faire la chenille, lui dit-elle fièrement. Tu veux voir ?

— Seulement si tu te transformes ensuite en papillon.

— D'accord ! Je te caresserai avec mes ailes et je me poserai sur ton front pour veiller sur ton sommeil.

Quand Giana ouvrit les yeux, le lendemain matin, elle était seule dans son lit. Elle s'habilla en hâte et dévala l'escalier pour se rendre dans la salle à manger. La plupart des membres de la famille étaient déjà installés devant un solide petit déjeuner.

— Te voilà enfin, ma chérie !

Sa mère se versa une nouvelle tasse de thé.

— Pour un peu, je demandais à Wynn de monter te chercher.

Au même instant, l'intéressé apparut dans la pièce, une bouteille à la main.

— Qu'est-ce que tu nous apportes ? demanda la jeune femme en le rejoignant sur le seuil.

— Du sirop d'érable pour accompagner les pancakes.

Il passa devant elle et déposa un baiser sur ses lèvres avant de placer la bouteille sur la table. Embarrassée, elle lui emboîta le pas quand il retourna dans la cuisine.

— Tu es levé depuis longtemps ?

— Une petite heure, je pense. Je suis descendu prendre un café et j'ai trouvé ta mère en pleins préparatifs. Elle m'a demandé de l'aider car votre cuisinier ne se sentait pas bien, ce matin.

— Méfie-toi ! Si elle découvre tes talents, elle te mobilisera pendant tout le séjour.

— Cela ne me dérange pas. C'est une manière agréable de m'intégrer à la famille.

Il souleva un plateau de fruits et l'invita à rejoindre les siens autour de la table. Affamée, elle remplit son assiette d'œufs brouillés et de bacon et tartina de beurre une épaisse tranche de pain.

— Cela vous dirait de venir tirer avec nous ? fit soudain Josiah à l'intention de Wynn.

— Tirer ?

— Il y a un club, pas loin d'ici. Rassurez-vous, ce ne sont que des pigeons d'argile !

— Vas-y ! l'encouragea la jeune femme. Tu passeras un bon moment.

— Cela ne te dérange pas ?

— Bien sûr que non ! décréta Josiah un peu sèchement. Elle peut tout de même se passer de vous pendant quelques heures !

Il se leva bruyamment de sa chaise et ses fils l'imitèrent. Impressionné par la soudaine autorité du chef de famille, Wynn suivit le mouvement. Pour le bien de Giana, il voulait se montrer discret et se conformer aux habitudes du clan Lockett. C'est ainsi qu'il se retrouva peu après sur la banquette arrière de la voiture de Roman, flanqué de ses deux autres frères. Installé à l'avant, le père prodiguait des conseils de prudence au conducteur. Arrivés au club, ils sortirent du coffre un attirail impressionnant.

Wynn ne connaissait rien aux armes à feu, mais ses compagnons étaient de bons professeurs.

— Les armes de poing servent à l'entraînement sur le champ de tir, lui expliqua Xavier. Les fusils sont utilisés pour les pigeons d'argile. Nous allons commencer par une cible fixe.

Il lui glissa un canon court dans la main, lui montra comment le charger et comment retirer la sécurité.

— Maintenant, mettez-vous en position ! Bien en équilibre sur vos deux pieds. C'est à vous !

Wynn appuya sur la détente et atteignit la cible sans en frapper le centre.

— Pas mal pour un débutant ! s'exclama Roman.

— Et si vous nous parliez un peu de vous et de notre sœur, fit soudain Julian entre deux tirs.

Wynn abaissa son pistolet et se tourna vers lui.

— Que voulez-vous savoir ?

— Eh bien, au risque de vous paraître indiscrets, nous aimerions connaître vos intentions. Voyez-vous, Gigi est notre petite sœur et, pour ne rien vous cacher… eh bien, je dois avouer que mes frères et moi, nous sommes un peu inquiets.

— Inquiets ? Pourquoi ?

— Vous êtes le premier homme qu'elle ramène à la maison, expliqua Roman.

Il n'était pas surpris de l'entendre. Giana consacrait l'essentiel de son temps à sa carrière.

— Est-ce une raison pour me pénaliser ?

— Non, bien sûr. Nous essayons de la protéger, c'est tout. Nous ne voudrions pas qu'elle ait le cœur brisé.

— Vous pensez que je vais lui briser le cœur ?

Sentant monter la tension entre les deux hommes, Josiah posa une main sur l'épaule de Roman et le repoussa.

— Votre passé ne plaide pas vraiment en votre faveur, dit-il, en s'approchant de Wynn. Votre divorce a été compliqué, ce n'est un secret pour personne.

L'accusé bouillonnait intérieurement. Sa vie privée était son affaire. Pour autant, il ne voulait pas se montrer irrespectueux envers un père qui ne voulait que le bien de sa fille.

— Vous avez raison, monsieur Lockett. Mon divorce a été long et douloureux. Depuis, je mène une existence plutôt solitaire.

— Un homme ne peut rester seul très longtemps. Ce n'est

pas dans sa nature. Mais ma fille n'est pas un objet sexuel destiné à satisfaire vos besoins.

— Ce n'est pas ainsi que je la considère, répondit-il en essayant de conserver son calme. Giana est une jeune femme remarquable, et j'ai beaucoup de chance de pouvoir passer du temps avec elle.

— Alors, vous devez la traiter correctement !

— Mes intentions sont des plus honorables, affirma Wynn en redressant la tête.

— Cela veut dire que vous l'épouseriez ?

La question de Josiah fut ponctuée d'un lourd silence. Après l'échec de sa relation avec Christine, il s'était juré de ne plus jamais se marier.

— Alors ? fit Xavier. Vous ne répondez pas ?

Wynn inspira une longue bouffée d'air.

— Je peux vous parler librement ?

— Bien sûr !

— Eh bien, la vérité, c'est que je ne sais pas. Giana et moi apprenons à nous connaître. Notre relation nous mènera-t-elle au mariage ? Nous l'ignorons l'un et l'autre. Elle me rend heureux et cela me suffit pour l'instant.

Josiah hocha lentement la tête.

— J'apprécie votre honnêteté, jeune homme. J'aimerais en dire autant de tous mes garçons. Le cadet voit quelqu'un depuis des semaines. En cachette.

Il tourna un regard accusateur sur le visage de Xavier.

— Qu'est-ce que ma vie privée vient faire dans cette histoire ? protesta ce dernier avec véhémence.

— Tu crois que nous ne t'entendons pas rentrer comme un voleur au beau milieu de la nuit ?

Wynn était soulagé de ne plus être sur la sellette. Les questions de Josiah l'avaient désarçonné. Comment aurait-il pu lui dévoiler les secrets de son cœur quand il était incapable de qualifier les sentiments qu'il éprouvait pour Giana ? Au fil des jours, ils devenaient plus intimes et plus complices. Mais de là à se prononcer sur l'avenir de leur relation…

La veille au soir, il lui avait confié les regrets de son enfance. Peu à peu, il lui dévoilait des secrets qu'il n'avait jamais livrés à personne. Il n'avait pas menti à son père en disant qu'elle le rendait heureux, mais le constat l'effrayait. Il avait l'impression de se tenir au bord d'un gouffre.

Le matin même, au réveil, comme il contemplait tendrement son visage endormi, un brusque sentiment de panique l'avait assailli. Il s'était aussitôt éloigné et avait trouvé dans la préparation du petit déjeuner un dérivatif au désordre de ses pensées. Parviendrait-il longtemps à nier la réalité ? Les propos tendus échangés avec le père de Giana lui avaient fait l'effet d'un électrochoc. Il était bel et bien tombé amoureux.

17

— Tu sembles bien t'entendre avec Wynn.

Angélique et Giana parcouraient les rayons du supermarché local pendant que Shantel et Elyse dévalisaient la boutique voisine de puériculture.

— Oui, répondit Giana. Nous passons de bons moments tous les deux.

Elle déposa un filet de mandarines dans son chariot tandis que sa mère choisissait un ananas.

— Je crois que je ne t'ai jamais vue aussi heureuse.

— Vraiment ?

— Je te connais bien, tu sais. Tu es amoureuse de cet homme.

La jeune femme secoua la tête.

— Je ne vois pas ce qui te permet de l'affirmer.

— De quoi as-tu si peur, ma chérie ?

— J'ai peur qu'il ne m'aime pas en retour.

Les mots étaient sortis de sa bouche avant qu'elle ait eu le temps de les retenir.

— Tu lui as fait part de tes sentiments ? demanda encore Angélique.

— Non, pas vraiment.

— Tu devrais, Giana. Tu dois lui dire ce que tu ressens vraiment pour lui.

Elle n'en était pas convaincue.

— Et s'il ne partage pas mes sentiments ?

— Alors, tu sauras à quoi t'en tenir et tu mettras fin à votre relation. Mais quelque chose me dit que tu n'as rien à craindre.

— Il t'a confié quelque chose ?

— Absolument rien. Mais mon instinct de mère ne me trompe jamais.

— J'aimerais beaucoup partager tes certitudes, mais j'en suis incapable. En vérité, je ne cherchais pas l'amour dans cette histoire.

— Tu ne le cherchais pas, mais il t'a trouvée.

Un sourire attendri se peignit sur ses traits.

— C'est ce qui s'est passé entre ton père et moi. Le coup de foudre. Il est inutile de vouloir lui résister.

Elle sortit sa liste de sa poche et passa au rayon suivant.

— Maintenant, je dois me concentrer sur mon dîner de Noël. Il me manque encore pas mal d'ingrédients.

Songeuse, Giana la suivit dans le rayon suivant. Quand elles reprirent la direction du chalet, les paroles de sa mère résonnaient encore dans son esprit. Elle n'osait ouvrir son cœur à Wynn. Elle redoutait sa réaction. S'il voyait dans leur relation une simple aventure, elle serait dévastée. Et qu'adviendrait-il du contrat qu'il venait de signer avec les Cougars ? Elle serait obligée d'en confier le suivi à son frère. Quel échec ! Et quelle déception !

Telles étaient ses pensées quand les hommes rentrèrent du club de tir. Remarquant l'humeur sombre de son invité, elle l'entraîna aussitôt sur le balcon.

— La vue est superbe d'ici, murmura-t-il en avançant derrière elle, près de la balustrade. Mais c'est toi que je préfère regarder. Tu m'as manqué.

Il embrassa tendrement sa nuque.

— Tout s'est bien passé au club de tir ? demanda-t-elle en se retournant dans ses bras.

— Aussi bien que possible.

— Tu n'es pas très bavard. Y a-t-il eu un problème ?

Il haussa les épaules.

— Disons que je n'ai pas vraiment répondu aux attentes de ton père !

— Tu as manqué la cible ?

— Non, sur ce plan-là, je n'ai pas été trop mauvais. Mais quand il m'a interrogé sur mes intentions envers toi...

Giana leva sur lui un regard inquiet.

— Que lui as-tu dit ?

— La vérité. Je ne suis pas sûr qu'il l'ait appréciée.

La réponse était aussi mystérieuse que laconique et décevante. Elle ne s'était pas attendue à une demande en mariage, mais le détachement dont il faisait preuve ne présageait rien de bon.

— Nous devrions aller nous préparer pour le dîner, dit-elle en se dégageant de son étreinte. Ma mère déteste le manque de ponctualité.

— Giana, attends !

Refoulant ses larmes, elle s'engouffra dans le salon sans lui laisser le temps de la retenir. Resté seul, Wynn frappa du poing le montant de la balustrade. Il l'avait déçue, il le savait. Mais qu'attendait-elle de lui ? Une déclaration d'amour, alors qu'ils se connaissaient depuis si peu de temps ? Comment pouvait-il lui avouer des sentiments qui le terrorisaient ? Leur histoire s'était emballée. Tout allait bien trop vite.

Quand le ciel s'assombrit, il réprima un frisson et rentra à l'intérieur du chalet. La jeune femme n'était pas dans la chambre où il pensait la trouver, mais elle avait laissé un mot à son intention. Elle lui rappelait la soirée ciné-pyjama organisée après le dîner. Une autre tradition de la famille Lockett, qui avait coutume de passer la veillée de Noël devant une sélection de vieux films hollywoodiens. Pour l'occasion, chacun enfilait une tenue de nuit confortable. Faisant de son mieux pour se conformer aux habitudes de la maison, il enfila un jogging. Il aimait dormir nu et les pyjamas étaient absents de sa garde-robe.

Peu après, il retrouvait Giana dans la cuisine, en compagnie de sa mère.

— Bonsoir, mesdames, est-ce que je peux me rendre utile ?

Angélique secoua la tête.

— J'ai apprécié votre aide ce matin, mais ce soir, vous êtes mon invité. Allez prendre l'apéritif dans le salon !

— Comme vous voudrez !

Il s'approcha de Giana mais, au moment où il allait l'embrasser, elle se détourna vers la cuisinière. Frustré, il partit rejoindre le reste de la famille. Ce soir-là, le dîner lui parut durer une éternité. Il n'aimait pas cette soudaine tension qui régnait entre eux, mais il ne savait comment y remédier. De son côté, la jeune femme affichait une bonne humeur qu'elle était loin d'éprouver. Quand le générique de fin du premier film s'afficha à l'écran, elle bondit de son fauteuil pour trouver refuge dans la cuisine. Wynn n'osa lui emboîter le pas, mais Julian s'empressa de la rejoindre.

— Tu vas me dire ce qui se passe, petite sœur ?

— Rien de spécial. Pourquoi ?

— Ne mens pas, s'il te plaît ! Wynn et toi, vous vous regardez comme deux chiens de faïence.

Il n'en fallait pas plus à Giana pour sortir de ses gonds.

— C'est trop demander que d'avoir un peu d'intimité dans cette famille ?

L'explosion le laissa sans voix et son regard s'assombrit. Jamais sa sœur ne l'avait ainsi rembarré.

— Julian, je suis, je suis...

Sans lui laisser le temps de poursuivre, il disparut de la pièce et claqua la porte derrière lui. Confuse, elle se laissa tomber sur le sol et enfouit la tête dans ses genoux. L'intuition de sa mère avait fait naître en elle de vains espoirs. Wynn n'était pas prêt à s'engager avec elle dans une relation plus sérieuse. Et voilà qu'elle s'en prenait à un pauvre innocent qui ne voulait que son bien ! Ce n'était pas dans ses habitudes. Décidément tout allait de travers, aujourd'hui. Elle décida d'aller se coucher en espérant que le sommeil l'aiderait à apaiser ses tourments.

Arborant un sourire forcé, elle retourna dans le salon et souhaita une bonne nuit à la joyeuse assemblée. Elle se glissait sous les draps après une brève toilette, quand elle entendit Wynn approcher de la porte. Incapable de l'affronter, elle fit semblant de dormir et finit par sombrer dans une somnolence peuplée de rêves étranges et déplaisants.

Hanté par le malaise qui avait brusquement assombri leur relation, Wynn se réveilla avant l'aube. Il aurait aimé remonter le temps et réparer sa maladresse. Incapable d'imaginer les mots justes pour se faire pardonner, il espéra trouver dans un tout autre langage les termes d'une réconciliation. Tremblant, il se pencha au-dessus du visage de Giana et déposa un baiser sur ses paupières closes.

Elle sursauta et ouvrit grand les yeux dans l'obscurité.

— Wynn ? Mais quelle heure est-il ?

— L'heure de se retrouver, murmura-t-il.

Il caressa ses cheveux et effleura tendrement ses lèvres.

— Je suis désolé, Giana. J'ai besoin de me faire pardonner.

— Tu n'as pas à...

— Assieds-toi !

Il l'aida à se redresser et passa délicatement sa chemise de nuit au-dessus de sa tête. Puis, après l'avoir reposée sur l'oreiller, il décrivit des cercles autour de ses seins, laissa errer ses doigts vers le bas de son ventre et, portant sa bouche à la hauteur de ses cuisses, il guida sa langue sur la zone très sensible de son clitoris. Pour étouffer le cri qui jaillissait de sa gorge, il posa une main sur sa bouche.

— Doucement, je t'en prie ! Je ne tiens pas à réveiller toute la maison.

Après un bref éclair de conscience, elle rejeta la tête en arrière et s'abandonna de nouveau à la douceur exquise de ses attouchements. Sa respiration se fit haletante, et son corps tendu se cambra au-dessus des draps quand il joignit ses doigts à sa langue pour accentuer la pression de son va-et-vient.

— Wynn...

Elle attrapa un oreiller pour y enfouir son visage au moment où l'orgasme la terrassa. Heureux du plaisir qu'il lui avait procuré, il accueillit son buste tremblant entre ses bras. Le bonheur de la jeune femme le contentait. Il n'exigeait rien pour lui-même. Ainsi enlacés, ils se laissèrent gagner par une douce somnolence.

Quand elle reprit conscience, quelques heures plus tard, Giana se remémora les paroles de son amant. « Je suis désolé, avait-il dit. J'ai besoin de me faire pardonner. » C'était absurde. De quoi voulait-il s'excuser ? De ne pas l'aimer suffisamment ? Elle commençait à se glisser hors du lit quand une main puissante la retint sur le matelas.

— Pas si vite, demoiselle ! Où pensez-vous aller ?

— Sous la douche.

— Je connais des manières plus agréables de commencer la journée.

Il l'attira contre lui et contempla son beau visage.

— Joyeux Noël, Giana !

Elle accueillit son baiser avec réserve et s'écarta de lui.

— Joyeux Noël, répondit-elle sans conviction.

— Je crois que nous avons besoin de clarifier la situation.

— C'est inutile.

Elle secoua vivement la tête, sauta hors du lit et enfila son peignoir.

— J'y tiens, insista Wynn. Je sais que je t'ai blessée. J'en suis navré. Laisse-moi un peu de temps pour m'expliquer !

Elle soupira et se rassit au bord du lit.

— Si tu insistes...

Wynn se redressa lentement pour s'installer à ses côtés et lui prendre la main.

— Hier, quand ton père m'a questionné sur mes intentions, je lui ai répondu avec franchise. J'ai dit que nous apprenions pour l'instant à nous connaître et qu'il était trop tôt pour savoir si notre relation nous mènerait au mariage. Il m'a remercié de mon honnêteté, mais je crois qu'il attendait tout à fait autre chose de ma part.

La réaction de Josiah Lockett n'avait rien d'étonnant. Elle resta silencieuse.

— Je n'avais pas envie de me confier à un homme que je connais à peine. Et puis, il y avait tes frères. J'avais la désagréable impression de me trouver devant un tribunal. Cette histoire ne regarde que nous. La vérité c'est que...

Il marqua une pause pour se laisser le temps de bien choisir ses mots.

— La vérité, c'est que je suis profondément troublé par ce qui nous arrive. Troublé et parfaitement incapable de préjuger de l'avenir qui nous attend. Je ne suis pas opposé à l'idée du mariage mais...

Comme il hésitait à poursuivre, elle vint à son secours.

— Ton expérience passée t'a servi de leçon.

Elle se leva et commença à arpenter nerveusement la pièce.

— C'est en tout cas ce que tu as déclaré dans chacune de tes interviews à la presse. Que plus jamais tu ne te laisserais piéger par le mariage.

Il enfila rapidement son jogging et la rejoignit près de la fenêtre.

— Je sais précisément ce que j'ai dit à la presse. Mais tout le monde a le droit de changer d'avis, tu ne crois pas ? Belle comme tu l'es, tu es capable d'ensorceler le plus bourru des hommes.

Un sourire hésitant étira les lèvres de la jeune femme.

— Ne joue pas avec moi, s'il te plaît ! Je ne pourrai pas le supporter.

Il l'attira tout contre lui.

— Je ne joue pas, Giana. Je n'ai jamais été aussi sincère. Je ne promets pas de me transformer du jour au lendemain en un prince charmant au cœur tendre. La trame de mon armure est épaisse. Tu devras être patiente.

Elle hocha lentement la tête.

— Je ne suis pas pressée, Wynn, tant que tu es près de moi.

Il sourit avec soulagement.

— Voilà une belle journée qui s'annonce !

Le petit déjeuner fut suivi d'un match de flag football. Le tirage au sort désigna deux équipes de trois joueurs. Agile et incroyablement plus rapide que ses frères, Giana fit des prouesses quand, novice en la matière, Wynn se laissait arracher le ballon et les bandelettes fixées à sa ceinture en à peine quelques minutes. Très vite, le jeu dégénéra en une ébouriffante partie de boules de neige. Éreintés et trempés jusqu'aux os, les joueurs rentrèrent se réchauffer autour de la cheminée.

L'après-midi fut consacré à un tournoi de Scrabble, pendant lequel Giana eut le loisir de s'excuser auprès de Julian. Peu rancunier, le jeune homme lui pardonna sa mauvaise humeur de la veille, à condition qu'elle veuille bien accepter dans la grille un mot sorti de nulle part.

— Quel tricheur ! soupira-t-elle.

— Pas du tout. J'ai un vocabulaire beaucoup plus étendu que la plupart des gens.

Après avoir passé l'essentiel de la journée derrière les fourneaux, Angélique régala ses convives d'une dinde arrosée d'une sauce aux canneberges, garnie de pains de maïs, de macaronis au fromage et d'une purée de patates douces au citron vert. Le pudding à la banane et au caramel acheva de remplir les estomacs.

Lorsqu'ils regagnèrent leur chambre, un peu avant minuit, Giana et Wynn étaient épuisés, mais rien n'aurait pu les empêcher de trouver du plaisir dans les bras l'un de l'autre.

De toute sa vie, la jeune femme n'avait vécu de journée aussi parfaite.

18

Wynn était heureux de ce long week-end passé dans la famille de Giana. L'heure du départ arrivée, alors que chacun bouclait ses valises, il exprima sa reconnaissance à ses hôtes.

— Je tiens à vous remercier pour ce séjour, monsieur et madame Lockett. Ces quelques jours étaient très agréables.

— Vous serez toujours le bienvenu, répondit Angélique en le prenant chaleureusement dans ses bras. N'hésitez pas à nous rendre visite au manoir !

Il leva le regard en direction de la jeune femme qui bavardait avec ses belles-sœurs sur le pas de la porte.

— Je le ferai avec plaisir.

Il serra la main de Josiah, salua les trois frères et leurs épouses, puis il escorta Giana jusqu'à sa voiture. Pendant le trajet du retour, ils restèrent tous deux plongés dans leurs pensées. Ces brèves vacances avaient marqué une étape importante dans leur relation. Si la jeune femme s'en trouvait plutôt rassurée, Wynn ne parvenait à chasser l'incertitude que renfermait pour lui l'avenir.

Après l'avoir déposée devant le centre commercial où elle voulait faire quelques emplettes, il poursuivit sa route jusqu'à la maison de Silas. Il ressentait le besoin urgent de se confier à un ami.

— Content de te revoir ! s'exclama ce dernier en l'invitant à entrer. Comment était ce Noël chez les Lockett ?

— Intense.

Ils pénétrèrent dans la cuisine et Silas sortit deux bières du réfrigérateur. Wynn porta la bouteille à ses lèvres et but une longue gorgée.

— Tu veux dire que vous n'avez pas quitté la chambre ?

— Pourquoi faut-il que tu aies toujours l'esprit mal placé ? Je ne parlais pas de sexe.

— De quoi parlais-tu, alors ?

— Disons que nous commençons à nous préoccuper de l'avenir !

— Ah ! J'imagine que ce n'est pas toi qui as choisi d'aborder le sujet.

— Ce n'est pas Giana non plus. Dès le premier jour, son père et ses frères m'ont questionné sur mes intentions.

— Il fallait s'y attendre. Comment leur as-tu répondu ?

— Aussi honnêtement que possible. Je leur ai dit que nous étions heureux ensemble mais qu'il était trop tôt pour parler de mariage. Pour autant, je n'ai pas rejeté cette possibilité.

— Et maintenant, tu le regrettes ?

— Je ne sais pas.

Wynn garda un instant le silence.

— S'il y a une femme avec qui je pourrais envisager l'avenir, c'est bien Giana, avoua-t-il enfin.

— Mais ?

— Pourquoi faut-il qu'il y ait un « mais » ?

— Tu n'es pas sûr de ses sentiments ?

— Je pense qu'elle est amoureuse. Le problème est plutôt de mon côté. J'ai peur de la décevoir.

— Tu te poses trop de questions, mon ami. Depuis quelque temps, vous ne vous quittez plus. Je suis persuadé qu'il y a entre vous beaucoup plus qu'une attirance physique.

— Tu as raison, mais les choses vont beaucoup trop vite. Je suis resté seul si longtemps que je suis incapable de savoir ce que je veux.

— À ta place, je n'hésiterais pas trop longtemps. La vie ne nous offre pas si souvent l'occasion d'être heureux.

Un sourire amusé détendit les traits de Wynn.

— Tu es devenu bien philosophe, mon ami.

— Ma rencontre avec Janelle a été un cadeau du ciel, mais j'étais tellement replié sur moi-même, tellement ancré dans mes habitudes, que j'ai refusé de le voir. Il a fallu qu'elle s'en aille pour que je réalise à quel point j'avais besoin d'elle. Dieu merci, nous sommes réconciliés. Tu n'es pas différent des autres, Wynn. La même chose pourrait t'arriver.

Devait-il prêter foi aux paroles de Silas ? Le bonheur l'avait fui si longtemps qu'il n'osait vraiment y croire.

— Papa ? Je ne m'attendais pas à te trouver ici.

Giana posa un regard surpris sur la silhouette postée près de la fenêtre de son bureau.

— Nous avions rendez-vous ?

Josiah se retourna pour lui faire face.

— Non. Je suis juste passé pour te voir. Et te parler en l'absence de ta mère.

Elle fronça les sourcils.

— Que se passe-t-il ? Rien de grave, j'espère.

— C'est au sujet de Starks.

Le ton n'était guère amical.

— Starks ? répéta-t-elle en s'installant dans son fauteuil. Tu ne peux donc pas l'appeler par son prénom ? Je croyais que tu l'aimais bien.

— Il m'est plutôt sympathique, mais je tiens à te mettre en garde.

— Contre quoi ?

— Une désillusion. Tu es tombée un peu trop vite amoureuse de cet homme. Je n'ai pas envie de te voir souffrir.

— Papa, je ne tiens pas à aborder ce sujet avec toi.

— Et pourtant, il le faut.

Il fit quelques pas pour venir s'asseoir sur le bord de son bureau.

— Nous sommes en affaires avec lui. Si votre histoire tourne au vinaigre, il se retirera du contrat qu'il a signé avec nous.

Giana redressa fièrement les épaules.

— Impossible. Il s'est engagé pour cinq ans. J'ai veillé de près à la rédaction du contrat.

— C'est un accord exclusif, qui ne concerne que Curtis. Qu'en est-il des autres joueurs ? Je pense que nous devons assurer nos arrières et trouver un autre sponsor. Blaine Smith a accepté de nous recevoir.

— Blaine Smith ? Son principal concurrent ? Tu tiens vraiment à contrarier Wynn ? Si tu veux traiter avec ce requin, tu le feras sans moi.

Elle s'opposait rarement à la volonté de son père, mais sa proposition était inacceptable.

— Giana, nous n'avons pas le droit de jouer avec l'avenir des Cougars.

— Ni de mettre en péril les intérêts d'un homme qui nous a fait confiance.

— Je vois, soupira Josiah. Pour être franc, je ne m'attendais pas à une autre réaction de ta part. Tu es beaucoup trop investie dans cette relation avec Starks.

Elle secoua résolument la tête.

— Le problème n'est pas là. Je lui avais promis de tenir Blaine Smith à l'écart de l'équipe. Je n'ai qu'une parole.

Giana fixa longuement la porte de son bureau après le départ de son père. La douce insouciance de Gatlinburg s'était envolée.

La réalité des affaires reprenait le dessus. En choisissant de négocier avec Smith, son père faisait entrer un loup dans la bergerie. Cherchait-il à se venger de Wynn ? Aurait-il agi de manière aussi imprudente s'il lui avait demandé la main de sa fille ? Dépitée, elle alluma son ordinateur et se plongea dans l'étude de ses dossiers.

Plus tard, alors qu'elle se glissait sous les draps auprès de Wynn, elle aborda un autre sujet qui lui tenait à cœur.

— Tu as pensé au réveillon du nouvel an ? Il arrive bientôt.

— Non, pas vraiment, répondit-il. Pourquoi ?

— Les Cougars organisent une fête chaque année. Tu as dû recevoir une invitation.

— En effet.

— Je dois choisir un cavalier.

Il haussa les sourcils.

— Les prétendants sont-ils nombreux sur la liste ?

— Oui, mais j'ai déjà fait mon choix.

— Je le connais ?

— Probablement. C'est un chef d'entreprise établi dans la région. Il vient d'ailleurs de signer avec notre équipe. Côté cœur, il est divorcé et sort actuellement avec une femme de la bonne société d'Atlanta. Il excelle au billard, mais il est absolument nul au flag football. J'aimerais beaucoup qu'il m'accompagne, mais je doute qu'il accepte.

— Peut-être qu'un baiser suffirait à le convaincre.

— Tu crois ?

Elle effleura tendrement ses lèvres.

— Je serai ravi d'être ton cavalier. Tu en doutais ?

— Un peu. Je sais que tu ne raffoles pas de ce genre d'événements.

— Pour toi, je veux bien danser la salsa au carnaval de Rio.

En attendant, il faut dormir. Nous sommes attendus de bonne heure au Boys and Girls Club.

— J'ai hâte de rencontrer Donnell. J'admire ce que tu fais pour lui.

— Je ne fais que mon devoir en rendant à l'association ce qu'elle m'a donné. Si tous les adolescents en perte de repères trouvaient ce genre de soutien, notre société s'en porterait mieux.

Le lendemain matin, ils pénétraient à la première heure dans le bâtiment de briques rouges qui abritait l'œuvre de bienfaisance. Le jeune garçon guettait leur arrivée. Wynn posa une main affectueuse sur son épaule.

— Donnell, voici Giana, ma petite amie.

— Petite amie ? Waouh !

Il ouvrait des yeux comme des soucoupes. De son côté, la jeune femme était touchée par la manière dont Wynn l'avait présentée.

— Salut, Donnell ! J'ai beaucoup entendu parler de toi. Je suis ravie de te rencontrer.

— J'ai une surprise pour toi, déclara Wynn en lui tendant le paquet dissimulé derrière son dos. Désolé si je suis un peu en retard. J'étais en vacances à la montagne chez les parents de Giana.

— C'est pas un problème, monsieur Starks. Je sais bien que vous oubliez jamais les cadeaux de Noël.

Il n'en arracha pas moins avec impatience le papier d'emballage.

— Waouh ! Une PlayStation 5 ! Merci beaucoup, monsieur Starks. J'ai bien envie de jouer tout de suite.

— Ça tombe bien, glissa Giana. Je t'ai apporté des jeux.

— Eh ben, vous avez pensé à tout. Mes copains vont être jaloux, c'est sûr !

Il souriait d'une oreille à l'autre.

— Je voudrais bien la montrer à Eric. Je peux, monsieur Starks ?

— Bien sûr. Nous t'attendrons ici.

Attendris, les deux adultes regardèrent le garçon disparaître en courant. Quelques secondes plus tard, des cris d'admiration s'élevaient dans la pièce voisine.

— Tu dois penser que je le gâte un peu trop, fit Wynn en invitant Giana à s'asseoir.

— Absolument pas, répondit-elle. J'admire ta générosité.

Elle le questionna longuement sur les actions de solidarité menées par le club et il fut touché par l'intérêt sincère qu'elle portait à son engagement. Elle ne ressemblait pas aux femmes superficielles de son milieu. Il y avait en elle une profonde humanité. Plus les jours passaient, plus il découvrait les facettes admirables de sa personnalité, et plus il s'éprenait d'elle. Parviendrait-il enfin à libérer son cœur de la prison où une cruelle déception l'avait enfermé ?

19

— Tu as une idée de l'objet de cette réunion ?

Giana s'inquiétait auprès de Roman du mystérieux déjeuner d'affaires au Tuxedo Park auquel leur père les avait convoqués. Installé au volant de sa Maserati, le jeune homme secoua négativement la tête.

— Non, je l'ignore. Il est d'une humeur massacrante en ce moment. L'autre jour, nous nous sommes accrochés au sujet de Wynn. Il l'a pris en grippe sans raison. Je ne partage pas son hostilité.

Giana observa longuement son profil.

— Tu veux dire que tu approuves notre liaison ?

— J'avoue que j'étais un peu sceptique quand tu nous l'as présenté. Mais pendant notre séjour au chalet, j'ai compris qu'il se souciait vraiment de toi.

Elle ne put s'empêcher de sourire.

— Tu as raison. Je ne sais pas où nous mènera cette aventure, mais je n'ai jamais été aussi heureuse.

— Ce n'était pas gagné d'avance. L'esclandre avec sa femme, le soir du gala, m'avait un peu inquiété. Je ne le croyais pas capable de vivre une relation apaisée. Je me trompais.

Ils s'arrêtèrent sur le parking du Country Club et Roman confia ses clés au voiturier, avant d'escorter sa sœur jusqu'à l'entrée du pavillon.

— Mademoiselle Lockett, monsieur, bienvenue dans notre établissement, fit le maître d'hôtel. Votre père est arrivé. Si vous voulez bien me suivre...

Quelques secondes suffirent à Giana pour reconnaître le voisin de table de Josiah. Blaine Smith. Furieuse, elle s'apprêtait à faire demi-tour quand l'accueil tonitruant de son père la figea sur place.

— Gigi, ma chérie !

Elle aurait volontiers giflé son visage suffisant. Réprimant sa colère, elle s'approcha de la table pour saluer les deux hommes. Blaine se leva pour lui tendre la main.

— Chère Giana, c'est un plaisir de vous revoir. Vous êtes resplendissante.

— Merci, fit-elle en s'asseyant avec raideur sur la chaise que le maître d'hôtel lui présentait.

Roman l'imita sans bien comprendre ce qui se jouait autour de la table.

— Votre père me vantait les qualités de Curtis, reprit Smith. Apparemment, vous avez misé sur le bon cheval.

— Curtis n'est pas un cheval de course, répondit-elle sèchement. C'est un jeune homme charmant et très prometteur.

— Je voulais simplement dire qu'il avait apporté un nouveau souffle à votre équipe.

— Vous avez raison, approuva Josiah. Mais il ne remporte pas les matchs à lui seul. La plupart de ses camarades sont des joueurs remarquables et méritent tout autant notre attention.

Nous y voilà ! songea Giana. Son père ne perdait pas de temps. Elle lui lança un regard d'avertissement.

— J'ai toujours eu envie de soutenir les Cougars, déclara Smith. Mais, je ne sais pas pourquoi...

Son regard passa du visage de la jeune femme à celui de Roman.

— ... nous ne sommes jamais parvenus à un accord.

— Il n'est jamais trop tard pour bien faire, glissa habilement Josiah.

Pourquoi agissait-il de la sorte ? Elle avait été suffisamment claire sur le sujet. Cherchait-il délibérément à dégrader sa relation avec Wynn ? Si ce dernier apprenait que les Cougars négociaient avec Smith, il le vivrait comme une trahison.

— Merci d'être venu, fit Wynn en invitant Silas à s'asseoir.

Les deux amis se retrouvaient rarement au restaurant du Country Club. Il avait choisi l'endroit pour sa tranquillité.

— J'ai cru comprendre que tu avais quelque chose d'urgent à me dire.

— Je suis passé au Boys and Girls Club, hier matin. Le directeur m'a pris à part dans son bureau pour m'informer de ses difficultés financières. Apparemment, le gala n'a pas suffi à combler le déficit de l'association. Je pensais que nous pourrions, toi et moi, faire un don exceptionnel pour les tirer de ce mauvais pas.

Son ami approuva aussitôt sa proposition.

— Le club joue un rôle essentiel auprès de notre jeunesse. Je donnerai tout ce que tu jugeras nécessaire.

Wynn lui sourit chaleureusement.

— J'étais sûr de pouvoir compter sur toi.

Le serveur apporta leur commande et ils attaquèrent leur repas avec appétit.

— Tu ne m'as pas fait venir ici pour me parler seulement du club, reprit Silas en reposant sa fourchette. Un coup de téléphone aurait suffi.

— Tu as raison. Je voulais aussi aborder un sujet plus intime.

Silas sourit.

— J'en étais sûr. On dirait que cette histoire avec la charmante Giana Lockett est en train de tourner à l'obsession.

— Ce que je ressens pour elle est très...

Il exhala un long soupir.

— Comment dire ? Très fort et surtout très inattendu. Je ne me croyais plus capable de tomber amoureux.

Chaque jour, elle l'attendrissait un peu plus. Chaque jour, il découvrait en elle de nouveaux trésors d'intelligence et de générosité. Grâce à elle, il avait enfin tiré un trait sur son passé. Sa malheureuse histoire avec Christine avait cessé de le tourmenter. Son cœur était allégé du fardeau qu'il portait depuis des années et il pouvait respirer à nouveau.

— Je suis content pour toi, Wynn. Depuis ta rencontre avec Giana, tu n'es plus le même. Je ne t'avais pas vu aussi détendu depuis bien longtemps.

— Elle m'a transformé.

Ils portèrent un toast à l'avenir et discutèrent joyeusement de leurs projets mutuels. À la fin du repas, quand ils traversèrent la salle de restaurant en direction de la sortie, toutes les pensées de Wynn tournaient autour de Giana. À tel point que lorsqu'il l'aperçut à la table centrale, il pensa que son imagination lui jouait des tours. Il marqua une pause et reprit pied dans la réalité. C'était bien elle. Assise en compagnie de Roman et de Josiah. Un autre homme les accompagnait. Quand il se retourna pour parler à son voisin, son profil familier le fit reculer d'un pas. Blaine Smith. Quelle curieuse assemblée ! Il comprenait aisément l'intérêt de son ennemi juré pour les Cougars. Mais comment expliquer la présence de Giana ? Ne lui avait-elle pas promis de tout mettre en œuvre pour éloigner l'ignoble individu ?

— Wynn...

Il entendit vaguement la voix de Silas résonner derrière lui mais, au lieu de le rejoindre, il avança tout droit jusqu'à la table des Lockett. Le regard coupable que Giana leva sur lui fut pour lui un aveu de sa trahison.

— Qu'est-ce que tu fais là, Blaine ?

L'intéressé haussa nonchalamment les épaules.

— Je déjeune en bonne compagnie. Cela ne se voit pas ?

L'estomac de la jeune femme se noua quand Wynn alla se placer derrière son père. Elle ne s'attendait pas à le trouver ici.

Cependant, Blaine le gratifiait d'un sourire dédaigneux.

— C'est moi qui devrais être surpris. Ce n'est pas un endroit pour les motards. As-tu laissé ton casque et ton blouson au vestiaire ?

Il ignora ses sarcasmes.

— Je pensais avoir reconnu une amie, mais visiblement je me trompais.

Giana se leva d'un bond.

— Wynn, je peux te parler, s'il te plaît ?

Il la toisa d'un regard noir.

— Ne te dérange pas pour moi ! Tu es très occupée. Je préfère m'en aller.

— Excellente idée ! approuva Blaine. Nous étions sur le point de conclure un accord.

— Ravi de l'apprendre.

Il salua Josiah et Roman et tourna les talons. Affolée, Giana se précipita dans son sillage.

— Attends, je t'en prie !

Elle parvint enfin à le rattraper dans le hall.

— Wynn, je...

— Qu'est-ce que tu veux ? coupa-t-il avec rage. Nous n'avons plus rien à nous dire.

Elle secoua la tête.

— Arrête, je t'en supplie ! Nous partageons tant de choses !

— Je le pensais, en effet. Au lieu de cela, tu t'amuses à traiter avec mon pire ennemi. Tu connaissais mes sentiments à son égard, et tu m'avais promis de le tenir à l'écart. J'ai eu tort de te faire confiance. Retourne avec tes complices ! Je te souhaite un bon appétit.

Sa voix forte commençait à attirer les regards. Giana ne savait comment l'apaiser.

— C'est un malentendu, Wynn. Tu ne peux pas mettre un terme à notre histoire sur un...

— Un malentendu ? répéta-t-il, hors de lui. Je crois ce que je vois. Tu n'es rien d'autre qu'une femme d'affaires ambitieuse, une enfant gâtée désireuse de plaire à son cher papa.

— Tu ne penses pas ce que tu dis, Wynn. Je n'ai rien fait de mal.

Il fut gagné d'un rire incontrôlable.

— Je t'ai prise en flagrant délit de trahison. Cesse de jouer l'innocente !

— Je te demande juste de m'écouter. Après tout ce que nous avons vécu ensemble, je mérite bien...

— Tu ne mérites rien d'autre que mon mépris. Au revoir, Giana.

— Tu es un lâche, Wynn Starks.

Quand il se retourna, ses yeux brillaient de rage.

— Comment oses-tu me traiter de lâche après ce que tu as fait ?

— Je n'ai rien à me reprocher. C'est mon père qui a organisé ce déjeuner. J'ignorais qu'il avait invité Blaine.

— Ce n'est pas très courageux de rejeter la faute sur les autres. Les faits parlent d'eux-mêmes. Tu as été malhonnête avec moi, reconnais-le !

Elle secoua la tête dans un geste désespéré.

— Je n'ai rien fait de mal, Wynn. Tu dois me croire.

— Je ne te crois pas et je regrette amèrement de t'avoir fait confiance. Tu n'es qu'une manipulatrice et tu ne vaux pas mieux que mon ex-femme. Tu m'as utilisé pour obtenir ce que tu voulais et maintenant, tu passes à autre chose. Avec les femmes comme toi, tout se résume à l'argent et au pouvoir.

— Si tu disais vrai, je ne t'aurais pas invité à passer Noël en famille avec moi.

— Je ne suis qu'un jouet pour toi. Christine m'avait averti, mais je n'ai pas voulu l'écouter. Va vite rejoindre ton clan ! Nous n'avons plus rien à nous dire.

Comme il s'éloignait vers la porte, elle le saisit par l'épaule et l'obligea à se retourner.

— Ne gâche pas tout, je t'en prie ! Bats-toi pour moi et pour nous !

Il la regarda comme si elle avait cessé d'exister.

— Pour *nous* ? Il n'y a pas de *nous*. Il n'y en a jamais eu.

Elle le vit dévaler les marches du pavillon à travers un rideau de larmes et resta un long moment prostrée derrière la porte vitrée. Puis, la réalité reprenant peu à peu le dessus, elle songea aux trois hommes qui l'attendaient dans la salle de restaurant. Son père était l'unique responsable de ce complot contre Wynn. Elle devait mettre fin à l'ignoble conspiration. Si l'homme qu'elle aimait renonçait à se battre pour leur avenir, elle trouverait le courage de le faire.

Plus déterminée que jamais, elle rejoignit ses compagnons de table et leur livra d'une voix ferme le fruit de ses réflexions.

— Désolée, Blaine, nous ne signerons jamais avec vous.

Puis, se tournant vers son frère :

— Roman, tu veux bien me reconduire au bureau ?

Le frère et la sœur s'éclipsèrent devant les regards ébahis de Josiah et de son comparse. À bout de forces, Giana s'effondra sur le siège de la Maserati et laissa libre cours à son chagrin.

20

— Il me déteste.

Giana sanglotait de désespoir dans les bras de Xavier, sans pouvoir chasser de son esprit la colère et le regard haineux de Wynn. Après leur départ du Country Club, Roman l'avait raccompagnée chez elle et avait rameuté ses deux autres frères. Les trois fils Lockett avaient alors fomenté leur vengeance, jurant d'aller infliger à Starks la punition qu'il méritait. La jeune femme les en avait dissuadés.

Après des heures de discussion, Roman et Julian avaient finalement regagné leurs foyers, tandis que Xavier restait auprès de sa sœur pour tenter patiemment de la consoler. Mais il avait beau la raisonner, elle ne parvenait à comprendre l'aveuglement de l'homme qu'elle aimait. Ne voyait-il pas les sentiments qu'elle éprouvait pour lui ? Pensait-il vraiment qu'elle l'avait manipulé pour arriver à ses fins ? Il semblait la considérer comme une carriériste sans cœur, prête à tout pour parvenir à ses fins.

— Il ne te déteste pas, répondit Xavier, mais il s'est forgé de toi une mauvaise opinion. S'il te respecte aussi peu, alors il n'est pas fait pour toi.

— Tais-toi, je t'en prie ! Je ne suis pas prête à entendre des choses aussi horribles.

— Je suis désolé, Gigi, mais il nous avait juré de ne jamais te faire de mal.

— Il pense que je l'ai trahi.

— Tu ne vas pas prendre sa défense ?

Elle renifla dans son mouchoir.

— Je ne sais plus quoi penser. Nous étions devenus si proches. L'avenir semblait...

Sa voix mourut au fond de sa gorge.

— Il t'avait demandée en mariage ?

— Pas encore, mais nous étions comme les deux doigts de la main. J'étais persuadée qu'il tenait à moi. Je me suis trompée. Décidément, je ne suis pas faite pour les histoires sentimentales. Je devrais m'en tenir aux affaires. C'est un domaine que je maîtrise beaucoup mieux.

— Ne dis pas n'importe quoi ! Je connais bien des hommes qui voudraient t'avoir dans leur vie. Starks est un imbécile. Il ne sait pas ce qu'il perd.

Un pâle sourire se dessina sur les lèvres de Giana.

— Et, bien sûr, tu t'exprimes en toute objectivité...

Il sourit.

— Absolument.

Elle se leva du canapé et fit quelques pas dans la pièce.

— Tu devrais me laisser, maintenant. Ton téléphone n'arrête pas de vibrer dans ta poche. Je suis sûre que ton amie s'impatiente.

— Elle peut attendre, répondit Xavier. Je ne veux pas te laisser seule avec ton chagrin.

— Tu es gentil, mais je vais bien, maintenant.

Elle se pencha pour caresser sa joue.

— Merci d'avoir été là pour moi.

Dans son malheur, Giana avait la chance d'avoir toute une fratrie pour la soutenir. Mais Wynn ? Qui pourrait l'écouter ? Son ami Silas ? Il était trop occupé à renouer des liens avec son ex-femme. Son père ? Jeffrey Starks était parti aux Seychelles et ne semblait pas décidé à rentrer de sitôt. Wynn était seul. Soudain frappée par le cours incongru de ses pensées, elle secoua la tête. Avait-elle perdu l'esprit ? Devait-elle encore s'inquiéter pour un homme qui, de toute évidence, avait d'elle une si piètre opinion ?

Les événements de la journée défilaient en boucle devant ses yeux gonflés de larmes. Pourquoi n'avait-elle pas quitté le Country Club en reconnaissant Blaine en compagnie de son père ? Rien de tout cela ne serait arrivé si elle avait clairement pris position. Au lieu de quoi, elle avait choisi de faire plaisir à son cher papa. Et elle avait perdu l'homme qu'elle aimait. Par lâcheté. Par manque de lucidité. En quelques heures, elle avait brisé tous ses espoirs d'une vie de couple épanouie. Le cœur lourd, elle songea à l'existence solitaire et désespérément morne qui l'attendait.

Allongé sur la chaise longue de sa terrasse, plus tard dans la nuit, Wynn noyait sa détresse dans le bourbon. Il ignorait les appels de Silas, témoin involontaire de la dispute qui l'avait anéanti. Comment avait-il pu se laisser berner aussi facilement par Giana ? Sa naïveté lui faisait honte. Il avait cru en elle, alors qu'elle se jouait de lui. Ce qu'il avait pris pour de la tendresse n'était que mensonge, et le plaisir qu'elle avait éprouvé dans ses bras n'était sans doute que simulation.

Il vida avec amertume le contenu de son verre. Pourquoi cette comédie ? Pourquoi ce séjour en famille à la montagne ? L'invitation l'avait touché. Il y avait vu la marque d'un attachement profond et durable. Était-il désespéré au point de s'émerveiller de la première étoile qu'il voyait briller dans le ciel ? Quand la sonnerie de son portable retentit à nouveau, il saisit l'appareil pour l'éteindre mais, reconnaissant la provenance de l'appel, il décrocha. Son père ne lui avait pas donné de nouvelles depuis plus d'une semaine. Il était inquiet de savoir comment se déroulait son voyage.

— Papa ?

— Wynn, c'est toi ?

— Bien sûr que c'est moi. Sur qui pensais-tu tomber en composant mon numéro ?

— Tu n'as pas une bonne voix. Tout va bien ?

— Non, papa. En vérité, tout va mal.

— Qu'y a-t-il ?

Il secoua la tête comme si son interlocuteur pouvait le voir.

— C'est sans importance.

— Tu n'as pas eu un accident, au moins ?

— Non, rassure-toi, je ne suis pas blessé ! Pas physiquement en tout cas.

— Je vois. C'est à cause d'une femme, n'est-ce pas ?

— Comment l'as-tu deviné ?

— Il n'y a que l'amour pour nous mettre dans cet état. Parle-moi ! Raconte ce qui s'est passé !

— Je ne suis qu'un imbécile, papa. Je pensais qu'elle se souciait de moi, alors qu'elle ne voyait que mon carnet de chèques.

— Je doute que ce soit aussi simple. Tu dois m'en dire un peu plus.

Soulagé de pouvoir partager sa peine, Wynn relata fidèlement tous les épisodes de sa rencontre avec Giana.

— On dirait bien que l'attirance était mutuelle, observa son père.

— Je le croyais. Mais en réalité, elle a profité du pouvoir qu'elle exerçait sur moi. Dans l'intimité, nous étions très heureux. Elle était pour moi comme une drogue. Je ne pouvais plus me passer d'elle.

— Tu l'as peut-être effrayée.

— J'ai du mal à comprendre. C'est elle qui a refusé de se satisfaire d'une simple aventure. Ella a insisté pour rendre publique notre relation. Elle m'a même présenté à ses parents.

— Elle était donc sincère.

— Si elle l'avait été, elle ne m'aurait pas poignardé dans le dos en faisant affaire avec mon principal concurrent. Elle connaissait toutes mes réserves envers Blaine Smith. Elle n'en a pas tenu compte. La seule chose qui lui importe, c'est l'estime de son père. Elle est prête à tout pour lui plaire, quitte à trahir ses amis les plus proches.

— Je comprends ton amertume, fiston, mais peut-être que tu te trompes. Es-tu certain de ne pas monter en épingle un incident sans importance ?

— Je ne sais plus quoi penser.

Son interlocuteur marqua une pause avant de poursuivre :

— Je te connais bien, Wynn, et je sais combien le comportement déplorable de ta mère a influencé ton jugement sur les femmes. Tu es devenu méfiant et ton mariage avec Christine n'a rien arrangé. Sa trahison t'a conforté dans l'idée qu'aucune femme n'est digne de confiance. C'est faux. La plupart d'entre elles sont méritantes et honnêtes.

— Je croyais que Giana était l'une d'elles, papa, mais j'avais tort.

— Ne prends pas de décision précipitée, mon garçon ! Je ne connais pas ton amie, mais j'aimerais bien la rencontrer. Quelque chose me dit que c'est une belle personne et que tu pourrais être heureux avec elle. Les torts sont souvent partagés. Qui sait si elle ne souffre pas autant que toi ? Si j'avais été plus attentif et plus indulgent envers ta mère, notre relation ne se serait pas dégradée.

— Tu n'es pas responsable de ton divorce, papa. C'est elle qui t'a manqué de respect.

— Et moi, j'ai manqué d'indulgence. Je ne suis pas en train

d'excuser son infidélité. Mais, avec le recul, je sais que je n'étais pas un mari idéal. Non contents d'avoir détruit notre couple, nous avons aussi failli dans notre devoir de parents. Notre séparation t'a dévasté et tu es aujourd'hui incapable de t'abandonner à des sentiments qui te terrifient.

Wynn ne pouvait que s'insurger contre de telles affirmations.

— C'est faux ! s'indigna-t-il. J'étais amoureux de Giana et je commençais même à imaginer un avenir avec elle.

— Pourtant, tu as saisi le premier prétexte pour la repousser. La peur de la trahison t'a aveuglé.

— Papa, je sais que tu veux bien faire, mais la trahison était bien réelle. Je l'ai surprise en train de négocier avec Blaine.

— Lui as-tu seulement laissé le temps de s'expliquer ?

Wynn se rappelait vaguement la manière dont la jeune femme avait cherché à se défendre en évoquant une manœuvre de son père. Il l'avait alors accusée de se disculper à bon compte.

— Je ne l'ai pas vraiment écoutée, avoua-t-il après un temps.

— Sois indulgent, fiston ! Donne-lui une chance ! Si tu continues sur cette voie, tu risques bien de te retrouver seul pour le restant de tes jours.

Wynn soupira douloureusement.

— Que ferais-tu à ma place ?

— J'écouterais ce qu'elle a à me dire pour justifier son attitude. Pas seulement avec mes oreilles, mais aussi avec mon cœur. Au fond de toi, tu connais la vérité.

— Ta sagesse me fait du bien, papa.

Il entendit son interlocuteur glousser à l'autre bout du fil.

— Ma sagesse ? C'est un bien grand mot. Disons seulement que l'expérience m'a appris un certain nombre de choses. L'amour est fragile. Il faut le traiter avec beaucoup d'égards.

Longtemps après avoir raccroché, Wynn ressassait encore les paroles de son père. Il revissa le bouchon sur la bouteille de bourbon. Avait-il jugé Giana trop sévèrement ? Disait-elle vrai en rejetant sur Josiah la seule responsabilité de ce déjeuner d'affaires avec Blaine ? Lui avait-il tendu un piège ? Si c'était le cas, elle avait dû trouver terriblement injustes ses accusations. Par son intransigeance, il avait porté un coup mortel à leur relation et il n'était pas certain de pouvoir réparer ce qu'il avait détruit avec tant d'injustice.

Le lendemain matin, une violente migraine lui vrillait le crâne. Il avait passé la nuit à se tourner et à se retourner dans son lit sans parvenir à trouver le sommeil. Le visage inflexible de Josiah Lockett s'imposait sans relâche à son esprit. Il l'avait vu à l'œuvre pendant les fêtes de Noël. Le patriarche était sans conteste un despote à qui tout le monde obéissait, le petit doigt sur la couture du pantalon. Mais quel intérêt avait-il à semer la discorde entre Giana et lui ? Sans doute ne le trouvait-il pas à la hauteur de sa petite princesse.

À la lumière froide du jour, Wynn admettait qu'il avait réagi de manière excessive. Comme l'avait dit son père, il avait saisi la première occasion pour accuser Giana de trahison. Il l'avait condamnée sans appel. C'était injuste. Il décida d'aller la trouver pour lui présenter ses excuses, en espérant qu'elle accepterait de l'écouter. Il en était là de ses réflexions quand le carillon de sa porte d'entrée retentit.

Il avança pieds nus dans le grand hall et déverrouilla la serrure en se demandant qui pouvait bien lui rendre visite de si bonne heure. À peine eut-il ouvert le battant qu'un violent coup de poing s'abattait sur son visage. Il tomba lourdement sur le sol.

— Le premier, c'était pour ma sœur, déclara Xavier en se penchant au-dessus de lui. Je t'en aurais volontiers donné quelques autres, mais je lui ai promis de ne pas te réduire en miettes. À partir de maintenant, je te conseille de ne plus l'approcher.

— Je ne peux pas te le promettre, répondit Wynn en frottant sa mâchoire.

— Tu en veux en autre ?

— Pas particulièrement.

Il se leva lentement et recula d'un pas pour se mettre à l'abri d'une nouvelle agression.

— Tu devrais avoir honte ! reprit le visiteur avec rage. Envoyer promener une fille comme ma sœur ! Tu es le dernier des imbéciles.

— Tu as raison.

Xavier écarquilla les yeux de surprise.

— Je ne suis pas sûr d'avoir bien entendu.

— J'ai dit que tu avais raison. J'ai eu tort de douter de Giana. L'expérience m'a appris à me méfier des femmes. Je le regrette.

— Tu le regrettes ? Comme c'est touchant !

— J'ai besoin de la voir pour lui présenter des excuses. Je veux réparer le mal que je lui ai fait.

— Tu ne la mérites pas.

— Probablement, mais je l'aime quand même.

— Tu l'aimes ?

Le visage incrédule de Xavier était compréhensible. Qu'avait-il fait pour montrer l'amour qu'il éprouvait pour Giana ? Sa méfiance, ses accusations, rien ne plaidait en sa faveur. Il espérait maintenant qu'elle voudrait bien lui pardonner.

— Oui, je l'aime, comme je n'ai jamais aimé aucune femme. J'ai compris cette nuit que je pouvais la perdre, et je suis incapable de le supporter. Je ferai tout pour la faire revenir. D'ailleurs, j'ai une idée.

— Une idée ? répéta Xavier, toujours sceptique.

— Oui, mais j'ai besoin d'aide. Tu veux bien jouer le jeu ?

— Franchement, je ne sais pas.

— Toute cette histoire est un affreux malentendu. Ta sœur

tient à moi tout autant que je tiens à elle. Je suis prêt à prendre tous les risques pour la reconquérir.

— Qu'est-ce que tu as derrière la tête ?

— Fais-moi confiance ! fit Wynn en lui tendant la main. Tu seras fier d'avoir œuvré pour notre réconciliation.

Le grand frère protecteur se balançait d'un pied sur l'autre sans savoir quelle attitude adopter.

— Nous voulons tous deux le bonheur de Giana, insista Wynn.

— D'accord ! approuva Xavier dans un sourire. Tu peux compter sur moi.

— Te voilà enfin, ma chérie !

Incapable de rester seule dans son appartement, Giana avait dormi dans sa chambre d'enfant, au manoir des Lockett.

— Nous ne t'avons pas vue à l'heure du petit déjeuner, ajouta Angélique. Je commençais à m'inquiéter. Tu es sûre que tout va bien ?

La jeune femme attrapa un cookie sur l'îlot de la cuisine.

— Tout va bien, maman.

Elle ferma les yeux et savoura la douceur chocolatée.

— Inutile de mentir. Ton père m'a parlé, hier soir. Apparemment, il aurait commis une maladresse envers Wynn.

Giana soupira avec amertume.

— Une maladresse ? C'est un euphémisme.

— Et si tu m'expliquais ?

— Il n'y a pas grand-chose à en dire.

Elle n'avait pas fermé l'œil de la nuit et se sentait vidée de toutes ses forces. Une bien triste manière de terminer l'année. Tourner la page sur une histoire d'amour dans laquelle elle avait placé tant d'espoirs était une épreuve cruelle. Renoncer à l'homme qui lui avait apporté tant de bonheur lui déchirait le cœur. À son chagrin s'ajoutait la peur de le côtoyer dans le cadre professionnel. Elle se promit de déléguer à son assistante la gestion du contrat qui unissait les Cougars à son entreprise. Avec un peu d'organisation, elle pourrait éviter tout contact avec lui.

— Je peux sûrement t'aider, reprit patiemment Angélique. Tu te fais sans doute une montagne de bien peu de chose.

Giana s'extirpa lentement de ses pensées.

— J'ai l'impression que papa ne t'a pas tout dit. J'avais pourtant été très claire avec lui. Il savait que je ne voulais pas rencontrer le concurrent de Wynn. Tu crois qu'il m'a écoutée ? Absolument pas.

— Ton père ne mesure pas toujours les conséquences de ses actes. Il manque souvent de tact, mais ce n'est pas un mauvais bougre.

— Je ne suis pas sûre que Roman et Julian partagent ton point de vue. Souviens-toi ! Il a tout fait pour les obliger à rompre leurs fiançailles. Aucune femme n'est assez belle, assez instruite et assez riche pour faire partie de la famille Lockett. Xavier a bien raison de garder son amie à l'écart. Papa n'est qu'un sale manipulateur.

— Gigi ! s'indigna sa mère en se rapprochant pour lui prendre la main. Je ne t'ai jamais entendue parler de ton père de cette façon. Il t'adore, tu le sais.

— Si c'était vrai, il agirait autrement. J'étais heureuse avec Wynn, maman, et il a tout gâché. On dirait qu'il ne supporte pas le bonheur des autres.

— Le bonheur de mes enfants, je le souhaite de tout mon cœur.

La voix profonde de Josiah Lockett résonna derrière elle. Elle resta immobile, refusant de lui offrir le spectacle de son visage dévasté.

— Le rôle de parent n'est pas toujours facile, ajouta-t-il. Les règles du jeu sont un peu compliquées.

Révoltée, elle se retourna pour lui faire face.

— Ne cherche pas d'excuses ! Rien ne peut justifier tes manières détestables.

— Je n'ai pas voulu nuire à ta relation avec Starks, ma chérie. Je pensais simplement que le fait de signer avec un autre sponsor était une garantie pour l'avenir de l'équipe. Il est imprudent d'avoir les mains liées avec une seule entreprise. Curtis est notre star, mais nous devons aussi nous préoccuper du sort de nos autres joueurs. En affaires, il ne faut jamais mettre tous ses œufs dans le même panier.

— Je t'avais pourtant expliqué la rivalité qui oppose depuis des années les entreprises de Wynn et de Blaine. Tu ne m'as pas écoutée. Tu ne me respectes pas. Tu me traites comme une potiche tout juste bonne à m'investir dans des œuvres de charité.

Elle se tourna brièvement vers sa mère.

— Je ne dis pas cela pour toi, maman ! La fondation fait un travail remarquable.

Puis, s'adressant de nouveau à son père :

— Tu as toujours vu en Roman ton successeur désigné. Eh bien, sache que je ne me laisserai pas marcher sur les pieds ! Je suis tout aussi capable que mon frère d'assumer un rôle de direction.

— Je te respecte, Giana. Non pas parce que tu es ma fille, mais parce que tu le mérites amplement. Tu as su me convaincre plus d'une fois de la pertinence de tes positions. Il m'est arrivé de te sous-estimer, j'en conviens. Mais je sais aujourd'hui que tu es un élément précieux de notre association.

Elle n'osait prêter foi aux compliments de son père. Jamais il ne lui avait montré la moindre reconnaissance.

— Pourquoi avoir attendu si longtemps pour me le dire ?

Josiah haussa les épaules.

— Ce n'est pas facile pour un homme comme moi d'admettre ses torts. Tu as un sens aigu des affaires, Giana, et je suis fier de ton travail.

Les larmes montèrent aux yeux de la jeune femme.

— Merci, papa.

Elle n'avait jamais réalisé à quel point l'estime de son père lui importait. Ses paroles étaient aujourd'hui comme un baume sur d'anciennes blessures.

— Que puis-je faire, maintenant ? demanda Josiah en posant les mains sur ses épaules. Si tu le souhaites, je peux aller trouver Starks pour lui expliquer que je suis le seul responsable de ce déjeuner avec Blaine. Il comprendra, j'en suis sûr.

Elle secoua tristement la tête.

— C'est inutile, papa. Wynn est convaincu de ma trahison. Il ne me pardonnera jamais. Il ne m'aime pas comme je l'aime.

Son père lui souleva le menton avec son index et la regarda dans les yeux.

— Tu tiens vraiment à cet homme, ma chérie ?

— J'ai été très heureuse avec lui, mais notre histoire est finie. Il ne me fait aucune confiance. Comment bâtir une relation dans ces conditions ?

Elle se blottit dans l'étreinte chaleureuse qu'il lui offrait, acceptant le réconfort que seul l'amour d'un père est capable d'apporter.

21

Comme chaque week-end, Wynn et Silas se retrouvèrent au gymnase.

— Tu as décidé de ne plus répondre au téléphone ? demanda Silas en enfilant ses gants de boxe.

— J'avais besoin de réfléchir. J'ai eu tort d'accuser Giana. Elle n'est pas responsable de cette rencontre avec Smith.

— Qu'est-ce qui t'a fait changer d'avis ? Tu lui as parlé ?

Wynn secoua la tête.

— Non, je n'ai eu aucun contact avec elle depuis hier. Mais quand je me suis réveillé ce matin, j'avais la certitude de son innocence. Elle est bien trop intègre pour tremper dans ce genre d'affaires. J'ai été idiot de douter d'elle.

Silas poussa un long soupir.

— Je vois que tu as retrouvé la raison. J'en suis soulagé. Pour être franc, je commençais à m'inquiéter. La scène du Country Club était hallucinante. Je ne t'avais jamais vu dans cet état.

— Il m'a fallu des heures pour me calmer, admit Wynn. Et c'est en parlant avec mon père que j'ai commencé à y voir clair. Giana a été piégée par Josiah Lockett. C'est évident. Je lui dois des excuses.

— Tu penses qu'elle va les accepter ?

— Je n'en ai pas la moindre idée. Mais je l'espère de tout mon cœur. Je suis passé chez le bijoutier avant de venir ici.

Il sortit de son sac un écrin de velours rouge et l'ouvrit devant les yeux ahuris de son ami.

— Si je m'attendais à ça ! Avec une si belle alliance, elle ne pourra plus douter de tes sentiments. J'imagine que tu es impatient de la lui offrir.

— Je le ferai dès ce soir.

Xavier l'avait inscrit sur la liste des invités au réveillon organisé par les Lockett. Il comptait sur l'effet de surprise pour trouver l'opportunité de parler à la jeune femme et d'obtenir son pardon.

Le bal du nouvel an des Lockett était l'un des événements les plus attendus d'Atlanta. La salle du grand théâtre louée pour l'occasion brillait de tous ses feux et le champagne coulait à flots. Mais ce soir-là, Giana n'avait pas le cœur à la fête. Inconsolable, elle errait comme une âme en peine au milieu de la foule, attendant que les douze coups de minuit viennent enfin mettre un terme à l'année qui lui avait apporté la déception la plus cruelle de sa vie.

— Un vrai soleil ! s'exclama Xavier en s'extasiant devant la robe en lamé or qu'elle avait choisi de porter pour conjurer le mauvais sort. Tu vas bien, petite sœur ?

— Disons que j'ai connu des jours meilleurs !

Elle avait fait de son mieux pour réparer les dommages causés sur son visage par le chagrin.

— Je te trouve très courageuse, après cet épisode désastreux du Country Club.

— Je m'efforce de ne pas y penser.

Mais comment ne pas regretter l'absence de Wynn à ses côtés ? Elle abaissa un instant les paupières et s'imagina sur la piste de danse avec lui.

— Décidément, il ne manque pas de culot, celui-là !

Intriguée par les paroles de son frère, Giana rouvrit les yeux et secoua la tête en apercevant la silhouette familière qui avançait dans sa direction. Non, cela ne pouvait être vrai. Son imagination lui jouait des tours. Wynn n'aurait pas osé se présenter au bal après leur dispute de la veille. Elle inspira une longue bouffée d'air pour tenter d'apaiser les battements de son cœur.

— Ne me dis pas que tu l'as invité ? fit Xavier en feignant la surprise.

Cette fois, elle ne pouvait en douter. Il se trouvait bel et bien devant elle, vêtu de son plus beau smoking.

— Qu'est-ce que tu fais là ? demanda-t-elle.

— J'ai besoin de te parler.

— Parler ? répéta-t-elle, les yeux embués de larmes. Notre conversation d'hier m'a amplement suffi.

— Giana, je t'en prie...

— Que se passe-t-il ici ?

Du coin de l'œil, elle vit Julian et Roman se ruer dans leur direction. Xavier s'interposa aussitôt.

— Écarte-toi ! fit Julian. Cet homme n'a rien à faire ici.

Xavier leva la main en signe d'apaisement.

— Giana et Wynn ont besoin de parler.

Sans l'écouter, Roman brandit un poing menaçant devant le visage de Wynn. Celui-ci n'esquissa pas un geste pour se défendre. Il semblait résigné à accepter une punition bien méritée.

— Où sont vos bonnes manières ? fit Xavier à l'intention de ses frères.

Tous deux se regardèrent sans comprendre.

— Écoutez ! reprit Xavier. Laissons-les discuter un moment ! Quand ils auront parlé, je me ferai un plaisir de le mettre dehors, si tel est le souhait de Giana.

L'intéressé se tourna vers la jeune femme.

— Pouvons-nous trouver un endroit plus tranquille ?

— Il y a un petit salon à côté des vestiaires.

Après avoir consulté ses trois frères du regard, elle se dirigea vers le fond de la salle, sans se soucier de savoir si Wynn la suivait. Elle le précéda dans une pièce vide, et referma la porte derrière eux.

— Alors, que veux-tu ? M'accuser encore de tous les maux de la terre ? Me blesser un peu plus ?

Wynn baissa honteusement la tête.

— Je suis venu m'excuser.

— T'excuser ? répéta-t-elle avec amertume. De quoi ?

— Je t'ai mal jugée. Je t'ai traitée injustement. Je suis terriblement désolé, Giana.

Ses yeux débordaient de tendresse.

— Tu m'as fait mal, Wynn.

— Je sais. Et tu as toutes les raisons de m'en vouloir. Mais si tu m'accordes un instant, je voudrais m'expliquer.

Elle s'adossa à la porte et croisa les bras sur sa poitrine.

— Je t'écoute.

— Je t'ai déjà parlé de mon divorce avec Christine, mais ce n'est pas sa trahison qui m'a affecté le plus. La défiance presque maladive que je ressens envers les femmes, c'est à ma mère que je la dois. Quand...

Il abaissa un instant les paupières, comme pour se protéger de la cruauté des souvenirs qui affluaient à sa mémoire.

— Tu n'as pas idée des dégâts causés chez un enfant par le départ d'une mère.

— Mais tu n'étais pas seul, objecta Giana. Tu avais ton père.

— C'était un homme brisé par l'échec de son mariage, incapable d'assumer l'éducation d'un enfant. Le Boys and Girls Club a été ma bouée de sauvetage. Mon parrain était un gars fantastique. J'aurais aimé que tu puisses le rencontrer. Il m'a aidé à grandir et m'a transmis toutes les valeurs que je porte aujourd'hui. Mais ce sentiment d'abandon né du divorce de mes parents est resté ancré au plus profond de moi. Mon cœur s'est endurci et le ressentiment que j'éprouvais envers ma mère n'a fait que s'aggraver au fil des ans.

— Et pourtant, tu es tombé amoureux.

— Disons plutôt que je me suis laissé éblouir par l'éclat très superficiel d'une femme dévorée par l'ambition et la cupidité. Elle s'est servie de moi et, à la première occasion, elle m'a trompé avec un homme plus influent et plus fortuné que moi. La suite, tu la connais. J'ai consacré toutes mes forces à mon travail et je me suis enfermé dans la solitude.

— Personne ne peut vivre comme un reclus, Wynn.

— C'est pourtant ce que j'ai fait, tant j'avais peur de m'exposer à de nouvelles déceptions. Quand tu es entrée dans ma vie, tu as brisé toutes les barrières que j'avais érigées autour de moi. J'ai oublié mes belles résolutions et je me suis ouvert à toi.

Il marqua une pause et la couva d'un regard éperdu.

— Auprès de toi, j'ai retrouvé goût à la vie et tu m'es devenue aussi indispensable que l'air que je respire. Je ne pouvais plus me passer de toi.

— C'était une attirance physique, Wynn, rien de plus.

— C'est ainsi que notre histoire a commencé, je veux bien l'admettre. Mais très vite, je suis tombé amoureux. Profondément amoureux.

Une larme roula sur la joue de la jeune femme.

— Ne dis pas cela ! Tu ne le penses pas.

Il s'approcha tout près et prit son visage entre ses deux mains.

— Je n'ai jamais été aussi sincère. C'est pourquoi j'ai réagi si violemment en te voyant en présence de Blaine. Je me suis senti trahi.

— J'ai toujours été à tes côtés, Wynn.

— Je sais, et je me suis conduit comme un imbécile. Je t'aime, Giana. Depuis le premier jour.

Elle s'inclina pour dissimuler les larmes qui inondaient ses joues.

— Je ne mérite sans doute pas ton pardon, mais je l'implore. Donne-moi une autre chance, je t'en supplie !

Il mit un genou à terre et sortit un écrin de la poche de son veston.

— Accepte de devenir ma femme, Giana !

Il chercha dans son regard embué l'assentiment qu'il espérait de toute son âme. Anéantie par l'émotion, elle ne pouvait prononcer le moindre mot.

— Giana, réponds-moi, je t'en prie !

Elle acquiesça faiblement.

— Je t'aime aussi, Wynn. Je l'ai su quand nous avons fait l'amour pour la première fois. Mais j'étais tellement submergée par toutes mes émotions que j'ai pris peur.

— Tu refusais de mélanger le travail et la vie privée.

— C'est vrai, mais la vérité était tout autre. Je n'avais jamais partagé une telle intimité avec un homme et j'avais l'impression de me trouver au bord d'un gouffre. Et puis, l'amour a été le plus fort et j'ai accepté de te faire confiance.

Elle ponctua ses paroles d'un froncement de sourcils.

— Le problème, c'est que tu as douté de moi.

— J'ai été stupide, admit-il en se relevant. Les femmes de ma vie m'avaient abandonné. Je ne me croyais pas digne de ton amour.

— Tu es le meilleur des hommes, Wynn. Je ne te quitterai jamais.

Il sourit.

— J'ai laissé la peur me gouverner trop longtemps. Je refuse désormais que mon passé détermine mon avenir. Je me battrai pour toi, pour nous. Dis-moi qu'il n'est pas trop tard, Giana ! Dis-moi que tu me pardonnes !

Tremblante, elle souleva la bague qui reposait dans l'écrin et la passa elle-même à son doigt.

— Je te pardonne, Wynn. Je veux partager ma vie avec toi, je veux devenir ta femme et fonder une famille avec toi. Je veux tout, avec toi.

Comme il la soulevait dans ses bras pour la faire joyeusement tournoyer, un compte à rebours s'éleva dans la salle de bal.

— Dix, neuf, huit, sept...

Elle enroula ses bras autour de son cou et l'embrassa tendrement au douzième coup de minuit.

— Je t'aime, Wynn, murmura-t-elle encore. Le début de la nouvelle année marque aussi le début d'une nouvelle vie. Une vie que je passerai avec toi jusqu'à mon dernier jour.

Épilogue

Deux mois plus tard

— Xavier a vraiment un réseau incroyable ! C'est un exploit de faire venir les Porscha Childs à une fête de fiançailles !

La chanteuse du groupe le plus célèbre de l'État de Géorgie venait d'interpréter l'une des balades préférées de Giana. Toute la famille était réunie dans le grand salon du manoir Lockett, où une petite scène était installée pour l'occasion.

— En tout cas, c'est une très bonne idée, ajouta Wynn. Cette femme est remarquable. Un peu comme toi, mon amour.

Comme il se penchait pour l'embrasser, Giana se blottit dans son étreinte. Elle ne pouvait croire à son bonheur. Le soir du nouvel an, quand elle avait regagné la salle de bal en arborant son superbe diamant, ses parents et ses frères l'avaient accueillie sous une salve d'applaudissements.

« Félicitations, petite sœur !

— Je te l'avais bien dit ! avait chuchoté Angélique à son oreille. Mon intuition de mère ne me trompe jamais. »

L'instant d'après, elle se perdait en conjectures sur l'organisation du mariage. Embarrassé par les conséquences de son rapprochement avec Blaine Smith, Josiah avait imaginé mille manières de se faire pardonner. Il avait parrainé l'admission de son futur gendre dans le club de golf très fermé d'Atlanta et nommé sa fille codirectrice de l'équipe de football auprès de Roman. De son côté, Wynn avait mis au point les détails de son soutien à Curtis. Les deux comparses étaient devenus inséparables.

— Alors, vous avez aimé la prestation de Porscha ? demanda Xavier en rejoignant le couple devant la scène.

— J'ai adoré ! s'exclama Giana.

— Merci beaucoup, Xavier, renchérit Wynn. C'était magnifique.

— Rien n'est trop beau pour ma petite sœur. Je vais même essayer de lui obtenir un autographe.

Joignant le geste à la parole, il se hissa sur l'estrade et se rapprocha de la chanteuse. Celle-ci l'accueillit avec une étonnante familiarité.

— Tu crois ce que je crois ? demanda Giana en levant les yeux sur son compagnon. C'est avec elle que mon frère sort en secret depuis des mois ?

Wynn haussa les épaules.

— Tout est possible, dit-il. Pense à notre histoire ! Tu étais tout investie dans ta carrière, à mille lieues d'élaborer des projets de mariage. Quant à moi, je m'étais juré de ne plus rien promettre à une femme. Et pourtant, nous y sommes.

— Nous avons été touchés par la flèche de Cupidon.

Il la serra tendrement dans ses bras.

— Je t'aime, Giana.

— Je t'aime aussi.

Elle se hissa sur la pointe des pieds pour l'embrasser passionnément.

— Nous pouvons aussi remercier le dieu des ascenseurs. Ce baiser dans le noir a changé notre vie pour toujours.

— Pour toujours.